大家小书

郑敏 著

新诗与传统

北京出版集团
文津出版社

图书在版编目（CIP）数据

新诗与传统 / 郑敏著. — 北京：文津出版社，
2020.10（2024.7重印）
（大家小书）
ISBN 978-7-80554-733-6

Ⅰ. ①新… Ⅱ. ①郑… Ⅲ. ①新诗—诗歌研究—中国
Ⅳ. ① I207.25

中国版本图书馆 CIP 数据核字（2020）第 153209 号

总 策 划：安 东 高立志 项目统筹：高立志 韩慧强 王忠波
责任编辑：高立志 罗晓荷 责任印制：陈冬梅
装帧设计：金 山

·大家小书·
新诗与传统
XINSHI YU CHUANTONG
郑敏 著

出 版 北京出版集团
文 津 出 版 社
地 址 北京北三环中路 6 号
邮 编 100120
网 址 www.bph.com.cn
总 发 行 北京出版集团
印 刷 北京华联印刷有限公司
经 销 新华书店
开 本 880 毫米×1230 毫米 1/32
印 张 10.625
字 数 184 千字
版 次 2020 年 10 月第 1 版
印 次 2024 年 7 月第 2 次印刷
书 号 ISBN 978-7-80554-733-6
定 价 56.00 元

如有印装质量问题，由本社负责调换
质量监督电话 010-58572393

总　序

袁行霈

　　"大家小书"，是一个很俏皮的名称。此所谓"大家"，包括两方面的含义：一、书的作者是大家；二、书是写给大家看的，是大家的读物。所谓"小书"者，只是就其篇幅而言，篇幅显得小一些罢了。若论学术性则不但不轻，有些倒是相当重。其实，篇幅大小也是相对的，一部书十万字，在今天的印刷条件下，似乎算小书，若在老子、孔子的时代，又何尝就小呢？

　　编辑这套丛书，有一个用意就是节省读者的时间，让读者在较短的时间内获得较多的知识。在信息爆炸的时代，人们要学的东西太多了。补习，遂成为经常的需要。如果不善于补习，东抓一把，西抓一把，今天补这，明天补那，效果未必很好。如果把读书当成吃补药，还会失去读书时应有的那份从容和快乐。这套丛书每本的篇幅都小，读者即使细细地阅读慢慢地体味，也花不了多少时间，可以充分享受读书的乐趣。如果把它们当成补药来吃也行，剂量小，吃起来方便，消化起来也容易。

我们还有一个用意，就是想做一点文化积累的工作。把那些经过时间考验的、读者认同的著作，搜集到一起印刷出版，使之不至于泯没。有些书曾经畅销一时，但现在已经不容易得到；有些书当时或许没有引起很多人注意，但时间证明它们价值不菲。这两类书都需要挖掘出来，让它们重现光芒。科技类的图书偏重实用，一过时就不会有太多读者了，除了研究科技史的人还要用到之外。人文科学则不然，有许多书是常读常新的。然而，这套丛书也不都是旧书的重版，我们也想请一些著名的学者新写一些学术性和普及性兼备的小书，以满足读者日益增长的需求。

"大家小书"的开本不大，读者可以揣进衣兜里，随时随地掏出来读上几页。在路边等人的时候，在排队买戏票的时候，在车上、在公园里，都可以读。这样的读者多了，会为社会增添一些文化的色彩和学习的气氛，岂不是一件好事吗？

"大家小书"出版在即，出版社同志命我撰序说明原委。既然这套丛书标示书之小，序言当然也应以短小为宜。该说的都说了，就此搁笔吧。

新诗与传统

大处着眼，寄怀深远

——读郑敏先生的《新诗与传统》

姜　涛

郑敏先生是"九叶"诗人中的常青树，创作和思想的活力一直旺盛不衰。她于上世纪90年代初发表的长文《世纪末的回顾：汉语语言变革与中国新诗创作》，借由西方后现代的语言理论，质询白话文运动"反传统"姿态对新诗的负面影响，在当年反思激进主义的思想氛围中，引起的反响远远超出了新诗乃至文学研究的圈子之外，对话者、辩难者不在少数。有年轻一代先锋诗人就正面回应，提出新诗与"传统"之间存在复杂的继承与转化关系，但这种关系并不具有决定性，因为新诗的"现代性"恰恰体现为传统之外对"另一种审美空间"的追求，甚至断言：新诗本身已构成了一种新的传统。这样的争议对于新诗而言，当然并不是一个新问题。从古典诗歌的审美系统中破茧而出，新诗与传统的所谓"断裂"，既是它的起点，似乎也构成了某种历史的"原罪"，有关新与旧、古典与现代、保守与先锋、"中国性"与"非中国性"的争执，后来也一直不绝如缕，内化为一种挥之不去的问题结构，制约了，也激励了百年新诗的历史展开。从这个角度看，郑敏先生的质询，并不外在于这样的问题结构，甚或可以看作是这一结构性张力在"世纪末"的又一次显现。这本"小书"收录的长短文章，一多半都是写于90年代后期和新世纪初，记录了她一个时期之内在这个向度上密集的思考、持续的掘进，其中的观点和论述方式，多有重叠，也能见出其心情的急迫、恳切。

作为一位40年代的"现代派"诗人，郑先生在晚年为何重提传统、重新"发现"传统，且苦口婆心、反复申说，这当然不简单是一种态度的翻转，也并非是受"时潮"影响，而是有其内在脉络，也是出于对当代诗歌发展状况的关切。根据郑先生的自述，她的诗歌创作有两个高峰时期：一是在西南联大时期，跟随冯至等先生习诗，向往诗中的哲学境界，开展出独具个性的智性书写；二是在80年代中期，诗人重访美国，译介美国当代诗，研究解构主义，意识到要"竭力避免理性逻辑的干扰，而让积淀在我的无意识中的力量自己活跃起来"，因而有

　　　　　　　　　　　新诗与传统

了新的觉悟，写出系列组诗《心象》。应该说，这第二次写作高峰的重临，不只是一种"归来"，更多是艺术上的一次自我突破、转换，而且与朦胧诗、后朦胧诗等当代先锋诗潮，处于一种同步与共生的关系之中。或许正因如此，对于年轻一代诗人的写作、姿态以及诗中透露的文化意识，郑先生一直保持高度关注。她的"传统"之论，也并非干燥的学院讲章，而是时刻针对当代诗歌的种种问题、弊病，洋溢一种对话的热情。

郑先生提到，在40年代西南联大，卞之琳和冯至这两位老师，在诗风上分属"英德两派，各不相干"。如果说卞之琳的诗，偏于英法的现代主义，比较能用机智的巧思，处理繁复的现代经验；而冯至的写作，则更多亲近歌德和里尔克的风格，兼具艺术性与哲理性，又内涵杜甫的人间情怀。从文学走向哲学，又回到文学的郑先生，不知不觉中似乎更欣赏冯至含蓄隽永，又带有超凡脱俗的精神品质的写作。她常引用海德格尔的话，说"诗歌与哲学是近邻"，以哲学精神为底蕴，以人文思想为内在经纬，寻求一种生命意识的完整表现、一种古典的造型之美，这或许是郑敏先生评价"当代"，回溯传统的一个基点。因而，对于20世纪艾略特一路蒙太奇式的现代美学，她虽有深入的体认，但从内心的趣味上讲，可能还是有一定的距离感。对于当代诗坛上五花八门的"实验""创新"，对于上世纪80—90年代泛滥的所谓中国式的"后现代派诗歌",更是持一种检视、批评的态度,认为反抒情、反诗语,写日常、泛散文化的倾向,会让诗歌变得平庸、琐屑,而一味追求"个人化"也会导致精神天地的狭小。引入传统的维度,郑先生不厌其烦地谈古典诗歌的境界、格律、辞藻、结构,看似常识的重申,处处聚焦于当代的"纠正",或者说以传统为论说的场域,目的在于打破新诗现代性的迷思,指向了一种新诗发展前景的热烈期待。

当然,从某种"局内人"的角度看,郑敏先生对90年代之后的当代诗歌,似乎还少了一点近距离的同情,所谓平庸化、浮泛化的现象的确存在,但并不是这一时期诗歌的全部,90年代之后的当代诗歌也不乏从个人的角度深入现实、深入历史的努力。但抛开具体的现象评价,单一的、逐新趋异的"现代性"逻辑能否继续支撑新诗的展开,当代诗如何在更开阔的文化与历史视野中想象自身的前途,这些确实是诗歌写作者、批评者和研究者都应该思考的问题。更为重要的是,郑先生谈新诗与传统,同时也谈诗的文化责任、历史位置。在《诗与历史》等文章中,她对于后现代与后工业社会带来诸多弊病,对于高新科技、全球化导向的新的战争与奴役,以及以诗为代表人文思想往何处去的困惑,表达了深深的忧虑。由诗及文化,

　　　　　　　　　　　　新诗与传统

及历史，及人类的整体处境，对诗之文化使命、历史意识的重申，在我看来，这是郑先生这一代诗人、学人浓郁人文情怀的一种表达，也是她经由"传统"反思"当代"更为深层的要义。

论及新诗与传统的关系、新诗的历史与未来，郑先生着眼于大处，寄怀深远，但不能忽略的是，她对具体诗歌作品的细读、品鉴，也尤为精彩，如对弗洛斯特诗中"高层建筑结构"的阐发、对穆旦诗中矛盾张力关系的揭示，以及对冯至《十四行集》音乐性的讨论，都堪称经典。郑先生是英美文学专家，对于20世纪的现代诗学和批评理论，有相当纯熟的把握，她的解读能深入到文本的肌理之中，提炼出诗意生成的独特结构。这种现代诗学的眼光，也延伸到她对中国古典诗歌的分析中。本书收入的多篇文章，都围绕了"新诗能向古典诗歌学习什么"这一中心问题展开，结合具体作品，非常细致地探讨了古典诗歌在境界、结构、辞藻、音乐性、画面性，色彩、炼字等方面的审美特质，即便只是常识性的谈论，也往往暗含了一个现代诗人的独特洞察，赋予经典的诗篇、名句一种新的现代气息。

郑先生多次论及古典诗歌的"境界"。她认为"境界"，是一种伦理、审美、知识混合而成的对生命的体验与评价，是一种民族心灵的呼吸。她说诗歌如果缺少了"境界"，缺少了有形又无形的呼吸，便会"顿失光泽，只是一堆字词"。郑先生自己的文字，饱满酣畅，就保持了一种青春的光泽，也有一种舒放自如的呼吸之感，并非出于一种淡漠的专业心态，时刻跃动鲜活的写作经验，也传递了对诗歌文化的信心。在郑先生看来，新诗应该立足于广袤的人文精神，不断汲取传统的甘泉，这样才能有更远大的前途；那么由这样的汁浆内在滋养，于语言的枝头，不断绽放感受与思维的新芽，无疑也是"新诗"之"新"的美德所在。

2020年9月1日　于北大燕园

目　录

我与诗

　　说起我与诗，这里确实有一定的家族史。我原出生在福州一个出过举人的王姓古老家族，我的外祖父王又典，在民国时期是福州一位颇有名气的词人。我的母亲时常独自吟诗抒发情怀。虽然后来我过继给郑姓的姨夫，但我母亲对古诗词的爱好显然遗传给我了。当我在南京读初中时，那时已成为我的姨母的王氏母亲曾来南京小住。那一年我充分欣赏到用闽语吟古诗的回肠荡气、动人心魄的魅力。因此第一次使我体会到汉诗的摇心荡魄的魅力，从而使我爱上新诗的是闽语的古诗朗诵。虽然当时年幼的我，无法理解诗的内容，但姨母朗诵时似歌似唱的吟诵声调、回肠荡气的抒情力量，使我终生难忘。

　　汉语的古诗作为诗和歌，都毫不逊色于拼音文字的诗歌。或者可以说在吟诵方面，比拼音文字更有潜力。但白话新诗却至今没有解决它的音乐性问题。每当写诗时，我多少总有点为此遗憾。不知道别的诗歌作者有没有同感。我想一些习惯古诗的读者之所以不接近新诗，也许这也是一个原因吧。

今天我所欣赏到的诗之海洋，已是伸向天边的海洋，一望无际。注入我这诗歌文化大海的河流除了有我们的长江、黄河之外，还有德、英、法的名川大江。我从初中时代接触到新诗的海洋。当时对我最有吸引力的新诗，是徐志摩、戴望舒、废名等人的作品。中学是青年充满幻想和激情的时代。我在步入大学后，由于选择了哲学专业，在文学欣赏上增添了一些智性的成分，渐渐要求诗有更多的智慧内涵，因此走出对浪漫主义文学的迷恋；特别是诗歌，单纯的抒情已不是20世纪诗歌的特质。

艾略特在20世纪40年代的流行，正说明"二战"后人们的历史敏感和哲学思考，变得比19世纪更为复杂。读者期待从诗歌中得到和从小说、戏剧同等分量的哲理思维。只是表达的艺术不同而已。从19世纪过渡到20世纪，英美诗歌经历了内容和艺术形式上一次剧烈的突破性的变异，中国新诗在20世纪40年代也因此经历了它诞生后的第一次变革。新诗，从质量和艺术上，开始从早期白话诗初创时的抒情传统，向诗重知性的艺术观转换，开始建立全新的当代新诗艺术形式。

20世纪40年代的艾略特宣告浪漫主义的结束，开创英美新诗的现代主义。这对中国新诗产生很大的冲击。20世纪40年代的英国的艾略特、奥登及德国的里尔克对中国新诗走向现代化起着关键性的作用。这三位诗人几乎是当时西方现代主义新诗的代表。但进入当代后，美国当代诗歌又走出艾略特式的学院现代主义。今天美国的后现代诗风正在走出学院语言，建立平民化诗语的后现代诗学。中国当代新诗往何处去，对于今天新诗读者和作者也都还是一个思考中的问题。

依我所见，21世纪中国新诗的最大任务，就是寻找具有自己汉语语言特性的当代诗歌艺术，建立自己的新诗诗学，才可能与英法德等国的当代诗并驾齐驱于今日世界诗坛，后者已经开始了各自的当代诗歌艺术的探讨和实践。由于汉语的特殊性，欧洲诗学艺术在音乐美、结构美、节奏美等方面都无法解决我们的问题。所以，当代汉语新诗建构自己的诗学传统的困难还很多，需要加强研究和实践，希望早日能达到当代汉诗艺术理论和实践的成熟。

和当代西方诗学比起来，今天我们的汉语新诗诗学理论在艺术手法、修辞、声韵、内容的深度、意象的转换等都没有深入系统的讨论研究，新诗学的艺术需要边实践边总结；并且深入理解古典汉诗关于诗学的宝贵遗产。对于这样一项重大的诗学传统工程的建设，一百年太短，为了忠于诗学艺术，我们不要护短，而要不断地和诗人学者切磋探讨，直到可以将更全面、系统，有汉语特点的新诗诗学，告之于世界的诗歌爱好者，与之共赏。

所谓"当代诗歌艺术"，包括适合表达新的当代诗歌内容的艺术，什么样的内容需要呼吸在什么样的形式里，这是艺术的本真之义。古典汉诗在这方面已臻完境。而汉语新诗虽也近百岁，在诗的艺术形式，文本内涵的深邃上仍属幼年，理由见上。也许有人会说"自由体"就是不必考虑格式问题。这是很大的误解，只要是诗，无论新旧都必须有审美形式感。以自由体而言，它的诗美艺术感包括：自由创立诗行的结构美，不规则的韵律与意象的节奏感等音乐及建筑审美共识。既不无所遵循，也不能削足适履，更不应缺乏这类诗歌艺术的诉求，或麻木无知。所谓"自由体"，绝不能误解为取消诗学及对各种诗型深入的审美的敏感。"自由体"之所以得到这样的称号，实在是由于它的自由美给作者进行敏感的、有个性的创造以最大空间。诗而无诗美，岂能称之为诗？区别只在古典诗有定型的古典美，而汉语新诗有的是千差万别非定型的自由美；这包括错落、参差、反衬等无定规的形式美。凡此诸种艺术都是诗人独创的，并无一定之规。相比而言，自由诗的"自由美"比古体诗的"定型美"要求更高，更有个性的创造和更少放任自流的自由。自由式如没有自由美，人们会质问：这是诗吗？但是自由式的自由美是在古今中外都无法定型的。因此，又是一个永远没有句号的课题。

回到我与中国新诗。20世纪40年代末我在美国布朗大学读研，以约翰·顿（John Donne，英国17世纪玄学诗人）为硕士论文对象，我对艾略特等玄学诗倡导者的诗学接触较多。加上大学时所读的冯友兰先生有关人生境界的哲学，深感诗，无论古今中外，它的灵魂都是诗人的"境界"。"境界"是决定诗的品位极为重要的因素。诗，比小说、戏剧等其他文学品种，更直接嫁接在作者的灵魂上，因此，可以说诗直接长在诗人的灵魂的土壤上，自然也就更反映诗人的境界。

从20世纪初中国新诗诞生之时起，中国新诗总的走向是学院化，诗人多学习英、法、德、俄的浪漫主义、现实主义及现代主义；民间派诗人则遵循大众化的普及诗风。前者通过新诗的创作，相当大地拓展和丰富了白话文学语言，使其在20世纪40年代达到了高峰。20世纪三四十年代白话诗的语言大量吸收了中外文学语言。在字词、句型、语法结构等方面，远远走出胡适、刘大白等所倡导的口语化白话文，开始建造白话文学语言。绝大部分20世纪40年代以后的新诗和散文都是在用发展中的白话文学语言写成的。其中杰出的例子可以是闻一多、卞之琳的诗集，冯至的《十四行集》；散文作家则有周作人、鲁迅、废名等。

到1943年我在当时昆明的西南联合大学读哲学系，选修冯至先生的"歌德"，闻一多先生的中国诗学。虽说自己水平有限，但对中国两位名诗人关于西方和中国的传统诗学的讲课直至今日仍记忆犹新。自己的第一本诗集《诗集 一九四二——一九四七》大部分内容是在大学时代及"二战"在昆明和南京所写成的。战后，曾部分发表在冯至、袁可嘉二先生主编的《大公报·文艺副刊》上。

我之走上诗歌的创作的道路，绝大部分原因是因为在大学期间选读了冯至先生的德文课、诗歌课，因而有机会较深入地体会新诗的特性。卞之琳先生的诗似乎受英法的现代主义诗风影响多些，他在昆明时虽经常在冯至先生家闲谈，但在诗风上两位当时的名诗人却是英德两派，各不相干。这时期卞诗似在经历从早期的抒情口语转向知性，更多内心描述。冯至先生则完全告别了早期的抒情，在语言和内容上都转向歌德和里尔克的混合艺术性和哲思，但又带有他所敬爱的杜甫的情怀。这时我在中学时埋下的诗的种子就在昆明特有的蓝天下发芽生根，并且经历了第一个春天。自己的大学教育是从喜爱文学，希望有所提高，而走向哲学；学完哲学，又回到文学批评与创作的路途。这与冯至先生的经历有相似处，所以不知觉中更能欣赏他的作品。同时也因为读了冯先生译的里尔克的诗，十分符合我对有哲学内涵的诗歌的喜爱。因此，在大学前后我的诗歌欣赏重点是里尔克和华兹华斯。在布朗大学研究院时代我专攻约翰·顿和玄学诗（Metaphysical Poetry）。因此，19世纪浪漫主义和艾略特时代的类玄学诗所启示的现代主义在我的西方诗学中占了很大的比例。20世纪80年代我又有机会在自己的教学、访学和创作中接触和实践了后现代主义。文学创作的"主义"之所以不断地有新潮，并非人为的造作，实在是人类思维和文化的拓新在文学艺术表达形式上的新反映。20世纪40年代，新思维的阳光穿透层云射入中国，新型文学艺术日夜破土而出，一夜间百花齐放，百鸟齐鸣，迎来一次文学艺术的春天。这充分说明思维与文学艺术形式的同步发展的必然性与必要性。

我于1948—1951年在美国布朗大学读研期间，课里课外及写论文都是以讨论诗歌为主。由于研究的角度是学术性的，身份是研究者，日久就对诗失去诗人的兴奋和创造冲动。因此自从1948年出国学习至1979年，我都没有写诗。以前那个诗人的我在我的体内冬眠了三十多年，直到1979年祖国开始了她第二个文化春天，我已度过壮年，才又惊喜地找回我的诗笔。感谢善待我的诗神，她仿佛在门外耐心地等待一个迷路的家人回来。在1979年我回来了，因为诗是我的庙堂，只有在诗的庙堂里，我的灵魂不感觉寂寞和寒冷。我没有宗教，诗是我的宗教，诗伸手领我回到自然母亲的怀中，那是我自来的家乡。

结语：诗，我是你的苦恋者！

写新诗令我饱尝苦恋的滋味。当一首新诗出现在我心灵的峰巅，她的缪斯是如此的美丽！长发垂肩，衣袂飘飘！但当我用笔邀请她下凡，来到我的纸上时，她却变得如此狼狈！面容憔悴，神色惊慌，衣履不整。这就是一首失去音乐的节奏、词句的和谐、内涵的丰富、想象的飞翔的坏诗。古典汉诗，在这些诗歌审美方面，经过几千年的实践和总结，已达成熟；但诞生只有近一个世纪的新诗，在美学方面谈不上成熟，自不容否认。与古典诗词两千年的诗学艺术积累相比，目前白话新诗尚难以达到七步成诗的惊人成就，或茶余酒后，拈髯吟哦，深入人心的地步。所幸白话新诗内容时代性的魅力是难以抗拒的。因此，在今天写新诗、读新诗的人，特别在中青年中，还不少。但由于白话文运动时代留下对古典汉语偏激的否定烙印，至今仍在，深深麻木了人们对当代汉语及其前身古典汉语的审美敏感和渴求。譬如在20世纪初，为了彻底抛弃古典汉语的文学语言，竟提出"我手写我口"这种荒唐的口号。没有一个当代文化大国否认文学语言在文史哲写作中所起的审美功能；而认为可以完全以口语代替。在文学创作，尤其是新诗写作上，文学语言是主要的；反之，偶尔使用口语，只是为了追求某种特殊效果。所谓"文学语言"，并非是矫揉造作的文字。它的特点是它是一个有生命、充满文学个性的文字载体，与文本有着不可分割的网的关系；又是作者心灵的化身。这么一种极其珍贵的文学语言，不幸在语改运动中，曾被完全否定。

显示诗的高度的正是中国古典汉诗所谓的境界。新诗在抛弃了古典汉诗诗学后，最大的损失就是失去了境界意识。诗是各种文学品种中最讲究境界的。它是语言的舍利子。不知有多少青年诗人意识到这点：抒情如同诗的肉身，它传达了诗的"情"，而情与景最终是为了启示一个高的境界。境界意识是古典汉诗与西方诗歌相比，所拥有的既独特又珍贵的特别诗质。它从本质上提高了诗歌比其他文学品种更多的哲学含量。海德格尔所说的名言"诗歌与哲学是近邻"，出色地在古典汉诗诗学中得到印证。所谓"诗言志"，绝非指具体的志愿而言，此处之"志"实指诗作有高尚境界和理想，诗比其他文学艺术品种更能溶哲学于自身血液中。因此，诗人终其生是一个缄默真诚自省的朝圣者，岂容得喧嚣浮躁炫耀？

西方诗歌传统自古希腊起就有诗神缪斯。诗的灵感的人格化身的神话，诗以其灵感通天地，在中国古典诗学中是人法地、地法天、天法道、道法自然的人生哲学。所以，自然是诗的归宿，中国诗很少涉及宗教，屈原的《山鬼》传达的仍是人的恋情，诗多绘自然以传道德。当代的汉诗曾经在早期受西方诗的启发，从内容上讲，以人文主义教育、政治思潮及抒情为主。20世纪以来更多从诗歌艺术上与西方诗歌的新潮保持交流。但在全球重视经济文化的走向的今天，诗歌无论在国内和国际都不再是文化的宠儿和巅峰。诗人只有默默地守着神圣的缪斯的庙宇，进行对宇宙、人生、历史的沉思。诗，我仍是你的苦恋者！

　　*本文原载于《诗刊》，2006（1·下半月）。

诗与后现代

我写诗，但更多的时候我读诗；好像每天必须嚼些翠绿的青菜，我的心灵需要诗，还有哲学。然而诗和哲学随着历史大潮的转变也在不断地蜕变。它蜕了一层又一层的皮，最后我们被告知，火车已到了"后现代"一站。

所谓的"后现代"，并非指文艺风格，而是时代的"后现代性"，与所谓的"后现代主义"略有不同。什么是后现代性，众说不一。这里我所关心的是：商业和高科技携手支配人们的精神世界，人们变得唯科技、唯财富、唯效率，最后是唯享受。四"唯"中最终一"唯"是最终的目的，尽管作为第三世界一员的中国在科技与产值上并没有达到第一世界国家的等量级，但在生活的价值观上，在四唯的强度上，却已比第一世界有过而无不及。后现代性的现象之一就是人际关系的冷化，利害关系的商品化。在这一点上，我们也在大踏步地进入后现代。这一切也许是身不由己，但事实是无可奈何的。某小报的社论有一句名言："金钱是他自己的身份证"，再透明一点，应当说金钱将身份证带给他的主人，或者金钱就是他的主人的身份证。有这身份证的就拥有涉外五星宾馆、飞机座位、Fax等最现代的通信设施，因此，首先进入了第一世界的文明优势，比起数十年钻研高精深的寒士理论家自然更是文明的享受者，而后者则是希腊时代的文明创始者的奴隶。

因此，在生活的目的是什么这一问题上中国的人们已经有了不含糊的认识，也是后现代的意识的觉醒，一个年轻人会高傲地告诉你人生是享受，致富者是俊杰，清寒是耻辱无能，一位中年人会委婉地宣传"下海"的重大意义，一位老年人会容忍地承认这是时代精神。最近一位得意的弄潮儿曾警告那些骑着旧自行车穿着20世纪60年代服装出入于教室和实验室的知识分子：你们再不改变观念，终将一无所有，而被历史淘汰。可见我们的后现代意识比起第一世界来得还要强烈。因为，在西方，教授们虽比不上大资本家，却也不必要在"下海"与自己的专业之间做出刻不容缓的选择。也没有得意的弄潮儿敢宣称要推倒知识分子大山，或将科技专业者分成外出赚钱的工蜂与在家维持专业的家务蜂两大队伍。至于那些人文科学的知识分子，是选择错了途径，他们的工蜂大约是进行服务性活动，为旅游观光者服务，或者"练摊"，不是有大学师生的摆摊集市吗？据说，走出教室要长见识得多，在教育思想上后现代革命化有了重大突破。知识必须以最快的速度转变成商品。

回到诗、艺术与哲学上来。据说贝多芬、梵高的时代已经过去了。有某摇滚歌手明确地这样告知采访者，今天的摇滚音乐远比贝多芬有意义。某古典音乐指挥家痛苦地承认已经无法维持正常的排练。罗丹在北京的回顾展虽说总算有些迷恋者去看，但也是门可罗雀，比不上俗文学、俗音乐那样轰动。至于诗，在汪国真的轰动后现在几乎销声匿迹，因为它还没有找出转变成商品的途径。偶尔也有些人想用"青年诗人"这个招牌引起一些市场兴趣，至于货是否会滞销，还难预测。如果诗不能进入市场竞争，没有人有闲情来过问它的存在。因此，近来我多半在读古典诗和20世纪80年代的美国诗，及20世纪80年代的中国新诗，我曾经认为诗和哲学是一个民族的文化金字塔的尖顶，或者是那神秘地注视着人类命运的斯芬克斯。今天我找不到那斯芬克斯，噪音淹没了一切，空旷的沙漠消失在拥挤中。

第二次世界大战后整个世界都从传统人文主义乌托邦梦中醒来，全世界人文科学都集中在考虑这样一个问题：从这里人们将走向何处？世界被冲向一个危险的百慕大三角水域，但人类必须从这里走出去。

如果我们在福柯的文化考古馆参观，我们会找到各种文化地层，唐诗宋词、莎士比亚、贝多芬……而德里达所描述的"踪迹"之"能"游戏、放射在它们之间，凡是存在过的都不会死亡，因为这种无定型，千变万化的踪迹能将各种文化信息，从远古到今天，织成文化网，带给人们。问题是人们自己的耳朵、眼睛，更主要是心灵的要求改变了，他们中的很多人对这些人类文化信息失去兴趣，变得不敏感。大众媒体的黄金时间多由某大企业配合商业推销支配，显然不会引导观众去接收自遥远的传统传来的文化信息，但在我的四周仍有一些青年人选择去考古和登山，他们要挖掘福柯所说的文化地层和攀登知识的大山；虽然二者都没有金矿。在唯科技是尊、在商业是王子的时代，人文科学的大山居然还有些登山者去攀登，令人庆幸。当然也有一些"天才"的作家，诅咒知识，这种复杂曲折心态反映了我们历史道路在知识问题上的扭曲。仇恨知识也是西方后现代的一个现象，以福柯而论，他在讨论知识与权力的关系时就痛斥科学。但西方的后现代与后工业社会深深认识到科学在失去道德的标准后，它的罪恶是值得咒骂的。如原子能的善恶两副面孔，对于第一世界是非常普遍的常识，环境污染也是人人有强烈感受的，所以，他们是在知识普及的情况下诅咒科学的残酷，而我们的弄潮儿却在缺乏知识，失去正规教育的痛苦心态下转向仇视知识和知识阶层。这两种咒骂却有着第一世界和第三世界的不同特性。对于我们的愤怒的年轻天才的咒骂知识分子阶层无能，只能报以苦笑，近半个世纪始终弄不清知识的地位，如今培养出愤怒的一代年轻"天才"和具有朴素的阶级感情的老人，只有自食苦果了。此中是非非三言两语能够说清，但却是20世纪历史中无法回避的，给读者印象极深的一章，这里也有不少血的教训，是否全为人所理解，还说不好。

我不认为只有摆脱传统和躲开文化教育才能发挥天才，如果贝多芬从坟墓中走出，如果里尔克活过来，他们仍然会带着自己的传统，谱写今天的命运交响乐和写今天的《杜依诺哀歌》；梵高回到今天的荷兰，仍会找到吃土豆的人和孤独而勇敢的一株孤零的桃花。历史总是在涌现新的情况，过去、现在、将来，都在不断地、充满偶然性地变着，人没有控制历史的权力，却有选择的权力，我们选择自己的生命价值观，不同的人群，有着不同的眼睛，这正是文化丰富多元的原因。闪光的不全是金子，已成大家熟悉的谚语，生命的价值对于我不是时装，我是一个不可救药的诗歌、哲学、艺术的迷恋者，我尊重它们独立自主，以它自己的方式爱着人类，包括那些竭力要征服它们的人。在这一点上我是顽固不化、不可救药的知识分子。在中国还有这么一群精神的迷恋者，智慧的迷恋者，知识是非的追求者，无论公共媒体怎样炫耀着财富的闪光，他们的兴奋中心永远是问一个为什么。广告上美女如云，画面上充满了以"文化"为名的各种声色味的引诱，但是他们感到贫乏，感到思维的饥饿，感到荒唐，仍然找不到答案，从这里我们要走向哪里，这不是一个单纯的翻几番所能解答的。

在21世纪，人类作为一个有感情、有大脑的动物究竟在追求什么？回荡在世纪前的空谷里的声音在问这个问题，先富起来的第一世界没有明确回答这个问题（他们正在探讨中），还没有富起来的第三世界认为这块石头尚不是我们脚下的现实，让哲学家和苦命的诗人去发愁吧，目前我们还是铆足了劲先富起来。对吗？！这是我在世纪末的最大困惑。

*本文首次发表于《文艺争鸣》，1993（3）。

诗和生命

对于我，诗和生命之间画着相互转换的符号。所谓"生命"，是人的神经思维肌肤对生活的强烈的感受，而诗人在这方面是超常的、敏感的。诗人是哲学家和预言家也是当然的。没有人是生活在真空中，而自然与客观存在总是丰富得超出凡人所能感受的范围。因此，以为只有在轰轰烈烈的场合中生活才能写诗是一种误解。此时的感受有时要到另一个时刻才能被真正地理解。当然，尝试和体验各种生活是很有好处的，但这有些像种树，结果却可能在若干年之后。而且，无心插的柳往往比有心栽的花长得更好，因此，带着自己的"道"和"志"深入生活，却未必写出好诗。

当代有些西方诗人强调即刻感，现场写作，非反思等，虽然也打开一些新的途径，但却不应当因此否定华兹华斯所说的写诗是"在宁静中重记感情"。当代诗人强调不让意识干扰感受，而主张即时、直接、非反思，似乎与华兹华斯的强调重忆很不同，其实这是对华兹华斯的重忆的误解。双方所追求的目标是一致的，都希望在没有理性干扰之下，最清晰地感受生命，时间短固然可以减少理性的插手，而时间隔得长些，在宁静中让理智安眠，而过去的一些情景从无意识中徐徐升起，突现在心灵的眼前，可能比现场的捕捉更深刻，更强烈，这与以理性对经验进行反思和整理是不同的。事实上，人的接受器官并不是录像机。任何时候也不能机械地、纹丝不差地对客观进行记录。对于诗人来讲排除上意识逻辑条理的干扰，让创造性的想象功能来将现实进行诗的转换，是一个关键的环节。直接反应的现场写作，或自动写作，在艺术的转换上，如果不是始终很成功，就会出现败笔。华兹华斯的创作，据他在《〈抒情歌谣〉序》中说：在感受上经过热—冷—再热，第二次的感情的激动、热烈是在艺术境界中，是非常强烈的。宁静给他以超越现实的条件，重忆、再现是在宁静的超越现实的氛围中进行的，想象之光使事物的轮廓带有异彩，而宁静使心灵清澄无霭，每个当前，当你的想象照见它时，都可以是神秘的过去，诗人和敏感的人，常常是生活在过去中的。现实和艺术，昨天和今天对于诗人就是这样相互转换而又共存的。

由于诗和生命是这样密切地相关联，我在诗里往往寻找生

　　　　　　　　　　　　　　　新诗与传统

命的强烈震波。为此里尔克的诗是我最喜欢读的一种。譬如，他的《古老的阿波罗躯像》。这是一首关于一座挖掘出来的公元前5世纪初的少年雕塑的残躯。从那大理石的躯体里，里尔克看见的是生命的光辉，像一盏灯样从躯体的内部将大理石照得通亮，他认为像的头部虽神秘地遗失了，但阿波罗的目光却仍透视着像的躯体。他写道：

> 否则
> 那在曲线的胸就不至令你眩晕，也不会有
> 一个微笑掠过那宁静的臀部和胯骨
> 流向那黑暗的中心，那里繁殖在闪光
>
> 否则那石像的躯干将黯然失色
> 于双胛的透明瀑布之下
> 它怎能如野兽的皮毛样闪耀：
>
> 不能自身躯的边缘
> 爆炸如一颗星辰……[①]

[①] 见斯蒂芬·米琪尔英译本《里尔克诗选》，61页，中文引句为笔者所译。

对于一尊残缺的阿波罗石像，里尔克能感觉到这么强烈的生命力的放射，说明诗人对生命的超常敏感，也正因此里尔克对于神秘的生命之美常怀着宗教式的崇敬。1911年至1912年的冬天，一天，里尔克在临海的杜依诺古堡上独自散步，并为一些个人的财务问题所烦恼，忽然他仿佛听到大风中有一个声音向他召唤喊道："在那天使们的国度里谁会听到我的呼唤？"回家后，当晚里尔克写成不朽的《杜依诺哀歌》的第一首，开头就是前面那一行。接着他写当生命显示给他那强烈的感受时，有如被一位天使拥抱在怀里，"那压倒一切的存在／将我焚尽。因为美／不是别的什么，而是恐惧的开始……"[1]他接着又说，"每一位天使都是令人畏惧的"[2]。

如果按照康德关于"美和崇高的意义"（1764）来看，这里里尔克所感受到生命的强烈已超出美的范围，而进入"崇高"的境界。康德说：

> 崇高震撼凡人的心，当一个人领悟到崇高的最完全的意义时，他的表情是严肃的，有时是紧张而惊愕的神情。

---

[1] 见斯蒂芬·米琪尔英译本《里尔克诗选》，151页，中文引句为笔者所译。

[2] 同上。

崇高……有时伴有一些恐惧或忧郁，有些情况只是静穆的赞美，另一些时候伴有遍布在崇高的地方的美感，第一种我愿称之为可畏的崇高，第二种是高尚的崇高，第三种是辉煌的崇高。深沉的寂寞是崇高，但是属于一种可畏的类型。

崇高总是庞大的……必须是单纯的……既巍峨又深邃，后者伴有恐惧感，前者伴有崇敬，一个是可怖的崇高，一个是高贵的崇高。①

因此，可见里尔克所感受到的美实则已属于康德所谓的"崇高"。他敏感地领略到生命的崇高和寂寞，深沉的寂寞，使他转向自然："或者在山坡上有棵树为我们保留着／每天我们可以收入我们的视野／那边有我们昨日的街道……啊夜晚／夜晚当装满无限的空间的风咬着我们的脸……"②这时，寂寞的心痛苦地面对着令它失望的现实。寂寞会使诗人突然面对赤裸的世界，惊讶地发现每一件平凡的事物忽然都充满了异

---

① 《康德伦理政治哲学选》，纽约现代图书馆英文版，4页，中文引句为笔者所译。
② 见斯蒂芬·米琪尔英译本《里尔克诗选》，151页，中文引句为笔者所译。

常的意义，寂寞打开心灵深处的眼睛，一些平日视而不见的东西好像放射出神秘的光，和诗人的生命对话：

> 我的眼睛
>
> 好像在深夜里睁开，
>
> 看见一切在他们
>
> 最秘密的情形里，
>
> 我的耳朵
>
> 好像突然醒来，
>
> 听见黄昏时一切
>
> 东西在申说着，
>
> 我是单独地对着世界。
>
> 我是寂寞的。①

许多诗人都是在这种"深沉的寂寞"中和自然进行无声的对话。歌德当他来到万山和丛林中，感到树冠的海洋的沉静，写了他的有名的《流浪者的夜歌》，华兹华斯当他寂寞地来到湖

---

① 郑敏：《寂寞》，见《诗集 一九四二——九四七》。

滨时忽然看到水仙花在它们的欢乐中的秘密神态①，诗人们都
会在寂静中突然领悟到自然的神秘的崇高，惊人的美和威严。

20世纪80年代，一次我在登上四川青城山时，感受到和山峦深
深默契，在所写的《山与海》的一首诗里有这样的诗句，记录
了我那片刻被自然所接纳的感受：

　　　　我吐出深沉的气息，

　　　　这白雾飘向

　　　　停留在半山的云雾

　　　　小小的我将永远

　　　　被青城山的呼吸所拥抱

　　　　大海的动荡是昨天的记忆了

　　　　当年龄像柏树样沉郁，

　　　　我不再怕高山

　　　　这严峻的老人

　　　　这本艰涩的哲学

　　　　我的骨架呼唤着

----

① 华兹华斯：《我漫游如孤云》。

远山的脊背，

　　它用沉寂、沉寂

　　说出那无声的思想。

在20世纪40年代所写的《寂寞》中，我也有过和生命突然面对面相遇之感，世界鲁莽地走进我的心里展开一幕幕的人生的幻景，让我理解寂寞的真谛。20世纪80年代我又写了《成熟的寂寞》，在经过近半个世纪的历史风暴，我重新找到了诗和寂寞，感觉到它对一个人心灵的重要，它是心灵深处的圣殿。在这首诗里有这样的诗行：

　　我带着成熟的寂寞，

　　走向人群，在喧嚣的存在中

　　听着她轻轻地呼吸

　　那不存在的使你充满想象和信心

　　假如你翻开那寂寞的巨石

　　你窥见永远存在的不存在

　　像赤红的熔岩

　　在戴着白雪帽子的额头下

　　翻腾，旋转，思考着的湍流

　　　　　　　　　　　　　　　新诗与传统

最后结尾是：

> 我在口袋里揣着
>
> 成熟的寂寞
>
> 走在世界，一个托钵僧。

20世纪80年代我开始研究解构主义，对"不在"（The Absence）和"在"（The Presence）之间的何重何轻，很同意德里达等的观点，写了一组《不存在的存在》组诗，《成熟的寂寞》是其中一首，这组诗已收入在即将出版的《心象》集中。在商业化猛烈冲击和政治潮流不断刷洗中，一个诗人要维持其独立的人格和思维的无边，就应当有一个内心的庇护所，在那里他和历史、自然、人群自由地对话，他也审视自己，一切不再存在于时间中，而永远存在下来的真情、智慧，在寂寞中会向你显示出它那"赤红的熔岩／在戴着白雪帽子的额头下／翻腾……"这种不存在的存在是诗人的眼睛、耳朵、皮肤及超官能的想象所能感觉到的。

诗歌艺术，对于我来说主要有两大派：立体的与流线的。立体派在20世纪初随着立体艺术和意象主义诗歌运动一起发展，在庞德的理论和艾略特的实践影响下，又发扬了17世纪玄学诗人约翰·顿等的特点，形成20世纪50年代以前现代主义诗歌的主流。我对立体主义的诗歌结构空间的多维、压砌、剪贴等艺术所表现的现实的复杂性，也很欣赏。但同时它很难传达东方诗的空灵。中国艺术的平面展示和线条更给人一种超越物理时空的空灵和神韵，这似乎也是中国诗的艺术特点。

虽说西方意象的使用似受我国诗词的启发，但所追求的艺术审美效果，显然不同。即使以西方绘画来比拟，我在写诗上更希望接近马蒂斯的线条和梵高的笔触，马蒂斯的潇洒的线条中有东方的飘逸，而梵高的笔触凝聚了悲怆和崇高。由于我向往这种艺术效果，我在写诗时不能像一些立体派诗人，先产生很多断面，而后将其组成诗的整体。我的素材必须在无意识中自行转换，酝酿，直到它形成自己的塑形，这时我会通过一些偶然的条件，收到酒已酿成的信号，于是将这首诗接到世界上来。里尔克在写《杜依诺哀歌》的第一首时，大约也是收到他的无意识发给他的信号，这就是他听到的大风中的呼声，仿佛它向他喊出那诗的第一行。有时，霎时的内心的一次颤动，会触发一首诗。人们称之为灵感的到来，其实可能就是那酿酒的无意识向你发出的酒香的信号。因为我的创作是属于这种途径的，我的诗极少或完全不能修改，因为，任何上意识的推敲都会是拙笨的干扰，正像中国的书法是一笔下来成败已定，绝不

　　　　　　　　　　　　新诗与传统

能再描，线条有它的生命，就像孩子有自己的面孔，整容术不是我所喜欢的。

我曾因自己的有些诗有败笔，尝试推敲词句，结果原诗面目皆非，只能重新写一首。在酝酿得很好的情况下，修改是不必要的，我的20世纪40年代的诗几乎全部没有经过修改，它们来到我的笔下时，已经完全有了自己的身体和面貌。20世纪80年代的作品有很个别的诗是经过完全重写的。譬如，那首《听尺八》（《我的东方灵魂》组诗）的第二篇就经过了几次重写。我认为线条型的诗一经上意识地修改就会失去神韵，但并非主张写诗只需一挥而就，应当说诗在无意识中酿造时间是很长的，这个酒窖是由无意识和潜意识组成的，它的功能神秘而复杂，那里的酒曲是很古老的，有的是我们的始祖所遗留下来的。

1985年后我的诗有了很大的转变，因为我在重访美国以后，受到那个国家的年轻的国民气质的启发，意识到自己的原始的生命力受到"超我"（Super-ego）的过分压制，已逃到无意识里去，于是我开始和它联系、交谈。因为原始的生命力是丰富的创造源泉，这样我就写了《心象》组诗，我竭力避免理性逻辑的干扰，而让积淀在我的无意识中的力量自己活跃起来，形成图像和幻景出现在我的心的眼前。这些幻象就是我的思维情感的化身，也就是我的心象。它们形象地告诉我的思维和情感的状态。一次当我感受到外界的强大压抑，我在摆脱精神的窒息状况时写下：《渴望：一只雄狮》。这首诗是超现实主义的，那受压抑的生命以一头雄狮的形状出现，它驰出我的身体，在和自然（长江）取得联系后已回到我的身体内，并且将生命的活力再度带回来给我。在诗的结尾我写道：

> 它回头看着我
>
> 又走回我身体的笼子里，
>
> 那狮子的金毛像日光
>
> 那象的吼声像鼓鸣
>
> 开花样的活力回到我的体内
>
> 狮子带我去桥头
>
> 那里，我去赴一个约会

这样，那受压抑的自我又取得和外界的联系，其中"自然"（我与自然约会）起着媒介的作用，当我写成这首诗后，我感到心情舒畅，恢复了对生活的信心。这种诗歌能起升华，精神宣泄和心理平衡的作用是我亲身的经验。后来我读到弗洛伊德关于无意识和创作的文章，才知道我的体会说明无意识在创作中起的重大作用。多种多样的压抑能在创作过程中自身体的笼子中，无意识的黑洞中冲出来，然后化成力量重新回到艺术家的自我中，带给它丰富的生命力。我的狮子和大象以它们美丽的金光闪闪的毛发和吼声击败了外界对我的压力，在这充满压抑的现代社会中艺术创作的心理医疗作用确实是不应低估的。暗喻从无意识中涌现，摆脱了超我的控制，走入诗行，因此，在1985年以后我的很大部分的诗是经过我内心的视觉走到我的笔下的。譬如，《心象》组诗中另外的一首《门》，它应当完全是视觉艺术，是一扇富有超现实意味的真真实实的门，出现在我眼前。它是什么一个暗喻呢？事后我意识到它是我对人生机缘的一次顿悟，所转换成的艺术形象。它意味着种种人与人之间的离合和理解，门就是这种复杂的关系的符号。譬如，诗中有这样的一些暗喻：在门口偶然的相遇，一个要走进，一个要走出，他们的机遇是：

　　十年可以留不下一丝痕迹

　　一眼却可能意味着永恒

　　没有一声"对不起"

　　说得比这更为惆怅

　　那扇门仍在那儿

但它不再存在

......

这扇真真实实的超现实的门：

它存在于虚无中

那可能是任何一个地方

在佛教中这种主题可能是一个抽象的哲理，但对于我，它已经转换成一种视觉艺术，但我不是画家，只能用文字来画。这是作家的痛苦和骄傲，因为文字远不如线条或音符那么宽容。文学经常染满了前人的色调，带来诗人所不想要的效果，这是一切作家的痛苦，但如果能成功地洗去文字上那不需要的遗痕残迹，却又是作家的骄傲。在1979年我刚恢复写诗时对这个问题体会不深，从1985年开始，我希望在诗的文字方面能够洗去那种种别人或传统的调、色、声所遗留下的色迹，让每首诗有它自己所需要的颜色和光线，这是我的意愿。

1990年11月

*根据在岭南学院、香港大学谈诗讲稿整理，首次
发表于《香港文学》，1991（创刊6周年纪念号）。

创作与艺术转换

——关于我的创作历程

　　所有创作都是关于悟性、知性和感性间的关系。知性在脱离悟性时就不会有尖顶或塔尖。知性是逻辑性、完整性，而感性是最后阶段也是最初阶段。25岁以前的青年感性发达，但往往缺乏知性的骨架，也没有悟性的空灵。从感性出发，又寓知性与悟性及内容于感性，是创作历程的完成。在20世纪40年代，我的知性是来自我对哲学和当时的德国文学课的兴趣，这成为我终生所喜悦和受益的。我的20世纪40年代诗歌在寓一切于感性方面较成功，遗憾的是过多沿袭以歌德、里尔克为代表的西方浪漫主义和早期现代主义境界与感情，而缺少自己的特殊心态。1979年经历了一次历史的苏醒后，自己内心的感受十分强烈，但又没有能提高到悟性的认识和给予感性的表现。因此，1974年到1982年的作品中虽有复苏的喜悦与痛苦，但在艺术转换方面却显得笨拙、生疏，缺少创新，只能算是寻找自己的艺术风格的一个过渡时期。从1984年到1985年以后，我才朦胧地找到自己的艺术途径。这是一种庞德式的浓缩和后现代主义的强调无意识的意象的混合。这时候随着开放带给人们的感性的丰富和弹性，我开始扔掉1950年以来为自己的艺术观戴上的种种枷锁。这时我并不认为有什么西方的典型值得我模仿，但对西方诗学、美学、批评理论的接触，使我理解自己应当更解放地调动自己心灵深处的悟性和皮肤的敏感。这样，我就在《心象》组诗中打开通向自己心灵深处和表层的途径的新的艺术转换。

艺术转换，我认为是创作的关键。在现实与艺术真实之间有着极大的深沟，如果艺术家和诗人不能越过这个艺术深沟，而达到彼岸，是不会创作出很好的作品的。艺术作品既称为百花，就不应有种类高下之别，但确实有艺术成败之分。成功的好的作品多半是在艺术转换上做得很好，反之就是失败之作。我在1979—1982年因为对新型诗歌的艺术转换问题没有解决，写过一些不令人满意的作品。这并非由于缺乏热情和真诚，相反在当时的开放形势之下我十分激动，对自己所要表达的内容充满赤诚，然而有些作品失败了，或因语言无力，缺少鲜活感，或因结构缺乏艺术创新，又由于担心读者看不懂和编辑不习惯，而没有全心致力于艺术转换的探讨，反而分心在一些非诗的担心上，影响了作品的质量。

艺术转换的才能是艺术家、诗人所拥有以区别于常人的一种特殊才能。否则如果只要有真诚的情怀和高深的见解就可以写诗作画的话，岂非高深的学者人人皆可成为诗人、画家？事情远非如此。科学家、学者虽有丰富的学识远见，表达的真诚，但因不具备艺术转换的才能，以爱因斯坦为例，显然不能成为诗人或画家。我们说某人谈吐颇有诗意，其与诗人之别正在于他并没有将生活转换成艺术的才能。1985年后由于不断地学习和探索，我终于找到一条通往新时代诗歌写作的，具有一定个性的艺术转换的途径。我需要充沛的心态，在这种精神状态下我的心灵深层如一扇教堂的大门在管风琴声中徐徐启开，我感觉好像有很多小小的精灵飘进我的深处，它们唤醒了我的深处沉睡的无意识，它在黑暗中翻身，并放出很多很多的形象，也就是"意象"。这些意象不是现实的模仿，不是摄影，而是我的悟性在感性中的化身。它们充满强烈的思想感情，充满了我的心态的色彩和气息；它们像脱离了我的躯壳，自己在空中飘摇；它们甚至自己落在我的纸上。我的《心象》组诗和那以后写的许多诗都是这样产生的，因此我很少大修改已写下的诗，因为它们在我的无意识中已经酝酿了好久，获得了自己的形式，过后的大修改是不可想象的。除非再一次把它们送去回炉，这种情形也偶然会有的。那说明它们的第一次转换是失败的。

想象、灵感等诗人和评论家常提起的名词，对我来说，都不是能用意识来控制或指挥的。它们和现实提供的感性材料（带有强烈的主观意识的感性材料）发生对话、交融以促成转换。当转换成功时它们就暂时隐退。所谓转换成功可以这样理解：灵感与想象作用于现实的材料形成主观的感受，感受深入到无意识的深处，继续受无意识的潜移默化，成熟后吐出艺术的真实——意象、结构、语言。这里结构受智性和逻辑的影响较大，结构是一种功能，用来清醒地保存一个作家在不清醒时的状态，使作家在强烈的艺术风暴中仍能把握审美的完整性。以艾略特和他的对手威廉·卡洛斯·威廉斯相比，后者显然强调了无意识的不清醒，而没有能用清醒而完整的审美结构来进行艺术转换，因而没有能写出和《荒原》一样艺术完整的长诗。艾略特说一个失败的作家就是在不应当去意识的地方去意识，而在应当意识的地方又不去意识。这里说的正是艺术精确的穿透力的运用与审美结构功能。对这种功能的直觉往往产生在创作过程中。在写作时我常常临场决定转弯、跳跃、收、放、结束等。这都是凭结构感的指挥，并不能事先决定。一个作家无论多么沉醉于灵感和幻想也不能失去这种审美的清醒，这种清醒的艺术结构意识。

意象是很多人都说过的。我觉得意象有比一般人所理解更深广的内涵。譬如说，它不仅是感性的、图像的，而且当它出现在诗中时和它的前后上下都有无数的联系，如果只是把它看成一幅孤零零的画面、一尊雕塑，就失去它的很多含意。它的暗含是超过一首诗的时空的，是和作者及他的时代密切联系的。因此，意象是作者的感受及这种感受的时代性的凝聚及其艺术转换。有的作家说诗人是在意象中思考的，我认为这说法有道理。威廉·卡洛斯·威廉斯曾说没有思想，除非在物中。我的理解，这里所谓的"物"更多的是指艺术世界中真实的物，拥有丰富的感性的物即意象，而非关于现实世界中"物"的概念。

当幻觉与客观世界有密切联系时，它是一种有创造性的幻觉，能震动作者的心灵，唤醒灵感，因为它本来就是作者心灵的无意识的产物。譬如，作者在无意识中打开了自然物体（如一棵树、一块石头）的关闭的门，走入它秘密的深处，因而写下一首诗，这种深入到自然物的深处的感觉其实是一种艺术的幻觉，因为与自然界物体的神交是主观幻觉的客观物化。梅里美曾说艺术是谎言，也许可以用来注解这种幻觉。庄周梦中化蝶，醒来不知是自己化蝶还是蝶化庄周，庄子称这种幻觉为"物化"。这种与自然万物神交所形成的幻觉往往成为一种可贵的灵感和诗歌创作的契机。我在《心象》组诗中所写的狮和门也都是一种幻觉中的意象。

转换可以不单纯产生意象而是产生情景，如我在"裸露组诗"中写的木乃伊、黑夜的客人这些情景都是一种心态的化身。说到心态它自然有其所生存的时代的特征。艾伦·坡的《黑八哥》（有的译为《乌鸦》）的诗的情景就是诗人心态的化身。语言在我的创作过程中一直不是单独、独立的因素。这与某些结构主义者对语言的看法很不相同。结构主义者反对在意象中思考，而认为字词在创作中指引作家去思考，结构文字学者更愿意离开诗的悟性而集中注意字词的感觉和操作。这种作品往往以文字的交错复杂织成文本，如阿胥伯莱的《这些湖畔城》就是一例。更有些作家喜欢做文字实验，甚至文字游戏。总之，在文字结构主义者看来，不是诗的悟性或智性是诗的塔光和深思，是一首诗所应珍惜的，而是个性很强的字词在文本中任意引进它们的色彩、声音相互间的关系组成抽象派的诗。因此他们反对对诗歌进行解释，也不要求理解其内容。实则文字艺术不全是视觉艺术，对它的理解不能像对一幅抽象派的画和雕塑的欣赏一样，更多地停留在视觉范围。诗的艺术转换要求进入悟性的塔尖。总之，在诗歌的艺术转换中，一个诗人经受着他成败的最终考验。

*本文首次发表于《诗刊》，2002（7）。

探索当代诗风

——我心目中的好诗

今天中国的诗坛已经走出花园式，无论其为东方的、西方的、典雅的、浪漫的都不再吸引我们的老中青三代诗人了。没有园林艺术能不在这片疯狂了的野地山坡面前感到困惑。称其百花也好，百草也好，今天确实没有什么理论家，评论家敢再为"诗"下定义了。中国台湾地区近来也在讨论，我们的有些诗究竟是不是诗？这是一个无法回答的问题，但确实又是一个在困惑着我们的问题。什么是诗的当代性？多元性？什么是诗的美？或者诗的反美？诗的音乐性？或者这些观念都应当风扫残云似的从诗的国境内驱逐出去？或者诗根本就不再有自己的领域？或者创新的定义就是不要考虑你写的是什么，叫它是诗，它就是诗？或者谁也不要管别的诗人的事，自己写自己的成了？或者……或者……因此，我只能说我心目中的好诗，特点如下：

（一）诗里有强烈的信息。也即海德格尔所谓的"揭示"，我迫切想知道诗人为我带来什么信息，他想告诉我什么，他怎样告诉我？他不能搔首弄姿，装腔作势，他的信息不能是没有真情实感，写了一大堆，结果到了关键时刻却虚晃两枪溜之乎也，令读者深感受骗，或者错误地理解西方现代主义所谓的"说什么不要紧，怎么说才是关键"，于是简单明确的变得复杂糊涂了，却告诉读者这才是"写"的艺术。生命是如此短促，人们对诗歌的要求在凝练、集中上比对小说要高得多，古人能在56个字或40个字的空间给读者强烈的信息，今天的诗人读了应当叹为观止，探索新诗如何能在这方面发挥传统的惊人的表达力。就算不惜墨如金，也别只顾洋洋洒洒愈写愈长，自我沉醉。诗虽也有长的，但在长的同时不能失去强度、力度。如果题材实在需要篇幅，最好是将长篇分成短小单元，这样就能保持每个单元自身的完整与力度。一气呵成的几百行，上千行，对于一个不成熟，或者没有那么充沛的诗才的诗人，是很难写得行行精练的。在读这种诗时，我为了不失去其中的碎玉，往往得忍受多少沙子的干扰，有时真遇到闪光的珠玉了，又不免可惜它为什么被埋在一堆垃圾中？有时走出那几百行后一无所获，未免很懊恼。

（二）诗人对语言要尊重、珍惜。不要对语言施虐，拧断句子的脖子，强迫词字结合，任意玩弄，炫耀新奇，招摇过市以博得创新的美誉。语言不是时装。在这充满五花八门广告的世界，让我们从语言里得到一些真诚，一些朴实，一些深邃。对语言施暴和虐待动物一样令人难以忍受。灵魂的压抑、空虚使得一些诗人转而虐待语言，他们的粗暴只说明自身的匮乏。什么时候诗人在语言面前，不念咒语，不施魔法，而变得虔诚，谦虚，他才能找到真正是他自己的语言。将语言作为受创的"自我"的泄愤工具，这种报复心态只能伤害自己，因为语言的根不在他处，而是在诗人自己的无意识中，诗人的浮躁粗暴都会使得他听不见自己语言的声音。因此海德格尔说：你不要"说"语言，好好地"听"，让语言来"说"你。诗人们在诗和语言面前要沉静一下容易喧嚣的自我，语言就会向诗人们展开诗的世界。诗来自高空，也来自自己心灵的深处，那里是一个人的良知的隐蔽之处。

（三）有的诗人为了反抗干瘪的逻辑，而写出十分任性的诗，它徒有混乱而没有信息。其实干瘪和混乱都不是诗的寓所。奇想狂想都只有在传达最强烈的信息时才有价值。好的诗总是蕴藏着最丰富的值得深思的信息。它或者隐约在平易的字词之后，也可能含在奇异的辞藻之间，可以是整体后面的一片闪烁之光，也可以是从岩层下露出的彩色。平面的、立体的、线行的都行，只要它留住读者的目光，令她（他）停下来沉思、体会、回味，因为它是作者留下的生命的痕迹，读者在它面前要觉得若有所得。

诗在脱去逻辑的硬壳之后，需要的是新鲜的语言和它所呈现的极富内涵的心灵。每一首传世之作的中国古典诗词都具有这样一个不会被穷竭的灵魂。"境界"就是心灵的状态。后工业时代的中、西方普遍患有境界被污染病。或者作者干脆不知境界为何物。一次当我翻阅了一本20世纪80年代美国中青年诗集后，合上书，我痛苦地感到这厚厚的一本选集里只有很少的几首除外，其余都没有里尔克或华兹华斯所追求的高度。心灵的沙漠化使得很多年轻诗人的诗充满了灼热而干燥的热风，没有意境可言。爱情与欲望成一体，肉体的探险成为刺激的源头，或是塞满平庸的细节，如同杂货店的货架，诗不再给你飞越，而是沉重、平庸，读完这种诗后我开始怀疑诗的存在的必要，因为后工业社会日常的生活早已充满庸俗的刺激和平庸的琐碎。也许是东方人的关系，我的文化使我理解：诗人的痛苦和欢乐能化成他的诗歌中的不可穷尽的艺术的美和力。杜甫、李白从来不会让他们的生活中的痛苦成为平庸的琐碎的流水账。然而打开今天的一本美国当代诗选，有不少诗像不在意地输入计算机的记录，没有光彩，没有生命。是不是计算机文化已经使得诗魂如此麻木？我暗暗为我们今天有些年轻诗人担忧。"境界"是沙漠里的绿洲，它出现在沙漠的侵略与压抑中，但却代表沙漠的灵魂中暗存的力量与追求。如果只在诗中报道沙漠的沙粒如何，如何，那真是只见沙子不见绿洲，这样的诗，有的诗人辩解说它更真实，是后现代的真实。我仍然认为诗的功能不在于统计沙子的数量，而在于点出绿洲的力量，无尽的沙子这一存在是数也数不清的可见者，它正在遮蔽我们渴望看见的绿洲，而诗人的职责正是穿过可见的痛苦的存在，触到那被隐蔽的无形的不可见的力量。追求表面的真实与准确的诗人，在看到"枯藤"时只追问这是哪一个钟点的枯藤？什么时间的"昏鸦"？在追求琐碎平庸之物的"精确"描写时，却看不见那存在于这些平常之物后面的不平常，拿到了琐碎与平庸，却失去了潜在的生命的、艺术的魅力。诗能不能揭示这种暗含于可见物之后的潜在力量，是一个价值标准，至少是我在判断一首好诗时的标准之一。诗的境界代表诗人超常的悟性，穿透了可见、可数的事物的表面存在，悟到那潜在的生命的力量，和自然的深邃不可测，与人的相对渺小。在现代的西方世界，物质财富的力量占据了舞台的中心，中国也许正不可控制地滚向那个中心，被吸向那个物质崇拜的圣坛，我作为个人的选择与对诗歌的选择，却更感到诗歌的悟性的深意能让我穿透黄金的耀眼的光亮，看见那被遮蔽了的潜在的生命与艺术的意义。审美总是哲学的折射，人的价值观起着很大的作用。我欣赏"二战"后美国当代的诗，因为那时的诗人是在痛苦中追寻崇高，而今天的年轻的美国诗人的作品，就我所接触到的，似乎更陶醉于可见的富足的存在与物质的创造，更屈服于物质的刺激与科技的力量，他们的心灵在紧张的物质追求中，已经没有多少空间去考虑精神的需要。当然也还有一些诗人在考虑人与自然的关系，因而将思维引向无边的宇宙，走出了紧张平庸而丰富的第一世界日常生活。也许正是这人与自然的矛盾所造成的危机能解救富足的第一世界的诗，使它能走出丰富的物质的封闭。极端崇拜物质与极端推崇寡欲同样造成对人的损伤，然而历史常常摇摆于二者之间，进入感性丰富而不迷失于其中，穿透感性丰富的表层而找见隐于其下的精神潜文本，这是诗和哲学的探险。以所有的笔墨永无满足地沉湎于感性外表的描述，或相反对感性世界麻木和畏惧，空谈精神的崇高，同样都是自我欺骗，是诗和哲学的悲剧。

（四）语言不可能没有表达者所认识到的因果逻辑与秩序，不是说永恒的真理，但逻辑与秩序只是如公路与河道，它们要在音乐与色彩中传递信息。如果诗人有意使河道多弯，公路盘山，只为了炫耀自己的语言，其结果反给信息传递带来梗阻。有些诗人认为后现代的风格正在于阻挠信息的通畅，并认为因此可增加诗歌的深度与难度，于是他们竭力避开两点之间的直线，沉醉于破坏信息的通畅，因而诗语的艺术性，按他们的理解，不是在于增加信息的强度与负荷量，而是在于阻拦信息，延缓其到达。目前这种所谓后现代的风格正在加速出现在我们的诗语与理论文章中，从"直白"逃出，却又隐入没有意义的泥沼，信息在途中非但没有增长，反而消失了力度。在"直白"与"朦胧"，"显"与"隐"之间如何形成令人满意的矛盾中互补，正是诗语的艺术，并非不白则晦，或不晦则白，艺术性的纯熟表现在使"隐"增加"显"的强度与丰富，"显"而不失去"隐"的多层性，蕴涵的丰富性。直白之所以不艺术，因为它失去的信息内涵太多，晦涩到了浑浊不见底的程度，也同样失去艺术性，因为它已无法传达信息，朦胧的程度到了若隐若现，经过反复体会，愈觉大有深意，回味无穷，才是深邃的艺术。回顾20世纪后半叶，我们的新诗大体上是始而直白，继而朦胧，终而晦暗、杂乱、浑浊。三个历程的经验如果好好反思，也许在21世纪可以使新诗走向成熟。

（五）读者读诗总是为了得到审美的满足，这种满足是一种快感。所以无论是哪一种主义，包括古典、浪漫、现代，都不否认这种审美的快感。审美之"美"与日常生活所谓之"美"有所不同，它更多的是指艺术之美及其对人的震撼力与感召力。所以，艺术之美是超出可见的物体的外层的封闭，它是隐于其上，其后，其下的能，一旦由读者，欣赏者将其从作品的有形存在中释放出来，就对欣赏者的身心起着强大的震撼，从而给予精神上心理上所长期等待的满足，这就是审美的快感。这种审美的创造与接收都是穿透事物之平凡，使事物突然升华到不平常的层面，人与物都经历着一种心灵的超越。后现代诗歌如金丝伯格的《嚎叫》以及《向日葵的圣歌》，虽然入诗的材料并不美，然而却有审美的震撼力。现代与后现代诗的所谓"反诗美"是将诗的题材，资料，素材之"必须典雅优美"这一原则打破，使更多生活实际中的素材得以入诗，然而任何生活的原材料入诗后，都必须能给予审美的震撼力。但当这种"反诗美"的观点被庸俗地理解后，就成了"唯丑"的依据。在诗中塞入令人恶心的细节，粗俗不堪的语言，被一些诗人看成后现代的标志。这种追求丑的现象不但出现在诗、小说中，也出现在视觉、听觉艺术中，并不问其是否与审美整体有关。诗之美以其审美力为准，脱离了审美力，诗的语言与素材，美的也不再美，"丑"自然也不能转换成"美"。所以我们要警惕走出"唯美"后不要陷入"唯丑"的陷阱。

（六）汉语在20世纪末出现一些需要我们费心解决的问题，其中与诗歌有关的是如何理解汉语的音乐性。不夸张地说，多数自由诗的作者，尤其是年轻诗人，常常忽略这个问题。他们沿着20世纪白话文发展的途径，继续追求口语的生动性，和贴近生活的特点。当他们将这些语言素材纳入诗歌时很少考虑它如何与诗的整体形式美相容，更少考虑其音乐性，包括节奏与音调，如何与诗的形式美相容。这种对语言的缺乏审美感，是今天新诗愧对古典诗词之处。词虽已突破格律诗的严格典雅的节奏与音乐，但它的长短句所表达的节奏与吸收口头语，发展了古典诗的语言音乐性。白话自由诗的音乐性在闻一多、徐志摩前辈的诗中得到作者的关心，但在20世纪前半叶的白话诗创作中除了对节奏的计算单位有所认同，即新诗自由体虽不以字数为节奏的计算单位，却在每行中最好不要超过3至4顿，每顿的字数则根据句型的自然意群而定。将诗行的节奏（即停顿次数）建立在意群与呼吸上，这种想法使汉语的白话自由体诗在形式上与美国威廉·卡洛斯·威廉斯的可变的诗步及黑山派、垮派（Beats）关于呼吸的理论相接近。但在20世纪下半叶，我们的诗论有意无意地忽略语言的音乐性和诗行的空间性；单纯地只强调主题的思想性。所以至今白话诗，格律的与自由体，都存在着音乐性的问题。走出古典诗的平仄模式之后，我们应当如何体现白话自由诗与格律诗在语调字词方面的抑扬搭配与诗行的结构？这首先要求我们彻底地研究汉语的音乐性，找到一些规律，而后才谈得上将它体现在新诗创作中。在研究过程我们应当如何体现白话自由诗与格律诗，在语调字词方面的抑扬搭配与诗行的结构？在研究过程我们也应当参考古典诗词的平仄搭配，和句子的长短搭配。问一个为什么，为什么一千多年的古典诗词写作定型在那几种格律的模型和词牌中？其中必有其汉语音乐性的规律原因。找出这个原因，我们就更具体地掌握自己母语的音乐性，也就有可能进一步考虑新诗的音乐性问题。由于长期忽略汉语的音乐性的教育，在走出古典诗歌后，新诗的作者仿佛爱怎么写就怎么写，长期地滥用自由造成语感的丧失，耳朵的麻木。也许有人说诗歌朗诵不是证明我们的新诗还是重视诗的音乐性吗？是的，在朗诵中我们能听到一些强、弱、顿、挫，然而那往往是由朗诵者用表演的技巧来注入文本中，自外而加的音乐性，并不是语言文字在诗中自己拥有的音乐性，而且这些外加的音乐常常是单调、狭窄甚至是不自然的。不是以语言本身的音乐传达思想感情，而是以朗诵者自己的声音、情感强加于语言上的。至多只能显示朗诵的技巧，并不说明诗歌本身的音乐性。由于在音乐性方面长期忽视探讨，白话格律诗多半只做到押尾韵，控制行数，并没有关于"内韵"，即行内及行间的韵的自觉呼应。虽然满足这些形式的要求并不保证诗的必然成为上品，但忽视这些形式的艺术却会使得诗变得粗糙，减弱它的审美震撼力。形式与内容是不可分割的，过分强调其一，或完全忽视其另一，都难使诗达到巅峰的高度。

带着这些诗歌艺术的问题，我们走入21世纪，真正开始汉语诗歌的当代性的探索，也许新诗也会有其自己的唐宋高峰。最后我想用最少的话说明我认为的好诗：诗可以浓妆艳抹，也可飘逸出尘；可以长篇累牍，也可凝练隽永；只要它能将人的心与宇宙间万物沟通起来，使它能领悟天、地、自然的意旨，有一次认识的飞跃，也就得到了审美的满足。这样的诗就是我心目中的好诗，因为它将我封闭狭隘的心灵引向无穷变幻的宇宙。

*本文首次发表于《诗探索》，1996（2）。

诗与历史

历史不是一位微笑的导游者。今天，当伊拉克人民用他们流有六千年人类文明的血来抗拒美英两百年的杀人科技，和它对一个人类文化发源地的侵略，对人类古老的两河文化遗址的狂轰滥炸时，如果我还称得上是一个诗人，我只有默祷这人类最古老的文明民族能够不被杀人的科技主义的野蛮所消灭，那静静地流着的，人类古文化的母亲的两条河流不被侵略者的浓烟所污染。然而希望和理想，是历史这位导游者手提的灯笼，它渐行渐远，人类总只能在其后追赶。我真担心巴比伦的后裔和他们的文化从此会从地球上消失，虽然在漫长的历史岁月中，他们曾多次逃过劫难，得以幸存。

然而这是一场史无前例的新的决斗，是画着"斩首"符号的超前科技主义大军与古老的长裳飘逸的古文化间的决斗。除非全世界承认精神文明至高无上的价值，除非人类像法国大革

　　　　　　　　　　　　　新诗与传统

命时期那样志在自由、平等、博爱，除非美国退到《独立宣言》的伟大时代，这次的决斗的胜利者将使人类历史揭开新的一页，这就是：人类将出于物欲的膨胀而成为今天的浮士德，和魔鬼签约，出卖自己的灵魂，永远为了享乐而变成高科技的消灭人性的奴隶。人们引以骄傲的科技发明，反成了发明者的主人，利用他无休止的欲望和征服弱者、霸占自然资源的野心，引导他最终走向人类自我毁灭的道路，并且毁灭这天赐的美丽星球。作为人类中最富理想和博爱真情的诗人，我们应当如何回答历史今天给人类的这份考卷？如果我们的良知还没有泯灭，如果我们的灵魂还没有出卖给高科技的最新武器，如果我们的心疼痛欲碎，当我们看见天真的孩子，头裹着绷带，愤怒地发出他无望而天真的哭声时，上苍有知当为之落泪，而这一切却正是那被认为当代最先进的国家的所作所为。诗人们，难道我们不应当问问自己，什么叫人类的文明？如果我们埋头于掌握高科技和财富，并且以它们装满我们一代代年轻人的心灵，排挤走人性中的博爱，我们究竟是文明的人，还是贪婪的魔鬼？如果一个所谓最先进文明而富强的大国的建立，必须以全世界的石油为自己的血液，而进行吸弱国的血，那么我们应当建立什么样的文明才能不愧对中华五千年的文化传统？显然我们应当深刻地反思自20世纪以来所谓西方的"科学""民主"的文化样板，在学习它的长处的同时，还必须识破它的欺骗性。以科学来说，我们过分强调它带给我们生活的方便。它的建设性发明创造自然是了不起的进步。但请不要忘记，当我们沉湎于生活的享乐的同时，那买去我们的灵魂之真善美的魔鬼，却指使我们将"高新尖"的科技变成嗜血的杀人工具。第二次世界大战以后，全世界人民以鲜血换来联合国机构，这人类和平理想的象征，今天已经被出卖了灵魂的浮士德所破坏，全世界的人民正在用反战的声音，抢救这尊和平女神的塑像。最具讽刺意义的是这座幸免于恐怖主义者之手的自由女神的像，如今却被她自己的主人所摧毁，因为伊拉克这古老而光荣的民族正在失去自由，而正在侵犯伊拉克人民的国土和自由的正是联合国缔造者之一——那尊屹立在他的港口的自由女神像的主人！中国的诗人们，当历史展现给人类这样一些令人惊愕的画面时，我们的诗歌应当怎样肩负起它的历史使命？我们的诗的眼睛应当聚集在什么主题上？我们的大脑应当怎样解答这些人性和境遇给我们提出的问题？我们的灵魂深处会涌现什么样的海潮？我们对昨日所走的曲折道路和昨日的追求应当进行什么样的反思？更重要的是明天我们应当如何走真正自己的道路？历史不懂什么叫等待，有些自命为世界中心的大国在担心我们的兴盛会动摇它的一元中心地位，正在虎视眈眈地注视着我们的发展，那些以美式生活为西方全球化文明的标志的青少年们，应当抛弃一百多年以来的文化自卑感，认真地了解西方文化的真正精髓所在和中华古老文化传统中的智慧，以及全世界文化的精华，应当拥有真正的全球化文化精华，而不要代之以垃圾食品文化、汽车文化等商业化了的所谓美国文化。

诗人从来都是时代的晴雨表。在20世纪80年代，朦胧诗反映了人们对抽象、虚伪、僵化的意识形态的厌倦；20世纪90年代的有些诗歌过分强调个性化、个人生活化、平庸化是反崇高的极端主义流行的开始；20世纪末有些诗人认为平庸还不够，更以亵渎人体古典美为手段，以嬉笑怒骂的姿态将性强暴、乱伦引入诗歌的殿堂，至此爱神与诗神已先后遭到亵渎，但不知有压抑感的诗人是否已得到彻底的宣泄？今后还有什么更刺激的花招呢？至此中国新诗已从真诚的崇高经过僵化、抽象的伪崇高走向庸俗，终于抵达了亵渎真崇高的终点站，完成了一个圆的旅行，进入了21世纪。与此同时，我们听到最新原子弹的爆破声，宣布世界第一军事经济强国也已经走完它从自由到反自由、从和平到战争的圆的历程，历史中的对称如此耐人寻味。诗人们在这历史的启示前应当想些什么？

20世纪90年代以来，我们的新诗离诗本身的历史任务很远。我们听到很多喧嚣声，然而那似乎只与流派的声誉、地位、排行榜有关；又有不少个人的个性展览，多少都带有一些闯名牌的气味。至于生命的价值、伦理观、人类的道路、他未来的命运，诗人，这曾被雪莱誉为预言家的诗人，却很少有时间、有心思去过问。今天的诗评家很谦虚，毫无成见地去发现诗的新品种，但他们却有一个最大的成见，那就是最新的品牌肯定需要诗评家的掌声的鼓励和宣传。这个评论界的现象也许带有机械的革新论的痕迹，因此，中国新诗改朝换代之快，不亚于服装的时尚，也许北京可以称为新诗时尚的巴黎。鲁钝的读者对某时尚还没有回过味来，却被告知那已是明日黄花了。这种五年一淘汰的心态，加上流派间相互否定的习气，使得在20世纪90年代后，诗歌在风格上、理论上很难走向真正的成熟和多元化。要克服这种类似"文化大革命"时期的派别斗争的过激和非包容的不良心态，首先要恢复对诗歌本身的虔诚尊重，真诚无私地热爱诗歌，而不是将它作为工具来达到自己的非诗目的。更不能不冷静地宣称，自己一派的诗作已经达到汉诗的巅峰，超过唐宋。这种大言不惭的宣言实在贻笑大方，令世界文学界都会为之暗中好笑。当然，今天中国诗坛能允许任何言论有自由表达的机会，确是一种进步。只是真正的民主自由，更要求参与者有较高的文化素质和严肃的自尊自重的品德，否则是无益于文化的提高和发展的，新诗的走向成熟也不例外。

回到历史与诗人的关系，从感情的丰富和敏感及深度来讲，任何严肃的诗人都不可能不将触角伸入历史的海洋，感受着海潮的升落和海浪的冲击。而我们的今天，历史正以最猛烈的浪潮要将人类冲入一个历史的新阶段。第二次世界大战以来国际曾享有短短的世界无大战的多元共处的局面，使第一世界和第三世界能在联合国内对话，缓解了富国与穷国间的矛盾。今天世界第一大国正在推行以我为中心，忽视联合国的权威，将世界重新推向贫富、强弱国际二元对抗的战争深渊。人类历史经历了一次巨大的倒退，世界失去了它原已脆弱的和平形势。当人类正面对如此重大的考验和挑战时，我们这拥有古老智慧的民族和她的诗歌与诗人们应当做些什么呢？当然我们早已走出主题决定论的阶段，我们更不会否认个人的感性经验，但本人不认为先锋诗歌不能涉及严肃的主题和崇高的感情，只应当不停地写自我，特别是那些幽暗的内心小径，或者是自己每日平凡的琐事。如果"我"中无"他"，小中不能见大，这种诗是不可能长存的。今天的诗人应为历史的轰炸声所惊醒，走出以"我"为唯一的兴趣中心和以"写平庸"为唯一的反抗武器这类自我封闭的狭窄视野，而将敏感的诗的触角伸入活的历史深处，去感受，去思索，写出这个时代的诗，留给后人。

历史的大剧正在我们面前展开，我们应当像莎士比亚一样记下它的眼泪和欢呼，它的愤怒和疑惑。这是我们今天的诗人最大的使命。

回到这篇文章的开头：历史并不总是一个微笑的导游者，它说得很少，却带我们走过千山万水，有的险恶，有的明媚，它让行人自己去领悟，去书写。在它的沉默中有很多我们应当去领悟的，那就是诗。

2003年3月30日于荷清苑

*本文首次发表于《香港文学》，2003（8）。

诗与朦胧

想象是从明了驰向朦胧的船只，如海鸟从海岸飞向苍茫大海。这就是诗的朦胧的来源，也是诗不能成为一清二白的理性的表达的理由。但诗并不和理性相悖，而是不满足于已达到的理性的清晰，宁愿走向需要探索的新的朦胧。知性一旦建立了清楚的统治，诗就要脱离它，告别它，挣脱它。因为它缺乏那光影朦胧、无法言传的内涵，而这正是诗不同于其他文学品种的特质。对于诗来讲，意无声，无形，只在言外，透过静下来的琴弦，游荡于有形之外的余音袅袅。所以诗比任何其他文体更反教条。诗的朦胧保证它的无限和不可穷竭。弦外之音，言外之意"欲辨已忘言"，就是诗的生命，是诗的艺术审美，如绵延远山，消失在云雾中。诗的朦胧是对它未来的预言。读者如不能容忍这种朦胧，不因此感到丰富的蕴藏和为之震动，而希望诗图解自己已知之理，那就是剥夺了诗的艺术转换，只希望诗是教条的伪装。诗的存在不是教条和意识形态的工具。诗要和诗人与读者一起飞翔。诗人和读者都应当有勇气飞入高空，越过千山万水，穿过云雾，俯瞰人间的沧海桑田。但也有一种情况，那就是读者处于更主动的情况，用自己的感觉和知性挖掘诗歌文本潜在的宝藏。罗兰·巴特称这种解读为创造性的"读者的解读"。每一首真正的诗都有它的朦胧中的宝藏。阴影中的花荫，等待知心人去寻找和发现。只有当你用灵感的指尖去触摸到这些埋藏在诗歌深处的灵魂时，你才真正走进了这首诗。否则你将只是一个过客，匆匆而来，匆匆而去，一无所获。在生活节奏加快的今天，更多的读者是过客，只有少数是真正的来访者，耐心地叩开诗歌之门。这也是诗歌无法与市场的喧嚣、股市的沸腾相竞争之处，然而从一个民族的文化远景来看，诗歌的殿堂却又是高高建立在泰山之巅，一览群山小。没有诗歌的民族是睡不醒的愚人，没有昨日的记忆，没有今日的睿智，更没有明日的预言。

*本文首次发表于《诗潮》，2002（3—4）。

诗与悟性

　　最好的诗应当达到悟性的高峰，就好像登上塔尖，心灵有所震撼。诗的胎动产生于想象力的萌发。但想象力有一个成熟的过程。最早的想象发生在感性与外界的接触中，人们受到刺激，而产生系列的联想，但这不一定能成为诗，只是一个必要而不充分的条件。感性的接受和联想必须进入知性的逻辑和推理。但这一切都是在诗人不自觉中自动地进行着。知性的低级阶段如黑暗中一支蜡烛，虽未照亮整体，却影影绰绰地唤醒知性的好奇，也加强了想象力；当想象和知性结合时，作者如同在一个洞穴里不停地探索各个角落，认知的黑夜总是要一次次地返回，"无知"成了动力，不断带来更上一层楼的新的悟，从那里想象又展开翅膀飞翔。创造欲如睡醒的巨人，创造的智慧使诗人恍然悟到以前的想象力没有达到的智慧，这样诗人就全盘地、透彻地掌握了一首新诗的灵魂，但还需要经过艺术转换的万水千山，才有可能赋予这悟性之光以诗的艺术形体，使这悟性之光能隐约地自诗的肉体泛出，如纱幕后永不熄灭的烛光。

因此，"悟"是真正创作的萌发力，想象是过程和创造的行动。想象的成熟是从感性的震撼到知性的粗糙的明了，像一艘船在朦胧的黎明曙光驰进港口，但只有等进一步的知性照亮一切如初升的太阳才有进一步的认知，这时成熟的想象如灵感，投出异样的色彩，使作家充满对美的赞叹。当他用笔描绘这一切时，他忽然了解那隐藏在一切造物后面的崇高，于是他就登上了"悟"的塔尖，写出一首充满神奇的美与悟的诗。

*本文首次发表于《诗刊》，2002（3）。

诗与诗的形式美

　　诗是所有文体中最早出现在中国文学史的文学品种。这是因为它最富音乐性，最接近人们对歌唱的美学本能倾向。当人类开始集体生活的初期，诗歌总是第一个来到人们的文化生活中的社会文化。诗的孪生姐妹是歌，歌是诗的翅膀，山歌也许是诗歌早期最典型的例子。当诗歌走出它幼年的纯朴和艺术的雏形后，它的"歌"性成为隐形的音乐感。即使在现代主义诗歌充满知性的今天，它的语言如果完全失去音乐感，无论它的内容多么高深，它的表达手法多么"现代化"，作为诗，它仍是令人遗憾的。当然所谓"音乐感"也是有它的时代性的，总体说来，诗歌的音乐感包括行、节的建筑美，字词组的排列所组成的节奏感，以及字词音调所形成的抑扬顿挫，舒缓急促。新诗在这方面不如古典诗词有深厚的美学实践和理论。这也是今天的诗人和诗学家应当对之深入探讨和在创作中进行创造性实践的。今天如果对新诗倾注更多的艺术关怀，对文本的艺术性进行深入细致的评价，我们的新诗就会有很大的提高。因为过去数十年我们更多以新诗内容，特别是以其"进步性"，作为衡量诗歌的主要尺度，以致长期忽略了新诗的艺术水平。新诗诗学理论研究极少论及诗的形式美，大大影响了新诗的成熟和诗歌艺术的积累。内容再好，没有臻美的形式，也收不到诗歌陶冶性情的作用。今天有几个诗人在提笔写诗的时候，考虑到将诞生的作品在声、形、神、色上应当有与内容相匹配的形式效果呢。笔者很惭愧，每每是在诗思涌动时，只顾提笔疾书，对于这首将诞生的新诗的形式艺术，往往胸无成竹，只是随机应变而已。这种缺乏诗歌美学的诗往往以自由诗作为庇护所，其实自由诗只是说它的美学有一定的自由度，而并非不需要诗的美学形式。而在我们现存的"自由诗"中，恐怕绝大多数是诞生在感情和思维的催生下，很少用心在艺术形式美的探索和追寻上。其实自由诗的形式美，因其无一定之规，是最难取得的，它的诞生需要极高的创造性和灵活性。它是一种隐形的形式美，闪烁在文本中，却又无一定之规。

新诗目前读者多只是大中学生和少数研究新诗的学者。很少有新诗美学方面的讨论，如汉语新诗特有的语言音乐性、诗体的建构美、表达的艺术、内涵的深度、境界问题、诗歌的美

新诗与传统

与力等问题都没有得到足够的探讨。整个现当代新诗的成果和创作实践，比起小说，很少获得理论家的关注，但在今天的群众创作，尤其是青年写作群中，诗歌写作却是异常活跃的。他们在写作过程都遇到过什么问题？他们作为新诗的主要读者对于诗歌有什么要求？凡此种种很少见于评论，似乎没有进入理论家的视野。然而从青年们的创作风格的不停转变，却可以看出他们对诗歌写作的热情，虽然他们并没有得到理论家的多少关注与启发。我希望今后理论家和评论家对于诗歌文本多做一些分析导读和理论研究。拥有不少的青年读者和青年作者的诗歌应当受到文学工作者、文学理论家的格外关怀，以满足青年诗歌爱好者的需要和提高新诗的水平，使我们能再一次成为诗歌大国，迎来新诗的盛唐时代！

*本文原载于《诗刊》，2004（11）。

诗的高层建筑

　　平铺直叙的文章不会是好的文学作品。诗更不能平铺直叙。诗是古建筑的承露盆上的天露，也是人间葡萄架下的琼浆。诗要在一滴天露和琼浆的混合中给读者无穷的韵味、隽永的深思，这是诗的使命。长诗也是多少滴这种浓郁琼浆的集合，如果作者没有足以酿成十桶美酒的葡萄，他最好只酿一桶，而保证质量。没有人应当责备一个诗人没有写出长诗，或写出更多的好诗，但读者却可以请求一个希望以数量取胜的诗人：宁可少些，但要好些。

　　上述的这种观点，虽说是笔者自己的观点和语言，但实际上吻合了出现在20世纪初叶的英美诗坛的一种诗的革新的理论。20世纪初的英美诗人肩负着抛弃浪漫主义末流（不是它的高峰时期）留给他们的长袍的历史任务，他们普遍地要求缩短诗的铺陈描述，除去感伤主义的藤蔓，但在短的诗章里却要求表达更多的思想感情。正像美国诗人评论家奥森（Charles Olson）所说，形式是内容的延伸，在这种新的诗的革新运动下就产生了一种具有高层结构的新的诗的形式。高层结构使得诗能够在现实的一层之上还有象征的一层，这样就在葡萄酒中掺入了天露，使诗能够既有丰富的现实，而又不囿于现实的硬性轮廓，使读者能在接触丰富的现实的同时还听到天外的歌声，历史长河里过去、未来的波涛声。这象征的一层又像舞台上变幻的灯光，用它的颜色渲染了现实，给现实以更多的含意，使一间简陋的小屋、几张普通的桌椅也会突然获得异彩。诗不但可以有一层天，还可以有几层天。

美国的罗伯特·弗洛斯特就是一位这样的诗人，他能够运用诗的高层建筑这种结构来付给他的短小朴实的诗以深奥的意义。弗洛斯特（1875—1963）在1900年开始务农，因为无法维持生活和写作，在1912年赴英，1913年在英出版了他的第一册诗集《一个孩子的志愿》，这时他的诗在情调上基本是继承了浪漫主义后期的传统。1914年他又出版了《波士顿以北》，在这本诗集里弗洛斯特找到了自己的独特的风格，同时被公认为现代派诗歌的大师，应当说从格律上弗洛斯特并不像他的同时代的其他现代派诗人，特别是威廉·卡洛斯·威廉斯那样否定英诗传统的抑扬格和尾韵，相反地，他的诗绝大部分是格律诗，而不是自由诗，所以说，在诗的狭义形式方面弗洛斯特可以算是一个保守派。但他为什么又能被公认为现代派大师呢，这就是因为他的诗很多都有一种现代派诗所特有的高层结构。他的诗绝大部分是以新英格兰一带的农民生活为背景，文字又很朴实，整个诗很少用突兀、跳跃等技巧，常常是平静、朴实地对农村平凡的生活的描写，但是在诗的进展中总让读者感觉弗洛斯特绝不是只在谈些农务琐事，但是他究竟在想什么，在诗中却往往不曾有过明白的文字交代，读者隐约地觉得在这十分平常、朴实的农村生活的画面后有诗人想传达给他的读者的一个信息，这个信息是富有哲学韵味的。

《雪夜林中小停》就是一首这样的诗。这首诗很短，全文如下：

> 我知道这是谁的树林，
> 他家的房子却在村里，
> 他不会看见我在这里停留。
> 瞧瞧他的树林堆在雪里。
>
> 我的小马一定怪惊奇
> 看不见农舍，目之所及

一边是树林，一边是冰湖，

又是全年最黑的一个夜里。

它轻轻地摇了一下它的铃铛

好像在问这是不是有点荒唐？

微风刮下一阵阵雪片，

这就是唯一的声音在回响。

森林迷人、阴暗、深沉

但我得赴约赶路程，

还得走长长的里程，在安睡之前，

还得走长长的里程，在安睡之前。

（郑敏　译）

诗是四行一节，第一、第二、第四行押韵，所以形式上相当保守，这与诗的底层所写的简单的内容相配合。但如果读者想深刻地理解这诗，他就会探讨它的高层结构，而发现全诗笼罩在一种神秘的气氛中。在第一节第二、第三行诗人只用一个"他"字代表树林的主人。"他"是诗人所认识的一个人，但这种突然地引入一个陌生的"他"的做法又使人觉得"他"

不仅是一个普通的熟人。他是谁？为什么他的树林对诗人有这么大的魅力？莫非这不是一个普通的树林？所以，当进一步思索时树林、主人、雪夜，这些看来像普通而偶然遇到的景物和人都像有一种超现实的高层结构，它的神秘的色彩映在底层简单的情节上，增添了它的象征意义。第二、第三节中通过小马的疑问，树林四周的荒凉、雪夜的孤寂，进一步传达了这种神秘之感。至此诗人在彼时彼地的小停已使读者感到有不寻常的意义。马的天真无知的神态，衬出树林的深沉和骑马人的内心的复杂感情。他显然在这座雪夜的树林里发现了什么意义，但他又必须赶路，"在安睡之前"。"安睡"自然也不是简单的睡眠。弗洛斯特曾否认它意味着最后的安息。但从整个诗看来，读者获得这种印象是可以理解的。我认为诗人在这首诗里是写一种精神的经历，在片刻里那树林、雪夜所代表的荒凉、寂静的境界既广漠又神秘，诗人被它征服了，吸引了，有一种突然接近彼岸的出世之感。但很快他就摆脱了这股神秘的魅力，而记起他对人生的许多责任，因此，继续走那长长的里程，直到生命的终结。这种精神的经历完全属于诗的高层。如果失去这部分，这首小诗就毫无意义了。在这样的高度上理解这首诗，"他"可以是西方思想体系里的造物者，这座树林就是那不能完全为人们所理解的生之谜，诗人

新诗与传统

曾一度接近这个秘密的谜底，但他只是在它面前小停，就又回到忙碌的生活中来。弗洛斯特的很多诗都是在简单的乡土生活的画面上涂上一层这类的神秘色彩。他的《摘苹果后》，从底层现实主义的画面来看是一幅苹果秋收的情景。诗人站在高高的梯子上将苹果摘下，受伤了的果子就滚入木桶，准备酿酒，而秋天已经相当深了，早晨水槽里已经结上一层薄冰，诗人在摘了一天的苹果后疲倦得如醉如梦，他仿佛梦见无数放大了的苹果，而那些滚入木桶为酿酒用的苹果又使他的梦充满酒醉的愉快、满足和疲倦，诗人说："我所梦寐以求的大丰收使我十分疲倦……"他又说他的梦如果土拨鼠在的话，也许会认为是和它的梦一样，但也许只是一个"人类的睡眠"。从现实主义的角度欣赏，这首诗写出了丰收日庄稼人的快乐、满足、沉醉而疲倦的心情。果香飘溢，清晨天空晴朗而寒冷，而且由苹果联想到酿酒，想到微醺的乐趣，读者仿佛都闻到了酒香。但这首诗绝不仅只是有这种现实主义的感染力。在苹果这个概念里诗人悄悄引入《圣经》里对苹果的解释。苹果据说是智慧之果，是夏娃和亚当为了要知识，不甘做乐园内无忧无虑的愚昧者，而违抗了上帝旨意偷食的禁果。从此他们开始经历人世的沧桑。这就说明诗中为什么把收获大量的苹果之后的疲倦叫作"人类的睡眠"。苹果香甜而美丽，但这诱人的生命之果也带给人类无穷的矛盾和痛苦。诗人在诗中流露了他对人生的一些失望和厌倦。他曾经透过一层朦胧的薄冰看世界，沉醉在奇异的感觉里，但冰很快就化了。现在他感到无比的疲倦，希望能在睡眠里得到休息，也许是心灵在饱经风霜后的休息。上面这些象征性的内涵全是在诗的高层结构中，所以如果读者不认识到这类诗的多层结构，是不可能挖掘出诗人的这些思想感情的。

高层结构本身又有多种类型。譬如，上述的弗洛斯特的作品中的高层结构是在一个完整的现实主义画面上的高层，这种诗的特点是便于表达现实的情景，如雪林的气氛、夜的寂静、野外的荒凉、秋收的欢喜、果香的醉人等。对于有些读者，这是弗洛斯特的诗的主要魅力，当然这种说法是值得商榷的。但，无可否认，弗洛斯特的诗刻画了新英格兰的大自然，传达了农民生活的气氛。在20世纪20年代至40年代间，由于T. S. 艾略特和哈特·克莱恩对高层手法的新的运用使得这种诗的结构获得更现代化的内容。这两位诗人的高层结构的特点是打乱了完整的现实主义的画面，使底层的现实主义与高层的象征主义掺和在一起，结果是象征的成分闪烁在现实的画面中，而现实的画面不断地跳跃和变幻，更多地像古瓷的碎片，强烈而片断。艾略特的《荒原》《普鲁弗洛克的诗歌》及哈特·克莱恩

　　　　　　　　　　　　　　　　新诗与传统

的《桥》都是这类高层结构的创始性的里程碑，限于篇幅这里就不对上述较长而复杂的作品进行分析了。

正像开头时提到的奥森的话，诗的形式只是内容的延伸。弗洛斯特和艾略特、克莱恩在意识状态和情感色调方面有着不同的时代特点。弗洛斯特追求与自然交流，形式完整和谐的感情意识，向往着人格的完整，而艾略特与克莱恩更多地要表现在现代科技发达的冲击下西方社会里人们经历的感情异化的精神状态。他们虽然是同时代的诗人，但从意识状态上讲，弗洛斯特比艾略特及克莱恩要保守一些。尤其是艾略特，由于他强调的是人的异化，他的诗强烈地反映对于客观环境的破碎、片断、分裂的观察，人格的完整在这样的冲击下受到很大的威胁。因此，两种思想内容产生了对高层结构的两种运用：一种有较完整的现实画面，另一种有破碎的现实片断，但两者都是在底层之上有一象征的高层。

人格的碎裂产生碎裂的感情和片断的感知，而这类感情和观点又在西方现代诗、画、音乐中找到碎裂的艺术形式。诗不再有完整的画面，音乐失去了完整的旋律，画出现了破碎的图面的凌乱连接。在诗坛这一度是现代派诗的一个十分突出的特点。但在20世纪70年代以后美国的诗坛出现了新的因素，这就是新浪漫主义或新超现实主义流派的兴起。这一流派的核心人物就是美国中西部诗人、翻译家及评论家罗伯特·布莱。也许由于人们已经厌倦了艾略特式的对破碎的现实的表达，那曾经风靡一时的荒原式的情感和意识已经得到淋漓的抒发，人们要求新的观点和新的手法。而壮年的一代美国诗人就崛起形成一个以完整画面、完整的人格为其特色的新浪漫派，或新超现实主义派。罗伯特·布莱不但自己写诗，而且从理论上阐述了他的观点。他主办的杂志《五十年代》《六十年代》《七十年代》通过翻译和评论不断地介绍他的诗论。在他所编的《宇宙的消息》一书中他收集了各时代、各国的诗来说明人要追求自己和大自然、宇宙间意识的交流与谐调。因此，人的"完整""谐调"又成了主题思想，用以取代20世纪40年代流行的"人的破碎与分裂"的主题思想。

布莱的诗也和弗洛斯特的诗一样，绝大程度上是以自然、农村的普通生活为诗的底层结构，只是布莱写的是美国中西部的雪野和湖沼。和弗洛斯特诗作的另一相似之处，就是他们同样希望从自然界和农村生活悟到一种超出人类力量之上的意识，如果科学地说就是从宇宙的规律、客观存在的法则中获得新的觉悟和力量。这方面的精神收获就表现在诗的高层结构中。由于布莱摆脱了破碎的世界观，他的诗中重新出现了弗洛斯特作品所具有的自然及农村生活的完整画面，也许这可算是诗史领域内人与自然的"完整感"的一次螺旋式再现吧。但历史不会单纯地重现。布莱与诗友——另一位重要的新超现实主义者詹姆斯·莱特的诗有一个突出的特点，是弗洛斯特的作品所没有的，就是布莱等的诗往往在结尾时有一个较突兀的跳跃，而这一跳跃是用来显示诗人在面对客观世界时感情深处所受到的强烈震动。布莱主张通过物质看到精神，描写了自然，再揭示出主观所受到的感情波动。他说诗是一种经验，它突然刺透到主观意识尚未明朗化的部分。他又说诗的伟大传统之一是诗人深深地进入自己内心，回来时像一个探险家那样带回奇特的知识。下面引一首小诗说明布莱这种高层诗的特点：

> 马儿跪在膝上入睡了，
> 一只老鼠跳出凌乱的稻草，
> 钻进鸡窝的下面。
> 鸡群，在沉沉的黑暗中静坐。

> 睡着，它们像木棉树落下的树皮
> 但我们知道它们的灵魂已经出窍
> 升向天空，远飞往月球。

> *（《夜晚的农场》）*

诗中有关农场夜景牧畜入眠，万籁寂静的完整的画面，但在现实主义的底层上有一由诗人主观幻觉构成的超现实主义的高层。鸡群的灵魂奔向月球，这是一次诗人主观意识的跳跃，揭示出诗人自己在观察农场夜景、沉睡的鸡群，和偷偷跳出的老鼠时，感到夜的深沉使万物从自己沉重的身躯里解放了出来，如同灵魂遨游太空、奔向月宫。这种刹那间的奇妙的感触就是那刺入主观意识的诗的感觉，形成了多层结构的内容。布莱的其他诗也多以明尼苏达州的雪野、湖泊、森林、农场为底层，而投以主观思想感情所形成的高层光影，如《打谷日的黎明》《雪前散步》等。布莱式的高层诗比弗洛斯特及艾略特的诗都难懂。关键在于那最后的想象的飞跃有时太突然了。它的内在逻辑不为读者所理解，这样，诗的意义就丢失了一半。而且布莱式的这种高层诗只适合写短小的诗，无法用来表达大的题材。在这方面艾略特那种可以无限制地表现世界的破碎影像的能力，就像毕加索的现代派大型壁画一样，是占绝对优势的。20世纪七八十年代英美现代派诗，包括像布莱这样最新的流派都没有出过一个和艾略特一样敢于为自己的时代画下大幅壁画的诗人。这说明20世纪40年代以后英美新的现代派还没有找到自己最完善的表达艺术，新的现代派的诗艺仍在探讨和试验阶段。

回顾我国六十年的新诗，也能找到一些具有类似高层结构的作品。其中较突出的一例就是徐志摩的《谁知道》。这首诗写的是诗人在深夜乘人力车回家的经验。诗中以旧中国北京寒夜凄凉荒寂的画面为底层，在高层中将北京城化为一个鬼域，夜间乘车这一现实经验成为误入鬼域的经验，象征着旧社会人民茫然，随生活飘荡东西，有如误入鬼域，身不由己，也不辨道路阴暗，诗中乘客（诗人自己）三次问那拉车的老头：

> ……这道儿哪能这么的黑？
> ……这道儿哪能这么的静？
> ……这道儿哪儿有这么远？

老头的回答只是机械的肯定，给读者一种老头已经失去人的性格，而且街上走着很多乘客看不见，但老头却能看见的鬼魂的感觉。至此高层建筑的鬼域色彩已经笼罩了现实的底层，乘客最后写道：

> 我在深夜里坐着车回家，
> 一堆不相识的褴褛的他，使着劲儿拉；

天上不明一颗星，

道上不见一只灯：

只那车灯的小火

袅着道儿上的土——

左一个颠播，右一个颠播，

拉车的跨着他的蹒跚步。

至此，谁也必须承认"乘车"的经验已经由现实进入了象征。正像艾略特将伦敦桥化成地狱之桥，桥上行人如鬼，徐志摩让深夜凄凉的古城北京变成满街只有鬼影的鬼域。

　　20世纪30年代的诗人废名（冯文炳）的作品也是经常有明显的多层结构。他的诗制造一种虚幻缥缈的佛家的境界与现实境界相对应，二者常相映成趣。譬如在他的《掐花》《壁》《深夜一枝灯》中，荷花、镜子、灯等意象都带有多层的象征含义。掐花成了探求宇宙的秘密，壁上自己的影子有"一叶之荷花"这种精神实质。在《街头》中，诗人借邮筒的静和汽车的动之间的矛盾和互不理解写出人们之间的隔阂，诗的最后三行是：

汽车寂寞

大街寂寞

人类寂寞

还有一些作品虽非整套地采用多层建筑，但在诗中也有些意象是多层的。如王辛笛的《孩子》中海、孩子、橘子都显然负有象征的使命。冰心的《春水》和《往事集自序》也可算是多层结构。但因为现实部分略弱，与现代的多层建筑有别，或者更接近传统的象征主义。

在我国今天的诗里也有一些接近高层结构的作品：如梁小斌的《中国，我的钥匙丢了》和关于洁白的墙的诗。《第五十七个黎明》也有意识地引入一些象征的气氛。最有趣的是在现实主义诗人的集子中有时也会找到多层结构，如邵燕祥的《等待》。诗中对秋雨街头有着逼真的描写，等待者的焦急也跃于纸上。但显然这是一次不平常的、象征性的"等待"。至于青年诗人的作品和一些青年诗歌爱好者的习作更是经常运用多层结构。

对于多层结构我的想法是，这是一种值得探讨的诗艺。它有着现实主义文学坚实、富感性、有生活气息等长处，但同时又能将人们的领悟从日常的表象提高到一个历史的或哲学的认识高度。它能剥开现实的外表显示现实的复杂。

但多层结构的运用也有它的困难。关键在于高层与底层间的联系要有客观的必然性。两者之间的联系又必须是有机的，否则，读者无法从底层进入高层，诗的社会意义就受到影响。在西方由于弗洛伊德学说的影响，有一些诗人强调深挖自己的下意识、似梦的混沌世界以至不可自拔，他们的作品的高层部分为个人的幻觉所占领，失去了与底层的逻辑的、理性的联系，读者很难起共鸣。当然，所谓客观必然性也仍是指人们共同生活中所遵守的逻辑与推理。跳跃的联想在离开了这个轨道之后就无法传达给读者，当然"共同的生活"其本身也随着时代、科学的前进而发展，以它为基础的逻辑推理因此也不断地发展。虽然过分地陷入下意识的挖掘，忘记与外界的联系是有些作品不能为读者所理解的原因，但在20世纪，人们的思想感情生活中，下意识所扮演的角色显然比前一世纪要受到更多的注意。小说、诗的情况都是如此。由于缺乏共同的社会生活，文化教育背景相异，今天我国的读者要理解西方的现代作品是十分困难的。多层结构由于它是超出了表面的、现实的、具体的世界，进入抽象的、象征的领域，自然比单纯的一层结构更难理解。

人类的思维随着科学的发展变得更丰富、更复杂、更繁细，反映人们意识的文学也不可能不产生新的形式来表达新的内容。在诗的发展面前，我们是无法回避新的流派的冲击的，只有不断地钻研新的因素，探索自己的道路，才能跟上时代，而又不随波逐流、身不由己。

*本文原载于《诗探索》，1982（3）。

忆冯至吾师
——重读《十四行集》

近读姚可崑先生的《我与冯至》，深为感动，其中关于青年时期及在德求学时的冯至是我所不知道的，读后，对于自己在昆明读书时的冯至有了更深的了解。那时冯先生才步入中年，虽然按照当时的习惯穿着长衫和用一支手杖，走起来确是一位年轻的教授，但他在课堂上言谈的真挚诚恳却充满了未入世的青年人的气质。但冯先生是很少闲谈的，虽然总是笑容可掬，却没有和学生间闲聊的习惯。不过联大的铁皮课室和教授学生杂居在这西南小城里的处境，和"跑警报"的日常活动也使得师生在课外相遇的机会加多。在知识传播和任教方面存在课内和课外的两个大学。我就曾在某晚去冯至先生在钱局街的寓所，直坐到很晚，谈些什么已记不清了，只记得姚可崑先生、冯至先生和我坐在一张方桌前，姚先生在一盏油灯下不停地织毛衣，时不时请冯先生套头试穿，冯先生略显犹豫，但总是很认真地"遵命"了。至于汪曾祺与沈从文先生的过往想必就更亲密了。生活使得师生之间关系比平时要亲近得多。当时青老间的师生关系无形中带上不少亲情的色彩，我还曾携小冯姚平去某树林散步，拾落在林里的鸟羽。但由于那时我的智力还有些混沌未开，只隐隐觉得冯先生有些不同一般的超越气质，却并不能提出什么想法和他切磋。但是这种不平凡的超越气质对我的潜移默化却是不可估量的，几乎是我的《诗集　一九四二——一九四七》的基调，当时我们精神营养主要来自几个渠道，文学上以冯先生所译的里尔克信札和教授的歌德的诗与《浮士德》为主要，此外自己大量地阅读了20世纪初的英国意识流小说，哲学方面受益最多的是冯友兰先生、汤用彤、郑昕诸师。这些都使我追随冯至先生以哲学作为诗歌的底蕴，而以人文的感情为诗歌的经纬。这是我和其他"九叶"诗人很大的不同起点。在我大学三年级时，某次在德文课后，我将一本窄窄的抄有我的诗作的纸本在教室外递上请冯先生指教，第二天德文课后先生嘱我在室外等他，片刻后先生站在微风中，衣襟飘飘，一手扶着手杖，一手将我的诗稿小册递还给我，用先生特有的和蔼而真诚的声音说："这里面有诗，可以写下去，但这却是一条充满坎坷的道路。"我听了以后，久久不能平静，直到先生走远了，我仍木然地站在原地，大概就是在那一刻，铸定了我和诗歌的不解之缘。当然，这里我还必须提到另一位是我们20世纪40年代那批青年诗人必须感激良深的中国了不起的作家和出版编辑大人物，那就是巴金先生，若不是他对于年轻诗人的关爱，我和好几位其他所谓"九叶"诗人的诗就不可能留下它的痕迹，今天中国诗史上也就不会有"九叶诗派"一说了。巴金先生身为伟大的作家，却亲自编选了我的诗集《诗集 一九四二——一九四七》，而且那是一本多么字迹凌乱的诗稿！巴金先生对年轻诗人的支持和关怀，情谊如海，而我始终没有能向他老人家道一声真诚的谢谢，常为此感到内疚。

冯至先生在昆明时，据姚可崑先生在《我与冯至》中所记载，生活十分拮据清苦，但却写下了《十四行集》这样中国新诗里程碑的巨著，虽说全集只有十四行诗二十七首，但却融会了先生全部的人文思想，这种很有特色的人文思想，在色调上是通过痛苦看到崇高和希望。在十四行第二十三首，先生描写了新生的小狗如何穿过阴雨获得光明：

> 接连落了半月的雨
>
> 你们自从降生以来

就只知道潮湿阴郁

一天雨云忽然散开

太阳光照满了墙壁

我看见你们的母亲

把你们衔到阳光里

让你们用你们全身

第一次领受光和暖

等到太阳落后，它又

衔你们回去。你们没有

记忆，但这一幕经验

会融入将来的吠声

你们在深夜吠出光明。

全诗在前十行朴实的叙述后，忽然以一种不动声色的力量带来了像定音鼓的有力的结尾。谁是"母亲"？这是人们会在朦胧中感受到而又不敢言传的诗之关键，而在黑暗中"吠出光明"却是一个既现实又永恒的主题，不但20世纪40年代如此，任何时代、任何人都会面临这种挑战。

可以说，耐心的读者在这二十七首十四行诗中处处都会找到上述这类现实而又永恒的智慧，它们会突然从冯至式的质朴的语言中破土而出，直逼读者的心灵之感应，使你不得不停下来思索，这才是"沉思"的诗的本质，沉着而玄远，近在每个人生活的身边，远在冥冥宇宙之中。但是在这个有崇尚浪漫主义和革命现实主义的强烈倾向的国家，百年来受颂扬的诗家多是以气势为长，或者以辞藻取胜，对冯至先生这种充满内在智慧，外观朴实的诗有所忽视。世间是浮躁喧嚣的，闪光刺目者在短时间内总是首先吸引镜头，这是常情，不是奇怪。自从近一个世纪以来，对古典诗词的冷落，造成以"洋"为范，古典诗词中深沉、玄远的境界为一般诗歌读者所忽略。而冯至先生的十四行诗的基调恰是我国古典诗词中超越凡俗，天地人共存于宇宙中的情怀，虽非浩然荡然，却有一种隽永的气质。这与冯先生对杜甫诗的体会和对歌德、里尔克的欣赏很有关系。在《我与冯至》中姚先生写道，"冯至青年时对于杜甫只知道他是伟大的诗人，但好像与他无缘，他'敬而远之'。在战争期间，身受颠沛流离之苦，亲眼看见'丧乱死多门'，才感到杜甫诗与他所处的时代和人民血肉相连，休戚与共，越读越感到亲切，再也不'敬而远之'，转而'近而敬之'了"。这段

　　　　　　　　　　　新诗与传统

话说明冯至先生对于诗的要求非但重艺术，更重心灵和境界，是在这一点上他的诗里深深地融会了杜甫的情、歌德的智和里尔克的"玄"。这自然与诗人本身的学养、经历有关，说到底诗品与人品之间，在追求智、情、美上有着千丝万缕的联系。诗歌以它神奇的力量抵制和暴露虚伪和造作，诗无邪，是诗的本质，并非诗一定都是美和善的，但它拥有一种揭露强加于它的任何虚伪、造作和邪气的本能。"真诚"是冯至先生《十四行集》的一个重要特点，没有丝毫诗人容易有的张扬，夸大，狂傲。

中国新诗从古典的格律走出后，面临一次剧烈挑战的并非内容，而是寻找那新的内容所必需的新的形式。自由诗是一种最高的不自由，而不是廉价草率的自由，因为它比格律更不允许露出不自由，是最高的"艺术的不自由"。一些诗人误以为自由诗就是爱怎么写就只管怎么写，"和说话一样就是自由体"，殊不知，自由诗一样不可缺少音乐，而音乐总是来自艺术的不自由，唯其他的不自由不允许露出痕迹，也就更高级了。读《十四行集》除了行数和尾韵是有规定之外，汉语，由于其非拼音文字，是无法套用西方十四行关于每行音节的规定的，而汉语本身的音乐是由什么组成的呢？白话诗能和古典格律诗分享的语言音乐，不在话语字数的规定（如七言、五言）

而在于词语组的字数的均衡，或一字，或二字，或三字，或由两组二字组成的四字，或由二字与三字组成的五字。这些词组的均衡、交替、穿插、参差，形成节奏，也即所谓的"顿"。古典诗词五言多是"二、三"（床前／明月光），七言多为"二、二、三"（锦瑟／无端／五十弦），词则常穿插有一、三、六以取得一种参差的节奏感。这些是汉语特色的诗的音乐感，至于抑扬的声调部分则由平仄来管。《十四行集》的诗行在顿挫的节奏感上达到很高级的不自由之自由，以一、二、三、四为词组的基调：

有多少／面容／，有多少／语声

在我们／梦里／是这般／真切

不管是／亲密的／还是／陌生

是我／自己的／生命的／分裂（第二十）

这里／几千／年前

处处／好像／已经

有我们的／生命；

我们／未降生前

一个歌声／已经

从变幻的／天空

从绿草／和青松

唱我们／的运命（第二十四）

这类的词组搭配的例子在《十四行集》中比比皆是。朗读时就会感到一种参差的节奏美，既与古典格律诗的绝对对称整齐不同，但又同出于汉语词组的特色，因此，有千万种的相似的音乐美，足为探讨白话新诗音乐美的诗人和读者提供一个范例。有些新诗虽注意到尾韵，或行数、字数的规律，但却忽视了行内、行间的音乐性的呼应对答；冯至先生的诗歌语言融会了白话书面语，古典诗语的某些韵味和汉语特有的以词组（非音节）为节奏性的音乐感，不能不算是新诗诗语方面的创新。他提醒我们新诗诗语是不应当放弃音乐感的。所谓"自由诗"其实是最难写的，因为它的自由需要更复杂的不着痕迹的音乐性。《十四行集》舍弃了西方拼音语言的音步规定，而创造了汉语的词的结合与顿的音乐美，能不算作新诗的一个里程碑吗？

前面说过，从内容讲，《十四行集》融会了东西方文化：杜甫的敦厚沉雄，歌德的高瞻远瞩和里尔克特有的生命哲学的玄远。由于它不是慷慨激昂、声泪俱下的轰动性的浪漫主义诗歌，它的煽动力不是表面的，而更是一个深处沸浆滚滚的火山，它的力量是潜藏的，带有强烈的文化与哲学的韵味，感受到这类诗歌的威力是需要读者方面心理的调整，不能浮躁，在文化素养方面也要求更深厚，因此冯至先生的诗在今天相比之下可算曲高和寡，虽然《十四行集》中有多少关于生命、时代、宇宙丰富的、充满睿智的观察和感慨，却没有获得应有的、足够的注意，仍是一颗深藏的明珠。也许对于今天读者的平均欣赏能力，冯至的诗仍是属于明天的吧？

　　深深的真情是《十四行集》感人至深的特点，无论是情诗还是哲学诗。这种真情绝不是浮泛在水面上的萍叶，但也许是静静卧在湖底如一些色彩斑斓的卵石。从《我与冯至》一书中我们知道冯、姚两位虽是两个在这世界上相遇的个人，却有一种深深相融、分享此生甚至前生的真挚爱情，这种感情成了他们两人共同的生命感。从十六首到二十一首，二十四首到二十六首，如果允许我解读的话，我认为它们是一种很特殊的"情诗"。说它"特殊"，因为它没有一般情诗那种溢于言表的浪漫热情，或剪不断理还乱的爱的痛苦，而更像面对生命挑战，紧紧相依相靠的亚当和夏娃之间的深情。第二十一首写的是在一个暴风雨的夜晚，诗人和他的伴侣相依为命，共同渡过生命的难关：

我们听着狂风里的暴雨，
我们在灯光下这样孤单，
我们在这小小的茅屋里
就是和我们用具的中间

也有了千里万里的距离：
铜炉在向往深山的矿苗
瓷壶在向往江边的陶泥，
它们都像风雨中的飞鸟

各自东西。我们紧紧抱住，
好像自身也都不能自主。
狂风把一切都吹入高空，

暴雨把一切又淋入泥土，
只剩下这点微弱的灯红
在证实我们生命的暂住。

这显然讲的不只是一次自然的暴风雨，而是即将被赶出乐园的
亚当和夏娃，在紧紧的拥抱中迎接命运的挑战。颇令人想起弥

尔顿的描述和一些西方古典画中的场景。诗人冯至正是这样将普通的世间的感情提到超越的、人类命运与人与宇宙的关系上来感受，大大地加强了所叙述的事物的震撼力。这种很有特色的艺术手法是有它的哲学基础的，这就是万物无不相通共存，万物又存于一，一来自"无"。但是当人将自己的生命看成独立于一切时，他的自我意识使他脱离自然而感到寂寞，因此在这首情诗和一些其他的诗中诗人常常写到这种生之寂寞："狂风把一切都吹入高空，／／暴雨把一切又淋入泥土，／只剩下这点微弱的灯红／在证实我们生命的暂住。"

　　和生命的寂寞相反的是人与万物息息相关的"属于感"。第二十首写的正是这种生命互相间的"属于感"：梦里的音容笑貌"不管是亲密的还是陌生：／是我自己的生命的分裂"但这生命又属于大千世界："我们不知已经有多少回／／被映在一个辽远的天空，／给船夫或沙漠里的行人／添了些新鲜的梦的养分。"冯至的"沉思"常常是紧紧围绕着个人的生命与大宇宙的关系。因此，他经常从身边的喜、怒、哀、乐推向人类所赖以生存的大宇宙、自然界、天地之间的大空间。这才如前所说从小狗接触阳光的温暖而想到"你们在深夜吠出光明"。表层的阅读常常会忽视这种深埋在普通身边琐事和质朴的语言后的大义。这也是在这匆匆的时代里冯至的诗的深意没有被完全感受到的原因。当人们大量阅读以耸人听闻、强刺激及搞笑类闲话为特点的报刊后哪有耐心去体会这种拥有超越的智慧的诗作呢。无怪乎在某些所谓的"排行榜"里，冯至和一些严肃的诗人竟被列在一些诗歌偶像的后面，在喧嚣的文坛俱乐部里冯至先生是被无意地遗忘了。在如此缺少好诗的世纪，这实在令人感叹。

从《我与冯至》一书里我们读到在森林里散步是冯先生和他心爱的人共享真情的一种重要方式，在德国如此，在昆明也如此。《十四行集》中有不少关于这种心灵的散步的记载。第二十四首是一首极美的爱情诗。"这里几千年前／处处好像已经／有我们的生命；／我们未降生前／一个歌声已经从变幻的天空，从绿草和青松／唱我们的运命。"虽然爱的缘分天长地久，但生活是多磨难的，因此诗人问道："我们忧患重重，／这里怎么竟会／听到这样歌声？"回答仍是：回到大的宇宙中，小小的生命也自能不断地获得新生的力量。真情就这样在艰难中接受了考验。爱情不总是花前月下，生活的窘困、暴力的迫害和摧残是爱情这颗钻石的真正考验。在《我与冯至》一书中作者记录了他们几十年家庭生活所经受的战乱、流离、疾病、人际关系的纷争等磨难，令人读后对两位学者对创作、教学、科研、翻译的成就惊叹不已，这样执着的追求只有最有良心的知识分子才做得到。稍有疏忽松怠就会一事无成，其中甘苦何尝为人所知！而这一切又只蕴藏在几十首诗的朴素的诗语的后面，比起那些滔滔不绝的对人民的空虚许诺，世间的事真不可只见其表啊。记得一次在昆明见到姚先生时，向她问候，她只轻轻地叹了一口气，说"劳燕分飞"，那时她只身在澄江中山大学教书，冯先生则留在昆明联大。对于我们这些天真的学生，我们只看到老师们一丝不苟地教书，哪里会想到他们下课后的生活的凄苦和烦恼呢。

在《十四行集》中常提到田野上的小径和林间的小路，对于诗人这些小径上布满不可见的行人的足迹，历史就是从这些小径走过来的。在冯至先生的世界里不可见的各种生命的踪迹是非常真实的存在，在一间生疏的房间里度过一个亲密的夜晚对诗人有着一种强烈的和生命的宝贵瞬间相遇的感觉："我们深深度过一个亲密的夜／在一间生疏的房里"，"闭上眼睛吧！让那些亲密的夜／和生疏的地方织在我们心里：／我们的生命像那窗外的原野"，最具冯至特点的是诗的结尾：

> 我们在朦胧的原野上认出来
> 一棵树、一闪湖光，它一望无际
> 藏着忘却的过去、隐约的将来。

不经心的读者也许在读完前面的诗行就认为这首诗大致已经完成了。但若只是那样，没有这结尾的三行，这将是一首一般的情诗。"我们的生命像那窗外的原野"只是一句含混的比喻，虽然也拓展了些空间，却没有达到特殊的高度；而冯至的最后三行却是全诗的飓风眼，它一下子将人间的爱情与宇宙间永恒的存在——一棵树、一闪湖光——在情人们心灵里的启示衔接起来，使得世俗的爱情获得一种超越的圣洁和高度，在这永恒的存在里"藏着忘却的过去、隐约的将来"，这就是那人类无法真正掌握的宇宙，情人们在它的面前，既虔诚又充满礼拜伟大崇尚的造物者的情怀，这使得他们的爱情更深刻更美丽。从十四行诗的艺术形式的要求来讲，那结尾的几行应当使全诗跃入一个新的高度，所以从诗歌艺术的角度，这首诗在诗艺的掌握上也令人钦佩。

第十九首又是一首了不起的情诗。在读了《我与冯至》后，更能体会到诗中的情怀。中国古典诗词在写别离时对别情离绪的描述可算达到艺术的至境。无论柳永的《雨霖铃》还是像杜甫那样雄浑的诗人也都留下令人无法遗忘的诗句。但从境界来说写恋情思念的古典诗词总无法与"大江东去"或"不尽长江滚滚来"那样诗句在气势、深度、重量上相比。尤其是能将别离看成动力，将两个个人的分离看成两个同等追求事业成就的人必需的代价，更不是男尊女卑的时代所能有的精神境界。在冯至先生与妻子姚可崑女士之间的爱情里却饱含这种互勉的知音之情。离别是凄凉的，但互勉之情又使得别离的生活充满信心和力量。而且作为两个独立的个人，别离未始不是一种发挥个性的良好时机，时时刻刻厮守对于现代男人和女人都会成为一种对个性和创造性的约束。现代生活中的女性和男性同样有发展自己个性的觉醒，不会再陷入那种终日以泪洗面的感情依赖式的离别情景。第十九首十四行写的正是这种男人女人作为平等独立的现代两个情人的别离：

> 我们招一招手，随着别离
> 我们的世界便分成两个
> 身边感到冷，眼前忽然辽阔，
> 像刚刚产生的两个婴儿

离别虽然是寒冷的，但也带来新的生机。因为在离别后两个人又满怀激情地各自投身于工作：

> 把冷的变成暖，生的变成熟
> 各自把个人的世界耘耕

如果不考虑现代人（男人、女人）个性的独立和对工作的激情，而站在古时男主外、女主内的思维，这种"离情"几乎是难以理解的。当女人只将自己看成依附大树的"茑萝"时，在别离中又怎能产生这种积极的情绪？这种积极的感情与古时的离情别绪无人倾诉的风情，真有天壤之别。这里又遇到冯至式特有的"超越"。离别时的一切努力是为了使重逢有特殊的意义：

> 为了再见，好像初次相逢
> 怀着感谢的情怀想过去，
> 像初晤面时忽然感到前生。

重逢时的强烈的新生感强烈得如恋人初逢，依稀有着对前生的记忆，而感谢上苍。这是多么深刻的感情，远远超过了一般的恋情。而诗的最后结尾又进一步将别离与重逢看成一生里的春和冬，对于一切生命都是年轮形成的力量，远远超过"人间规定的年龄"。这结尾三行又将人生的相聚相离带到大自然轮转的高度，自然也使人间的离情带有通天地的超越高度。

在诗人的个人生活和他的诗作之间有着不等程度的密切联系。有的是具体的，有的是心态和感情的。在《十四行集》中对于诗人最亲密的朋友和亲人，最敬爱的诗人、画家以及"伟人"都有专诗，因此这本诗集是一本很"实"的感情思想的记录，在理解方面如能参考作者其他传记资料当有更好的效果。姚可崑先生的《我与冯至》自然是必读的极具史实价值和生活色彩的一本传记。新诗在注解上比古典诗词差，如果在题下有小注，文本又有详注，就可能对读者的理解和提高都有帮助。如第二十二首开头有这样的诗行：

> 深夜又是深山
>
> 听着夜雨沉沉

这是不是写在他在昆明郊外山下的小屋？姚先生在《我与冯至》的90页对十四行诗的背景提到一些。我在读《杜诗详注》时常从注解、题解中得到对诗的文本本身理解的极大帮助，大大地拓宽、加深了我对诗本身的欣赏。这些注解使得该诗的创作过程和当时的生活氛围，诗人的心态情思——活现在读者的眼前，以及该诗在辞藻、境界方面与其他诗歌的文本间的互相联系也都得到丝缕的剖析，以致一首写在12个世纪以前的诗也能无时空阻隔地得到我们今天的心灵的回应，可见注解之功不应等闲视之。可惜今天的研究往往轻视这种功夫，对新诗歌的研究很少开展这种注释。新诗如果要建立自己的传统，在研究上不能只写理论文章，而忽视详注，其实详注是应当比理论先行的。这样才有利于引导广大读者鉴赏新诗，并且避免论文流于空泛议论，脱离了创作本身的背景和它的整个文化的脉络关系。像冯至的《十四行集》这样里程碑的新诗著作，我们的研究可能还有不少可做的事吧。

2000年9月

*本文原载于《当代作家评论》，2002（3）。

诗人与矛盾

这篇文章有两个目的。一是纪念诗人穆旦逝世十周年。二是想在分析穆旦的诗的同时实践一下自己近来对于诗的结构的一些想法。

穆旦是一个充满对旧时代愤恨的诗人，他的诗以写矛盾和压抑痛苦为主。他的诗体现了第二次世界大战期间人们对暴力的反抗精神，对黑暗腐败的愤怒和对未来带着困惑的执着追求。凡是诗，都是诗人的感性和知性的经历的记载。诗又总是围绕着一个或数个矛盾来展开的。因此在分析诗时，我想抓住作为它的主体的矛盾，代表着矛盾的几股力量，观察着这些力量在诗的进展中是如何行动的。为了便于解剖诗中的矛盾的动态，我借用一个句法概念，将一首诗看成一个句子，并分成下面一大组成部分，即：

主语：矛盾着的几股力量

＋

谓语：矛盾的行动，即各力量间的冲突与亲和

＋

宾语及补语：行动的结果和矛盾的解决及对诗中人物的影响。

这样将诗的结构分解，观察其各部分之间的关系、动作、影响，便于理解一首诗的活力。它不再是没有生命的一堆字句。诗的动态得以呈现。美国黑山派诗人奥森有一个理论，他认为诗是一个"场"，它以放出能量的方式来影响读者。我想用上述的方法分析一首诗也许更能感受到诗的"场"上的各种力的活动方向，并且深刻地感受到诗的能量的释放和对自己的影响。这种体验会帮助读者理解深埋在诗的深层中的艺术能量。正是这种艺术能量使得诗能比论文更感动读者的心灵。也是这种艺术能量的不断释放使得诗能在无限的时空中获得不朽的存在，发挥着无边的魅力，使得不同时代、不同国籍的人们在接触它时都感到它的能量。

由于篇幅有限，我在下面的分析将主要集中在《春》和《诗八首》上，作为自己的一次分析诗的尝试。

一、"一如那泥土做成的鸟的歌"——《春》（1942）

设想一个人走在钢索上，从青年到暮年。在索的一端是过去的黑暗，另一端是未来的黑暗："在过去和未来两大黑暗间。"（《三十诞辰有感》，1947）黑暗也许是邪恶的，但未来的黑暗是未知数，因此孕育着希望、幻想、猜疑，充满了忐忑的心跳。而诗人"以不断熄灭的／现在，举起了泥土，思想和荣耀"（同上诗）。关键在于现在的"不断熄灭"，包含着不断再燃，否则，怎么能不断举起？这就是诗人的道路，走在熄灭和再燃的钢索上。绝望是深沉的："而在每一刻的崩溃上，看见一个敌视的我，／枉然的挚爱和守卫，只有跟着向下碎落，没有钢铁和巨石不在它的手里化为纤粉。"（同上诗）然而诗人毕竟走了下去，在这条充满危险和不安的钢索上，直到突然颓然倒下（1977），遗憾的是，他并没有走近未来，未来对于他将永远是迷人的"黑暗"。

诗的"场"总是建立在矛盾的力之网上。穆旦的诗有着强大的磁场。它充分地表达了他在生命中感受到的磁力的撕裂。他的诗基本上建立在一对对的矛盾着的力所造成的张力上。例如，"泥制的鸟／歌唱；青春的冲动／传统的压抑；希望／幻灭；黑暗／难产的圣洁的感情；燃烧的现在／熄灭的现在；现在的光／过去与未来的黑暗；时间的创造／时间的毁灭"等。

穆旦的诗，或不如说穆旦的精神世界，是建立在矛盾的张力上，没有得到解决的和谐的情况上。穆旦不喜欢平衡。平衡只能是暂时的，否则就意味着静止、停顿。穆旦像不少现代作家，认识到突破平衡的困难和痛苦，但也像现代英雄主义者一样他并不梦想古典式的胜利的光荣，他准备忍受希望和幻灭的循环，一直到"……时间的沉重的呻吟就要坠落在／于诅咒里成形的／日光闪耀的岸沿上"。这里时间的呻吟和诅咒与日光闪耀的岸沿组成矛盾的张力，相反相成，在其上诗人忍受着"希望，幻灭"的磨炼，但他坚持要"再活下去"（《活下去》），也许这正是现代英雄主义和古典英雄主义的差别吧。英雄不再戴有金色的光环，而是在现实的压力下变形，但坚持"活下去"。穆旦在这首诗的结尾写道："孩子们呀，请看黑夜中的我们正怎样孕育／难产的圣洁的感情。"圣洁的感情在经过黑夜和难产后也许不能像圣母像那样平静吧。

穆旦很少享受平静。他活下去，却是在一片"危险的土地上"，"他追求而跌进黑暗／四壁是传统"，他时时感到生的冲动和死的威胁并存，点燃和熄灭并存。年轻的诗人强烈地感到"新生的希望被压制，被扭转"，传统的扼制使他像一只"泥土做成的鸟"，他的歌怎样才能飞出喉咙？时间在创造，而时间又在毁灭，他的使命是改变现状，是追求明天，但他的追求使他跌进黑暗。他惊呼："那改变明天的已为今天所改变"（《裂纹》，1944），多么触目惊心的发现！诗人举着危险信号的红灯，向一切面临转变的时代，送出警告。

穆旦的诗充满了他的时代，主要是20世纪40年代，一个有良心的知识分子所尝到的各种矛盾和苦恼的滋味，惆怅和迷惘，感情的繁复和强烈形成诗的语言的缠扭、紧结。也许有人认为他的语言不符合汉语的典范。但是"形式是内容的延伸"（罗伯特·克利莱），没有理由要求一个为痛苦痉挛的心灵，一个包容着火山预震的思维和心态在语言中却化成欢唱、流畅的小溪，穆旦的语言只能是诗人界临疯狂边缘的强烈的痛苦、热情的化身。它扭曲、多节，内涵几乎要突破文字，满载到几乎超载，然而这正是艺术的协调。

青春对诗人的诱惑是异常强烈的。绿茵因此也能吐出火焰，在春天里满园是美丽的欲望，20岁的肉体要突破禁闭，只有反抗土地的花朵才能开在地上。矛盾是生命的表现，因此青春是痛苦和幸福的矛盾的结合。在这个阶段强烈的肉体敏感是幸福也是痛苦，哭和笑在片刻间转化。穆旦的爱情诗最直接地传达了这种感觉：爱的痛苦，爱的幸福。他对于生命的强烈感受，深度和广度更令人惋惜他在人间经历过的坎坷和早逝。在历史的巨轮下他的血有着超常的浓度。一个能爱、能恨、能诅咒而又常自责的敏感的心灵在晚期的作品里显得凄凉而驯服了。这是好事，还是……？因为死得早，他的创伤没有在阳光里得到抚慰和治疗。他只是把照亮他在停电之夜工作通宵的蜡烛收起：

> 我细看它，不但耗尽了油，
> 而且残流的泪挂在两旁：
> 这时我才想起，原来一夜间，
> 有许多阵风都要它抵挡。
> 于是我感激地把它拿开，
> 默念这可敬的小小坟场。

> （《停电之后》，1976）

如果你仔细地听，他的诗页至今仍在呼吸，和轻轻自喃。

多写多说都只显露无能。我们失去了一个真正的诗人，真诚的诗人，痛苦的诗人，一个不懂得说谎的诗人，一个抹去了"诗"和"生命"的界限的诗人。

二、《诗八首》分析

穆旦的《诗八首》是一组有着精巧的内在结构，而又感情强烈的情诗，这是一次痛苦不幸的感情经历。全组诗贯穿着三股力量的矛盾斗争。这三股力量"你""我"和代表命运和客观世界的"上帝"。上帝在这里是冷酷无情的，他捉弄着这对情人，而就是在"你"和"我"之间，也是既相吸引而又相排斥的，他们之间有着不可逾越的距离，而又有着强烈的吸引力。

第一首

"你"的代表是"眼睛"，"我"的代表是"哭泣"。二者之间的距离表现在"你看不见我，虽然我为你点燃""我们相隔如重山"。因为这中间"上帝"这客观的外力让爱情失去真义，"火灾"不过是两个人"成熟的年代的燃烧"，不是心灵的相会，上帝的代表是隔离了情人们心灵的重山。上帝使万物在自然程序中不停地蜕变，"我"只能爱一个"暂时的你"，这不是有持久不变的力量的爱。暴君上帝玩弄着情人们让"我"多次生死，但"那只是上帝玩弄他自己"。这里是一个惊人的转折，因为"我"变成"上帝"自己，好像亚当是上帝所造，耶稣是上帝的儿子，上帝让"我"痛苦也就是玩弄他自己，这样暴君和奴隶都跌入同样的痛苦的关系网中，事情变得十分复杂了，诗的层次因此增加。

第二首

头两行是写创造"你""我"，而又不允许他们成活的残暴行为，这是上帝的残暴。在这第一节的四行中"生"与"死"并存，"希望"和"绝望"并存，两个相斗争的力量却被上帝同时运用着，这样就使情人受着不能忍受的刑罚。"水流"是活力，但成胎后却被监禁在"死底子宫里"，因此"永远不能完成自己"，这是上帝对自己的造物的惩罚。第二节写上帝在暗笑情人的真挚情感，使他们不断地变化，在变化中因为有新的发展而丰富起来，但也同时面临失去爱情的危险，这里又是矛盾的力的结合和相克，"上帝""你""我"在不可控制中相冲撞，好像落在轨道外的天体。

第三首

充满了爱情的感性形象。矛盾暂时平息或潜伏，好像交响乐第二章，多数以抒情为主，有着甜蜜的旋律和火焰样的热情。

第四首

沉醉在暂时的幸福里，距离暂时消失，但隐隐地意识到黑暗在未来等待着。甜蜜的语言没有说出就已经死去，这首表达了战争前夜的宁静，死亡前的幸福，沉醉停在表层，恐惧隐在底层，那表现出来的是假象，那隐藏的是真象，爱情受到威胁，危险就在角落里等待，但字面上又是美丽、幸福的。一种不祥之感使读者感受着戏剧性的悬待，同时传达了情人们混乱的情绪，他们不自觉地陷入混乱的爱的自由和美丽中。多么有限而短暂的自由，然而正因此那幸福之感更非凡。全首诗集中在表达一种半睡眠的等待状态。矛盾不是爆发性的，但含蓄的矛盾比爆发出来的更有力量。暴君并没有远离，他在数着时间，等候出场的呼唤。

第五首

这首像一场"我"的独舞和独白。"上帝"和"你"都暂时隐退。舞台上只有"我"独自面对着他的"自我"，"上帝"的肉身（自然）暂时变得慈祥起来，它让微风"吹拂着田野"使疲于斗争和痛苦的"我"暂时得到喘息，享受着难能的宁静。而且"自然"在给这受伤的心灵以鼓励和慰藉。它让树木和岩石用它们的坚定而繁茂的姿态启发痛苦的恋人的信心。在"自然"和"我"之间达到了默契，而上帝因为爱他自己的形体——自然——而移爱于"我"，因此"我"感受到那神秘的力量的爱抚："那移动了景物的移动我底心／从最古老的开端流向你，安睡。"神圣的"自然"中的爱的力量充满了一切过程："一切在它底过程中流露的美，／教我爱你的方法。教我变更。"

但这首诗也仍然是这场悲剧中一个暂时的充满柔情的过渡。危险并没有消失，这样就引来下一首的激昂的痛苦的呼声。

第六首

在无穷的变化和运转中"滞留"，就意味着丧失生命的魅力，因此诗人说："相同和相同溶为怠倦。"这是多么犀利的观察，而又是充满了勇气的自我剖析，对于一个在追求爱情的情人承认"怠倦"是需要比战士承认畏惧更大的勇气。然而追随着大千世界的运转，不断从差异到差异，又使一个凡人的心灵感到难以招架，因此诗人说："在差别间又凝固着陌生。"陌生意味着不安宁。悬疑、顾虑、寂寞、寒冷。所以在疲怠和陌生的轮流交替之下，情人在一条危险的窄路上旅行。在第二节里出现了一个极不平常的现象。这就是"人格分裂"的手法。"我"忽然分裂成两个人格，于是我们第一次遇到一个"他"："他存在，听我的指使，／他保护，而把我留在孤独里。"这分裂的两个人格互相之间也是一种既矛盾又统一的关系。看来那"他"是外在的"我"，而"我"是将自己封锁在寂寞孤独里的那个人格。"他"，这外向行动的"我"不断地追寻"你"的规律，但在大千世界的急速运转中，那被寻得的秩序必然是过时的，因此"求得了又必须背离"，这就是外在的"我"的痛苦。在这首诗中变化无常的爱的规律被诗人将它和宇宙的不停运转串联起来，因而获得无限的深度。

第七首

在这首诗中情调又转向低沉。"我"的旅行是孤独而寂寞的。"我"像一个朝圣者，祈祷道："所有科学不能祛除的恐惧／让我在你的怀里得到安憩——"这种恐惧不是外在的，而是被封锁在孤独的恋人心灵深处，无法医治的恐惧，只能祈求在"你"的怀里得到平息。"你"这里具有圣母般神圣而平静的形象，她的心灵上像光影样忽隐忽现地飘过她曾有的爱的美丽幻象，"你"的平静如净化了的塑像般的外形却含蕴着活着的爱的光影，这爱和"我"的爱平行生长。"你"和"我"是在"永续的时间"里透过云雾样朦胧的距离相神交。"我"的朝圣显然不容易到达圣地，到达他所渴望的圣像的怀里。第七首以不肯定的结尾结束。

第八首

第八首从戏剧性的矛盾冲击来看，有些力度不足之感。作者在比较不自然的情况下为他的诗寻找一个平静的结尾。"我"的悲诉和痛苦因为最后的绝望而显得有些放弃挣扎和斗争。由于"所有的偶然在我们间定型"，宿命论的色彩加深了，"我"和"你"所能共享的命运只像透过枝叶落在两片叶子上的阳光那样短暂，更多的接近已经无望了。"上帝"的暴力统治是强大不可动摇的。这里赐给爱人生命的"永青巨树"——上帝的符号——接受爱人们最后一次诅咒，诅咒他对爱人们的"不仁的嘲弄"，但等冬季来临时造物将他对爱人们的嘲弄和爱人们的尸体（落叶）一起埋葬在它的根部。恨、诅咒与爱在合葬中化为平静。这种宗教式的结尾留下一种庄严肃穆的冷寂凄凉情调，有安魂曲式的美。

从上面的分析看出这八首套曲有着紧密的内在联系。首与首之间相呼应，始终贯穿在八首诗中的主题是既相矛盾又并存的生和死的力，幸福的允诺和接踵而至的幻灭的力。这是潜藏的一层结构，在表面的另一层的力的结构则是"我""你"和"上帝"（或自然造物主）三种力量的矛盾与亲和。这三种力量出现在诗里经常有他们的化身来代表。以下各举他们的几种化身：

"上帝"："火灾"，"重山"，"自然的蜕变程序"（1），"水流"，"死底子宫"，"我底主"（2），"黑暗"（4），"那移动了景物的"，"那形成了树木和屹立的岩石的"，"一切……流露的美"（5），"恐惧"（7），"阳光"，"巨树"，"老根"（8）。

"我"："哭泣"，"变灰"（1），"变形的生命"（2），"他"（6），"树叶"。

"你"："眼睛"（1），"变形的生命"（2），"小野兽"，"青草"，"草场"，"殿堂"（3），"美丽的形象"，"树叶"。

诗永远是一个磁力场，各条磁线从那里发出，诗之所以是有生命的，是因为它的各条磁力线不断地在与其他的力起作用，并同时放出能量，它的能量在读者的心态上引起反响。这样形成了读者与诗之间的对话。诗的结构层次愈多，对话也愈丰富。有的诗给我们送来交响乐，有的是奏鸣曲，当然也有独奏。一首诗这种没有声音的音乐是需要知音者专注地聆听的。"诗八首"由于它的三股力量的交织，穿梭，呼应，冲击，使我觉得像听一首三重奏。

一般说来，自从20世纪以来诗人开始对思维的复杂化，情感的线团化，有更多的敏感和自觉。诗中表现的结构感也因此更丰富了。现代主义比起古典主义、浪漫主义更有意识地寻求复杂的多层的结构。以《诗八首》来看爱情的多变、复杂、纠缠，完全是通过它的双层，三条力的结构表达出来的，一首诗的结构正像一株大树的树干和枝条，那些悬在枝条上的累累果实常常是"意象"，《诗八首》的丰产的果实给它增添不少浓郁的果香。但这还只是它的有形结构，这些力的枝条的分布是精美的，但若要寻找诗的真正生命泉源，我们还得了解在那树干里和每条长枝里流着的树液，它们形成看不见的能量的网，使得这诗永远有生命力。有形的结构，和为这结构增加感性魅力的有着繁殖功能的意象，都需要这不可见的生命液的营养。如果以中国通俗的"形""神"来论，一切有形的结构是诗的形体，而那使得有形的结构包括它的意象、暗喻、换喻，活起来的却是那无形而存在的"神"。在分析《诗八首》时我必须从它的力来入手，找出力的方向，与它们之间的结构关系，以及它们的化身（意象、暗喻、换喻），但最后我感觉到贯穿在整个结构中，使一切永远是活的，运动着的，还是诗人付给这组诗的无形的"神"。如果借用法国后结构主义奠基人德里达的理论，这就是他所谓的在作品后面起着总契机作用的"踪迹"（trace）。德里达为了反对结构主义完全依赖有形的符号系统来分析作品，他提出这关于无形的"踪迹"的理论。当我接触《诗八首》时，我的步骤似乎是由"神"（整体感）到有"形"的结构，然后再回到"神"。最后这组诗留给我的影响不再是那枝节的精美，而是它的哲学高度，个人爱情经历与宇宙运转的联系，这个层次是不能单纯从对有形结构的分析中得到的，只有重新回到"神"（或踪迹）的高度时才能进入这一层的欣赏和理解，这是一层本质而无形的最高结构。至此我就走完了我对这组诗的理解和欣赏。

穆旦在20世纪40年代写出这类的感情浓烈、结构复杂的诗，说明中国新诗发展到20世纪40年代已经面临丰收和成熟。自五四运动以来新诗和白话文运动、新文学运动一直在进行各种尝试来建立自己的新风格。五四新文化运动打开中国与世界文学的"文学之路"，通过翻译、访问，东西方的文学著作与世界大作家对于中国新诗的发展起着无法否认的影响，但是不管是浪漫主义、现实主义，还是象征主义，它们都在进入中国文学园地后结出具有中国特色的果实。在20世纪30年代我们有了中国式的浪漫主义和象征主义，中国式的自由体新诗。在20世纪40年代，虽然战争成为每个人生活中主要的一面，国际文学交流并没有停止，在某种程度上也许比30年代更普通。20世纪40年代在西方是世纪初诞生的西方现代主义走向高峰的时代，到中国来访问的学者和诗人带来他们对20世纪诗的美学的理论创新。在清华大学和西南联合大学讲课的燕卜荪教授，访问中国的英国诗人奥登是这种诗歌交流的重要使者。中国女学者赵萝蕤的中译版《荒原》，也使得中国诗歌爱好者接触到被认为20世纪西方诗歌的里程碑的艾略特的划时代长诗，这些新诗在其创作理论上与20世纪人类的文史哲的新疆域、新地平线息息相通，是人类20世纪文化的一个重要方面。他们的新美学理论迅速地反映在音乐、美术、建筑、文学各领域，人类的审美总是不断开发新边疆的。在文艺上不存在新的淘汰老的问题，这与科学发明不同，传统在不断地延伸、发展、丰富。但每个历史时期都会随着人的物质生活、哲学思想、科学知识的变革而提出其具有新时代风貌的美学，从而为人类的文学艺术增添新品种。因此，在20世纪初，首先从音乐、图画开始了一场美学的新实验，接着庞德和艾略特及其他同时代的诗人就从理论和实践上拿出一批论文和作品，使得西方的诗歌面目一新。当然，后浪总是要超前浪，在20世纪50年代后，20世纪新诗又开始了一个新阶段。无疑这些理论和作品，正像19世纪的浪漫主义一样，都是西方的文学和理论，对我们都是不可全搬，但也不可无所知的。奴隶社会、封建社会时期的世界和中国文学，至今仍有不少是经典必读，因为它们构成人类文化遗产的重要地层。而20世纪活的人类文化我们作为同时代人自然不能无所知。第一步是要"知",第二步是有选择地吸收,在创作中借鉴。这本是老生常谈,但在实践中却是十分困难的。20世纪40年代,由于大学教育在中国与世界文化交流方面起了重要的桥梁作用,大学里的诗歌课、翻译课、诗人、教授们的创作实践对不少诗歌爱好者起了好作用,使他们渴望将中国新诗的发展向20世纪中期推进,而不是停留在19世纪的传统里。当时的香港、天津《大公报》副刊、《益世报》副刊,上海的《诗创造》《中国新诗》及巴金先生主编的《文学丛刊》给这种新诗创作实践以大力支持。这种历史条件使得青年诗人得到鼓励。穆旦的诗歌成就正是在这种条件下获得的。他的诗,从上面的分析看来在美学实践上是具有20世纪的特点,当然那是一位中国青年诗人的创作实践。它必然自本质上是中国20世纪的诗歌实践。由于它的艺术不同于那在中国诗歌读者中间已经普及了的浪漫主义手法及狭义现实主义手法,要理解穆旦的诗是需要一些新的理论知识和新的目光。这种对读者进行的准备工作是美学、诗学教育工作者的课题,也是文艺评论者对诗歌读者应尽的义务。如果古典诗词的欣赏需要进行基础知识和理论方面的准备,为什么对新诗的"新"的理解和欣赏不应要求读者有一些理论基础的准备呢?当一些读者抱怨看不懂新诗时,理论工作者和教育工作者应持的合理态度应当是帮助读者

新诗与传统

进行理论上的准备，而不是说："停止尝试吧！"要求作家不进行新的试验是对创作欲的最大压抑。当一个作家在创作时不敢在艺术上创新，其痛苦几乎相当于笼中鸟。等到作家已经习惯于按既定的形式创作时，他已经是一个驯服的笼鸟，丧失了飞翔在蓝空中的本能了。

不是所有创新都会产生杰作的，不成功的创新却会为下一次的成功开路。读者的层次很多，不能要求一个读者能欣赏各种作品，读者和诗人在艺术上都会各有所爱的，同样是来自现实的作品在艺术上却可以是千差万别的。我对于自己不欣赏的作品总是暂时把它搁置起来、保留为将来的阅读项目，经验证明，我的趣味和理解能力往往在时间里发展和转变。对于作家的受欢迎度进行民意测验只能说明在一个时期里读者的一种倾向。可以作为出版界的经济上的参考，却不能根据它作为艺术的评价。穆旦的诗和类似的作品在不同的中外"社会层"里测验会得到不同的数字，但他已经得到的海内外的赞许是不能忽视的。让我们向世界的诗歌爱好者奉献这常绿的一叶吧。

*本文原载于《诗刊》，2006（1）下半月，

首次发表于《一个民族已经起来》，

南京，江苏人民出版社，1987。

中国新诗八十年反思

本文旨在追溯新诗的诞生和发展，并主要探讨新诗语言方面所存在的问题。以新诗的传统的建立及其与古典汉诗的传统的关系为贯穿全文的视角，提出新诗能向古典诗词学些什么的一些想法，并对当代诗坛某些现象提出自己的看法。

第一阶段：1920—1930 年

这是向古典汉语文化彻底告别的分离阶段。绝对的反传统，要求埋葬古典诗词以换得新诗的诞生。有没有必要将新诗的诞生建立在古典汉语文化，包括诗歌在内的死亡上？当时的激进观点和感情要求这样做。今天看来，这种以消灭传统为新生的前提是幼稚和不明智的。因为传统的存在是一个民族的全部文化史，对它只可以在诱导中发展，岂有将其扼杀之理？依附在汉语（包括文学语言和口语及书写）上的全部历史文化的踪迹，我们可以对之擦抹和增减，却绝无消灭之必要和可能，因为在文化里有着民族灵魂的基因。谁又能更改自己民族的基因呢？无非是如何发展得更好。当我们在20世纪初决定对自己的汉语动手术，切除其文学语言，只留下口语时，我们日后的汉语语言危机就已经注定了。传统只允许在诱导中去粗取精，去劣存优，并且在发展中使它和时代的大环境交流，这个民族的文化历史才能有未来。妄想绝自己的文化传统之后，移植他民族的文化，特别是西方拼音文字的文化，以克服自己的劣势，全属一种虚妄的幻想。它只能说明对自己的民族自卑和缺乏振兴的信心，因而乱投虎狼药，造成严重的后患。

今天语言学认识到语言并非身外之物，而是民族本质的一种外化，它并不是一件可以随意更换的外衣，也不是一件人们可以得心应手的工具。一个民族永远无法跳出他自己的潜意识、无意识中无声的语言，而生存、而认识世界。正如海德格尔所说：语言在说我们，而非我们说语言。有声、有形的具体语言是这种心灵内在语言的外化，后者德里达称之为无形的"心灵的书写"。当我们切除了汉语文化中全部古典书写语言时，我们就切除了依附在其具体存在之上的一切的民族心灵语言。这历史伤口惊人之大，它使我们在整个世纪里都感受到民族文化的隐痛。今天我们仍在弥补这个损失，整个人文学科都感到这个伤口的存在和疼痛。

20世纪20年代至30年代新诗人们在理智上摈弃古典文学语言及古典诗词，但由于他们的成长过程中都深深浸沉过古典诗歌语言，因此在写新诗时都情不自禁地关注诗歌的语言创建。

但什么才是新诗的语言呢？这里并没有必然的答案。因此诗人的尝试也不总是成功的。如郭沫若的《女神》走的纯粹是进口的路子。在《晨安》一诗中，38行诗有38个"呀"，但并不能比一首54个字的经典汉诗激动人心，在今天读来甚至有些可笑。诗中概念只有一个，就是向全球道早安，如此单调的思维居然写成38行同类的诗句。虽有38个惊叹号和"呀"字，却只使人感到贫乏枯燥。可见如果没有找到合适的诗歌语言，即使诗人自觉感情汹涌澎湃，也无法使它外化为诗，就像一个失去了优美的声音的歌手，是不可能把歌唱好的。对于当时大部分的诗人来讲，他们常常感到这种语言贫乏的威胁，虽然在他们的仓库中封存有大量的古典诗词，却弃而不用。

但有时这些被废弃的诗语却会有意无意地进入诗人的诗作中，在成功的例子中，这种古典诗语的渗透能化成氛围和无形的痕迹，影响着新诗的节奏、颜色、造型和辞藻。俞平伯先生的《凄然》就是一个绝好的例子。它明显地糅进了元曲的节奏，如果我们默读一遍，其节奏的魅力是显然的。如"只凭着七七八八，廓廓落落，将倒未倒的破屋，粘着失意的游踪，三两番的低回踯躅"。这诗句多么传神，又带有浓郁的传统气息，都是因为它在无形中将古典诗语的韵味糅入新诗中，形成新的节奏和氛围。

新月派所谈的建筑美应当包括行距、长短句的结合、诗的结尾的突兀之美，而在音乐方面注意到错落抑扬。徐志摩的《偶然》在音乐性和境界上都是与优秀的古典诗一脉相承的。李金发在语言的古今的汇合上做了试验，效果是突出的。他和写《雨巷》的戴望舒都十分注意字词所带给诗的颜色、情调，以及那种难以捕捉的、依附在字词上面的感情色彩，这种无形的踪迹可以平增多少诗的魅力。此外也还有好几位今天已被遗忘了的诗人，如写《落叶》的柳倩，写《这一夜》《独游》《帘下曲》的史卫斯和写《乐音之感谢》《大街》等的玲君，都曾在辞藻的魅力和表达的艺术性上留下很好的诗，虽说他们都明显地受了西方印象派的影响，但辞藻的建设一直是中国古典诗词重视的方面。

辞藻的色调往往形成一位诗人的诗格。将辛弃疾、苏轼的诗词与柳永、温庭筠的作品放在一起，单从辞藻上，就能看出他们之间的诗歌风格的差异。可见辞藻对诗的整体的举足轻重的影响。因为辞藻是一首诗歌的心灵外化成形体所产生的。字词上附有无形的心灵、情思的痕迹，因而赋有无可掩饰的魅力。从以上所述我们看出诗歌语言的重要，没有诗歌语言也就没有诗。20世纪二三十年代的诗人在诗歌语言的建构方面是艰难而又充满困惑的。他们多是拥有满腹锦绣的古典诗语，而又不能信手拈来使用，他们摇摆在成熟的古典诗语与粗疏的日常口语之间，举棋不定。在文学宣言与文学修养和趣味上充满矛盾。胡适所谓的"放大脚"论从某方面解读，也就是说明诗人们在审美感觉和理性认识间的矛盾。其实这种过激的否定文学传统的思想，只是一种无知，它造成了不少创造性上的障碍。

如果像胡适同时代有些学者们所说，我们所需要的只是好的语言，不论是文言还是白话，那样，在经过当时的古典文学语言与口语的相互渗透与融合后，新文化就会有一个与今天汉语文化完全不同的面貌。我们的语言在辞藻的丰富斑斓、句法的简洁多变、表达力的深透灵活、文本的多彩多姿方面，一如中国传统的织锦，都会胜于今天的白话汉语，后者在20世纪30年代后，虽然一直在辞藻与句法结构上向欧美文字的翻译文本学习和借用，但并不总是收得最好的效果。今天在西方后现代的特殊文风的影响下，我们的直译和20世纪30年代所谓的"硬译"做法，已为当今的汉语理论文本带来一些混乱和阅读上的障碍。

20世纪初的汉语改革将书写文字、文学语言和口语完全对立起来，出于意识形态的原因，只肯定后者的优越性，用以排挤前者，是造成汉语丰富的词汇大量流佚、文采为之逊色的主要原因之一。实则在书面语与文学语言和口语之间本是可以相生互补的，很多哲学文学的成语在长长的历史时期不断流入民间口语，成为汉语遗产重要的一部分，形成中华文化的重要积淀之一，而这些对于今天的年轻的几代人却成为陌生的语言了，且有被在"酷"一类外来语中长大的青少年视为"酸腐"之嫌。

回顾20世纪初的新诗创作，有些现象足以说明当时汉语的古典与革新的对立所造成诗人的内心矛盾与写作人格的分裂。刘大白在写《割麦过荒》的同时又写了《秋夜湖心独坐》，前者是非常口语化、大众化的革命诗歌，可能作者认为只有这种单调贫乏的语言才符合大众化的标准。而同一作者的《秋夜湖心独坐》却令人吃惊地充满典雅优美的诗句，可见这种将追求语言艺术与大众化意识形态对立，所造成的作家艺术人格的分裂，是十分有害的。即使出于高尚的动机，这种完全抛弃汉语古典诗词艺术传统的举措，也并不能换来优秀的作品。反之，俞平伯的《凄然》与刘大白的《秋夜湖心独坐》都恰恰说明继承古典诗歌艺术的重要性。《凄然》一诗充分使用了元曲句法的错落节奏，显示古迹的颓唐、荒凉和钟声的深沉稳重及境界的玄远。凡此都是很好的例子，说明汉语诗歌语言的特性和诗美，包括音乐性、形象美和节奏感，都有其在古典时期的积累，新诗如果不去探求，就会遗失了遗产的珍宝。

第二阶段：20 世纪 40 年代

这是引进西方诗学的高峰时期。诗歌语言基本上进入欧化口语阶段，与20世纪初的京腔口语有很大的不同。同时也出现了西式文学语言的辞藻和句法。在好的情况下，这些语言能够负载更复杂的现代思维。其中最为典型的有冯至先生的《十四行集》。它的语言既朴实又载有深邃的哲思。形成一种完全成熟的现代诗歌语言，这与冯至先生既深谙古典汉语，又拥有非常丰富的德国文学语言的素养有关。同时另一位今天深为人知的20世纪40年代的诗人穆旦，以他特殊的思想感情，创造出一种略显聱牙但很有力量的欧化诗语。虽说这时期的现代诗语，离真正的成熟还有差距，但此时以"世界文库"为代表的一批世界名著译本，成为文学界和知识青年的普遍读物，这类译文深深影响了成长中新汉语的发展，使得这时期的新诗在表达能力的深刻化方面比初期口语白话诗要强很多。但这种欧化的走势也已隐藏有它的危机。因为20世纪中期西方文学尚停留在浪漫主义与现代主义交接时期，其文风尚未完全脱离古典主义的平实风格，所以向西方语言结构学习的新汉语，似乎也显出日渐丰富的走势，掩盖了其日后所将显现的危机。20世纪下半叶，西方文学的语言强烈地转向后现代化，尤其是后现代理论文章，其文体的佶屈聱牙，令读者难以卒读。这使得某些热衷紧跟西方文风的汉语诗歌和理论文章，也陷入同样的泥沼，为汉语欧化敲起了警钟。向世界各种语言借鉴，以发展只有一世纪的年轻新汉语，是一条不可避免的途径，但如何考虑汉语自身的传统和特点，来进行有选择的吸收和转换，以保存汉语的弹性和内蕴的魅力，也仍是一条艰辛的道路。

除了诗歌语言在20世纪40年代的明显发展，我们还有必要较全面地审视一下这个时期中国新诗的一些本质的发展。从某个角度来看，这是一个新诗在短短20年的生命中一个突飞猛进的阶段。由于历史命运的转折，新诗敏感地折射了意识形态的多元化和内忧外患的民族集体意识。除了以诗歌为政权宣传的艺术手段之外，在全国各流派的诗歌中都普遍存在着民族觉醒、抵抗外侮、热爱自己祖国大地题材的作品，其中艾青的《大堰河——我的保姆》《雪落在中国的土地上》颇有代表性，在彼时彼地这两首诗曾使多少热血国人为之落泪，但在今天，坦诚地说，作为诗它们的语言的松散和缺乏深度的艺术转换不能不说是一种遗憾，在力度上无法与十几世纪前杜甫的"朱门酒肉臭，路有冻死骨"和《兵车行》相比，在他的同时代诗人中，艾青的诗在诗歌语言方面的散文化对后代某些新诗不重视诗歌语言的凝练和有丰富的内涵的特点有一定影响。与此同时，描述都市生活的焦虑与痛苦的诗也以较大的篇幅和声势涌现，这与当时西方盛行的艾略特和奥登的诗风有一定的联系。关于这个题材，杭约赫（曹辛之）的《火烧的城》《复活的土地》和唐祈的《时间与旗》是典型的西方现代主义与中国现实主义的混血儿。假如说艾青是以他舒展的抒情诗行向读者朴实、真情地申诉，曹辛之和唐祈则是运用包着知性的感性隐喻诉诸读者的深思。后者的语言因为压缩而有力与耐人寻味，由于对现实的描写具体而有艺术魅力，不显得呆板与琐碎，虽比不上艾青长诗的流畅与直抒真情，却显得更有内涵，也许这就说明现代主义与现实主义结合后的艺术特点吧。穆旦的诗近年在青年读者间掀起一阵热潮，这主要是他的诗反映出他的拜伦式的浪漫性格与他的现代主义的艺术素养极完美地在诗歌中得到结合，产生了强烈的冲击力，特别能打动年轻读者的汹涌澎湃的感情。比起杜运燮的关于滇缅公路的奥登式的现

　　　　　　　　　　　新诗与传统

实主义，穆旦的诗更多是情绪加技巧的自白。与以上这些诗人同时起步的年轻的诗人牛汉则是一株在秋天才结出自己最珍贵的果实的大树，因为在20世纪40年代他还没有完成自己的精神旅途。

在20世纪40年代有一批经过20世纪30年代新诗早期洗礼的年近中年的卓越诗人，他们中的代表有冯至、何其芳、卞之琳和闻一多。虽说只有冯至在这时期写出他的最具高度的代表作《十四行集》，但其他三位诗人的早期作品已成为当时中国新诗的里程碑（限于篇幅这里不能详论）。他们如同四根巨柱支撑着年轻的中国新诗的大厦。冯至开创了新诗沉思的一面，有着里尔克的深度和梵高的松柏的沉郁；何其芳诗语的丰富和优美今天读来仍是审美的享受；卞之琳的机智与口语的奇妙结合给予他的诗以独特的个性；闻一多的诗语的建筑美建立了和艾青式的流畅的散文诗线条相对称的诗学的平衡。

综上所述可以看出，20世纪40年代的中国新诗正在走向一个新的高峰，一个有着多元诗美，探讨着建立新诗自己的传统的道路，可惜历史的手在此时指向一个更重要的方向，我们只能暂时放下对诗歌道路的探讨。

第三阶段：1950—1979 年

这是一个政治术语成为权威的阶段。通过会议发言和政治学习，革命大批判和报章评论等各种途径，政治意识形态语汇已经深深渗入日常生活用语和文学语言。文学作品自我否定了其过去的文学语言。这时期的诗歌写作除了用学院派的政治语言，就是民间的政治化口语。"大跃进"迎来歌颂人民公社的全民诗歌运动，农民作家们发展出一种文白相间的革命诗体，颇有特色。20世纪60年代的大字报运动则发展一种辩论文体，它的痕迹在相当长的一段时期影响着我们的议论文和议论者的写作心态。

第四阶段：1979 年至今

1985年前应属于朦胧诗阶段。它最早走出政治化文学语言的统治，给诗带来一次对早期新诗的回归。此阶段强调诗人作为一个个体抒发的自己的情感，诗歌语言摆脱了概念化，拥有丰富亲切的感性色彩，创作的想象力得到解放，在涉及深刻的思想时，做到语言凝练，意象新颖，表达有力。可惜这样的诗风很快就受到西方某些后现代诗的汉语仿制品的冲击和淘汰，因而没有机会充分发展、成熟。

1985年以后，中国新诗进入争先恐后追逐"先锋"的阶段。诗派四起，纷纷亮出宣言，但事后证明作品远远赶不上宣言，诗坛陷入空谈理论，作品多而浮，貌似繁荣，实则单调。这也是自然的现象。因为新诗自诞生以来就受着种种非诗的意识形态的干扰和冲击，又如何能仅仅出于良好意愿，而在一夜间牡丹开遍洛阳呢？正如前面所说，新诗在20世纪始终没有机会搞好基本建设，也就是说没有通过创作实践建立起一整套的诗学传统。但中国自古就是一个诗歌大国，赋诗在古代已成仕途必经之路，久之在民间形成一种大小知识分子人人赋诗的传统，所以古诗虽被遗弃，在今天青年中写诗仍然是一种风气。遗憾的是，教育并没有跟上青年的这种写新诗的热情，中等和高等教育多将注意力放在科技与经济方面的学科建设，文史哲受到忽视，尤以诗学与诗歌创作为甚。在美国著名大学都有诗人教授开创作班，面向社会的诗歌创作者，因此普及诗歌写作教育已成为一种高等学府对提高社会诗歌界写作水平及普及诗学实践的一种职责，其中任教者多为受聘的当代著名诗人。我国社会诗歌界如能得到学界这种关心和指导，对中国新诗创作和诗歌评论、诗学的研究和实践及诗坛的风气和诗人素质的提高，一定都会有很大的促进。

　　进入20世纪90年代，中国诗坛掀起更激烈的"创新"竞争浪潮，加上"排行榜"的推波助澜，各种关于诗歌宣言、辩论的散播，增加了各种流派间的门户对立，非但没有收到诗歌多元化的好处，反而增加了二元对抗的落后思维方式和浮躁的写作心态，使得中国诗坛的环境增多了不健康的因素，阻碍了新诗的发展和走向成熟。由于这些不利因素的干扰，新诗向世界诗歌的学习，也未能正常地进行，一些表面的模仿，往往失其精髓，夸大其皮毛。如反抒情、都市化、平庸化、反诗语、泛散文化等，都在"先锋"的旗帜下不容分说地成为当然的当代诗学标记。这对于并未系统研究西方当代诗歌的来龙去脉的青年诗人和一些评论家颇有迷惑力。中国的"后现代派诗歌"与西方的"后现代派诗歌"之间一个最本质的区别，在于前者自称反宏大主题，偏爱个人日常平庸生活中的琐事和一些没有深意的感觉，这也是一种以平庸反崇高的二元对抗的思想感情的表现。因此，此类诗中鲜见对人类当今面对的大问题及其未来的命运的关注。反之，在西方的当代文学，尤其是诗歌中，最敏感的问题却多半是与人类历史和今天所展现的困惑、矛盾有关，以及诗人对它的反思和感情上所受的冲击。诗的题材可以是日常生活中所见、所想，手法可以是写实的，也可以是虚拟的，但其目的总是小中见大，平庸中见崇高，绝非对人类大事失去关怀和对崇高的彻底唾弃。

中国当代诗人对西方当代诗缺乏深层的了解，十分影响自己的诗的素质和高度。在某次诗歌会议上，当有人提到普拉斯（Sylvia Plath）的《女拉扎瑞斯》（Lady Lazarus[①]）和其他的作品反映了纳粹集中营的残酷在她心灵上留下的记忆，在座的某青年诗评家认为是无稽之谈，这都是因为我们的所谓"先锋派"对当代西方诗在荒诞或不经心的表面下，所隐含的对历史的深刻批判和对人类心灵创伤的哀痛，很少有深刻的领会。这种对当代西方诗的肤浅的理解，深深地影响了20世纪90年代的中国的新潮诗。

20世纪90年代的中国新潮诗多不涉及宏大主题，远离非个人的、世界的或人类命运等一类严肃问题的探讨，津津乐道的是日常的都市生活琐事，或个人的一些内心活动，诗的天地走向反崇高和纯个人化的狭窄途径。诗歌语言或泛散文化，或采用冗长的翻译型句型，或唠唠叨叨，缺乏生命的闪光和想象力的飞翔。新潮诗因此吓走了不少的诗歌读者，出现了诗歌不再拥有广大的读者群的现象，人们开始说今天写诗的人比读诗的

---

① 因是单篇诗作，故英文不用斜体，后同。——编者注

人多，不无一定的道理。现在，刊物给小说、散文、随笔的页面远远大过给诗歌的。诗歌的萎缩现象并不因为自费出版诗集的增加而有所改变。诗原本是最富奥义，耐人寻味，读后余音袅袅，给读者极大愉悦的，如今已失去它的鼓舞、启发、超越、出俗的功能和魅力。

在此时期，诗歌理论界风波不断，但多与诗歌本身无关，只反映一些作者心态的浮躁与门户之见。同时由于社会上商业化风气的影响，捧与骂也都达到宣传与促销的效果。与之相反，一些出版社对于严肃的诗集和评论文集则只负责出版，不注意经销，大量的新书被积压在库中，读者踏破铁鞋也不能在书市买到这类新书。凡此种种都增添了诗歌危机。今天我们应当冷静地反思，停止情绪化的争吵，整理我们几千年的诗歌遗产，用现代的眼光重新阐释我们古典诗词和诗学，拾回那些散落在字里行间的珍珠，使它成为今天写诗和理论研究的灵感。

诗学无论古今中外都是可以吸收的，那种以为只有向西方取经的心态，应当得到调整。据我所知，自20世纪初，西方诗学已经在借鉴中国古典诗学，创立了今天的意象派诗，而我们在那时却正热衷于否定自己的古典诗词，直到20世纪40年代才又通过学习西方的现代派诗，不知不觉地进行了一次古典诗歌理论的出口转内销。这一半是中国古代治学方法多不像西方的强调系统化，只是点到为止，留有更多让读者自己去领悟的空间，因此，在对传统批判为主的历史阶段，宝贵的汉语古典诗学并没有得到应有的重视。

今天，年轻的诗人与理论家多只指望向西方学习，认为古典诗与新诗是截然不同的两类，这自然有其历史根源。我认为关键在于知道如何贯通转换，即使对西方的诗论也必须经过转换。没有深刻的研究和领悟，任何对后现代作品和理论的生搬硬套，都会造成可笑的后果。至于我们的古典诗论，则需要用现代的思维去分析，才能找到它的真谛。

在改革开放以前，对诗歌的主题与形式问题曾有过一些偏见，认为诗歌的要素就是它的思想，只要内容好、主题大就是好诗。久而久之，几乎停顿了对诗歌语言与表达的探讨，对诗歌的艺术变得十分麻木、粗糙、漫不经心。虽然在20世纪五六十年代何其芳和卞之琳两位诗人曾就诗语的顿的问题进行了一些探讨，但在社会上并没有引起多少反响，仅只将它当成一个技巧问题。在今天虽然在有些文论中也引证了西方的当代理论，认为形式是内容的延长，但仍然有些诗在追求下笔数千行，只要题大篇幅大就是宏伟的大作，这是20世纪五六十年代追求"英雄主义"的遗风。同时又有一些叛逆者在反崇高和优美的口号下，主张并不存在什么"诗歌语言"，并且竭力推崇市井的口语和平庸的小我来代替诗歌语言和有崇高意愿的大我。这种关于主题和语言，自相反的两个极端进行二元对抗的斗争，在中国新文学史上已成了恶性循环，对新诗的发展没有好处。目前，对于诗歌艺术的漠不关心，缺乏真诚的探讨研究，创作界和学术界都在吵吵嚷嚷中莫知所从，无法交流切磋，这些现象极不利于诗歌的继承和发展。

为了摆脱当前新诗的困境，我希望高等学府要为诗学的普及和写作艺术的提高做些什么。如开设面向社会的诗歌讲座和写作培训班，使社会上爱好诗歌欣赏与创作的群体能在理论结合实践中丰富自身的素养。诗歌创作并非只靠灵感与感情，正如艺术一样，它的灵感和感情需要在一个博大丰富的文化场内运转，缺少了这样一个文化场，诗人的天赋是无法发挥的。迄今为止，中国的成长中的新诗人，在寻找博大精深的文化基础方面，既不如古代的诗人，也不如今天美国的诗人那样幸运。因为很多社会上喜爱诗的年轻人得不到系统的诗歌教育或业余的培训和指导，只是孤独地自己在黑暗中写，这其中可能有潜在的未来的重要中国诗人，却因为在成长过程中得不到培养，而终于被湮没于时间中，未能成材。回顾五四时期的中国新诗人，无一不是有高等教育和深厚的文化底蕴，今天美国的名诗人至少都拥有高等教育甚至研究院的学识背景，这对于他们作品中的文化底蕴和世界性的目光，及对人类命运的关怀有着极大的联系，诗歌再也不仅是年轻人的抒情工具，这深刻地证实了海德格尔所说的：诗歌与哲学是近邻。

中国新诗如果重视诗学的研究，首先应当发掘古典诗学中的精髓。在这方面我突出地感觉到可以在下面三个方面向古典诗学习。

一是古典诗的内在结构的严谨。古典诗在起承转合方面都有很深的研究，"起"要惊人，"承"要承上而不平凡，"转"要别开天地，"合"要能使全诗运转而有归宿。

二是"对仗"的艺术。对仗对于平庸的诗人只是一个可借以使诗站立的框架，但对于真正的诗人，对仗是对自己的想象力的一次挑战。对仗可以使诗的空间猛然被拉大，横跨阴阳两极，使相反的二元结成一个结构，诗的空间加大了，能在56个字或40个字内包容天地，绵延古今，跨越生死，打通天人。时空的拉大自然就加强了诗的力度和深度，丰富了诗的内涵。因此对于真的诗人，对仗并不是枷锁，而是诗歌运转的一次神奇的解放，一次对创造性的挑战。

杜甫在对仗上显示了令人吃惊的才能。他在《梦李白二首》中使得生死的关卡被打通，他写道："魂来枫林青，魂返关塞黑。""落月满屋梁，犹疑照颜色。"在《寄李十二白二十韵》中他说李白"笔落惊风雨，诗成泣鬼神"连接了动和静，"落"字是创作中的动，"成"字是完成时的静。风雨本是令人吃惊的力量，而李白的诗反而令风雨为之吃惊，可见其神奇。鬼神本是狠心的，但在读了李白的诗后也不禁哭泣，可见李诗感动人神的力量。在《春望》一诗中杜甫一开头就写出震撼人心的诗句"国破山河在"，是对人的多么强烈的指责，在天人的关系上发出重重的一击。第二句与它相对的是"城春草木深"，既繁荣又萧条，自然繁荣而人间萧条，形成强烈的反差。三、四句为"感时花溅泪，恨别鸟惊心"，都是通过天人合一的思想，写人间的灾难如何震动了自然，通过神奇的诗句，写出宇宙万物相连，自然与人，天上人间血脉相连的宏大观念，同时又通过极具感染力的诗的艺术点出人间痛苦震撼了上天，花本艳丽绝伦，却因人世的痛楚而流泪，鸟本自由自在地飞翔，却为人间离乱而震惊，这些诗句极为深刻地抒发了诗人因人间天上的强烈差别而痛苦感慨。在《游修觉寺》中，诗人将径石的失去自由与川云的自由飘浮相对比，写道："径石相萦带，川云自去留"，一个被萦围，一个自由自在地去留，形成强烈的反差。同时诗又将寺院中鸟因得道而有所归宿，与诗人自身的颠沛流离相比，愈发衬出自身的凄凉悲苦。原诗是这样写的："禅枝宿众鸟，漂转暮归愁。"鸟的宁静的憩息与人的漂转失所形成的鲜明有力的对比，充分发挥了对仗的功能，显示出古典诗歌极高的艺术魅力与诗人的功底之深厚非凡。以上所引的四句是古典对仗的卓绝的范例，可谓对中有对，层次更为丰富，读后令人回味不已。

三是古诗在炼字上特别着力。如前所说：一个"笔落"的"落"字，一个"诗成"的"成"字，都令人觉得分毫也移动不得。再就是"在"与"深"、"溅"与"惊"、"萦带"与"漂转"等也都是字字真金，令今天的诗人和诗评家叹为观止。

此外古典诗词中可以采珠淘金之处还有许许多多，由于本人学识浅薄，不能一一列举。关键在于今天的诗人，要有向古典诗歌艺术与诗学探寻、发现以丰富新诗自身的意识，只有真诚的信念才能带来新的启示。经过一个世纪对古典诗词艺术的冷漠，今天诗歌界对如何转换古典诗艺为今天的创作实践的要求并不强烈，这也是当然的事。诗人之所以引颈西望而忽略脚下的珍宝是历史造成的，不能片面责备哪一方，但愿诗评家、教育家、科研工作者和诗人们能共同努力，通过交流切磋，早日克服对古典诗学及作品的偏见，争取在新诗发展上早日有所突破，走向一个更成熟的新的盛唐时代。

*本文首次发表于《文学评论》，2002（5）。

回顾中国现代主义新诗的发展，并谈当前先锋派新诗创作

一、回顾

　　我国目前正处在诗歌创作新的浪峰来到前夕的浪谷中。文学总是在一波方平一波又起的形势中前进。处在浪峰和浪谷两个阶段的心理状态和使命感是很不一样的。让我们以下图表示不同阶段的不同艺术心理状态：

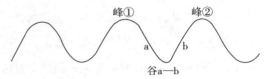

　　从峰①到峰②经过谷a—b，在a阶段艺术创作以完善峰①为主，但当进入b时心理状态从发展、完善转为怀疑和反叛。假设峰①是"五四"以后新文学的高峰，现在我们正在为峰②的到来做准备。从1979年以后，我们已经走出谷a—b的a，即完善

峰①的阶段，进入b；在心理状态上开始不满足，寻求新的途径，怀疑和叛逆。若是以20世纪80多年以来中国和美国新诗的发展相对照，我们就可以发现一个有趣的事实，这就是两个现代主义诗歌的发展出现一峰的时差，也就是物理学中所谓的反像，具体情况见下图：

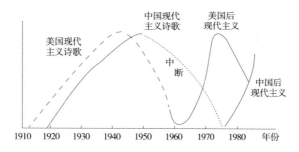

点滑线部分为现代主义轨迹，实线部分为后现代主义轨迹。美国新诗在20世纪初进入现代主义初期意象派阶段，由庞德、艾略特通过理论和创作实践将运动推向20世纪40年代的高峰①，而于1945年随着第二次世界大战的结束逐渐失去势头，转入a—b谷，经过反叛，舍弃了艾略特所代表的现代主义，发展向后现代主义的高峰②，在70年后完成了后现代主义的历史任务，留下主要的流派有纽约派、自白派、中西部新超现实主义派、旧金山复兴派，即垮派及黑山派。目前美国新诗正处于后现代主义的退潮时期和新的高峰尚未现出轮廓的波谷阶段。

上图第二条曲线是现代主义在中国诗歌运动中的发展情况。自五四白话文运动开始后，中国的第一代新诗人，由于在美学上延续着中国古典诗词着重意象的特点和感性的传统，和西方此时期的意象派现代主义初期很相似。这无足为怪，因为西方意象派的创始者庞德正是借鉴中国古诗词中的意象因素而开始他的意象主义。但由于在20世纪20年代的中国，诗人和读者都更需要比意象派更能宣泄反封建激情的诗学，因此很快我们就在现代新诗里加入了英国、美国的浪漫主义，其后又吸收了法国的象征主义。在20世纪40年代，成熟的西方现代主义，主要是艾略特、奥登和里尔克，开始通过翻译和交流访问影响着我国新诗，促使我国现代主义诗歌迅速发展，朝着形成中国自己的现代派新诗的方向走去。这时中国现代主义诗歌的发展比英美现代主义高峰只差一个十年左右，但是1949年后中国现代主义就进入沉默、停滞、迷失的冬眠状态，这从上图的虚线部分可以看出。中国现代主义在失去唾手可得的丰收后一直睡到1979年，才又睡眼惺忪地醒来。虽然1979—1982年又进行了一些现代主义的补课，但终因时期已过，而且形势不够明朗，而没有很大的收获。在匆匆整顿后，中国更年轻的一代诗人，即第二、三代就急速地将诗创作推向后现代主义，这就是当前的阶段。

回顾20世纪以来中国新诗的发展，虽然不算顺利，却也已经有过意象主义，及后现代主义等各种外来影响。这些"主义"都带给我国新诗创作哪些不同的诗歌理论呢？这里想粗略地通过表格显示各派在一些基本问题上的不同倾向，这些问题是：主观—客观；个性—非个性；殊相—共相；表—里；理智—情感及官感；形式美；现实—升华。

	主观—客观	个性—非个性	殊相—共相	表—里	理智—情感及官感	形式美	现实—升华
古典主义与新古典主义	客>主；主在客内	非个性	共>殊；以共选殊	表>里（形）（神）	理>情及感	对称，和谐优美，封闭式	升华>现实
现实主义	客>主	非个性	殊>共	表>里（形）（神）	理>情及感	接近自然不求艺术和谐，封闭式	现实>升华
浪漫主义	主>客以主观渲染客观	重个性	共>殊（理想）（具体描叙）	表受里的影响以神化形	情及感>理	形式为表达激情而服务，封闭式	升华>现实
现代主义（包括象征主义）	主>客，以客表主，寻找客观对应物	非个性，不直接裸露主观	殊>共以殊为主，共在其中	对表进行创造性的再安排	理智情感结成复合体	突兀跳跃密集封闭式	升华>现实
后现代主义	主体同时是观察者和被观察者，主体对自身观察，从中间接反映客观	个性	殊>共	以主体为表，内涵客体	反理智、纯感觉	怪诞、乱、不和谐、开放式	反升华、追求原型或初始状态

注：表中也列入古典主义和新古典主义，因为中国新诗一度出现的概念化、轻感性、以共相代替具体的殊相等不利倾向或可理解为对古典主义和新古典主义的贬格夸大。

二、20世纪40年代的现代主义诗歌

20世纪40年代现代主义新诗在整个中国新诗史中占有高峰地位。它意味着中国新诗开始与世界诗潮汇合，为中国新诗走向世界做了准备。在20世纪40年代以前，中国新诗的主要方向是从语言和感情、意识上摆脱古典诗词的强大影响。反叛、创新、以古典语言和思想感情，走向现代化是五四文学运动后新文学的创新总倾向。但一直到20世纪40年代，才因为形势的发展新文学获得突破，走向普遍的成熟。第二次世界大战迫使中国向世界开放，成为民主阵营中一个重要堡垒，因此，与世界文化的交流也达到高峰。20世纪40年代现代主义新诗正是中国现代主义诗人在这样一个历史时期的诗的丰收。它在继承五四文学运动传统的同时，对诗进行了意识上、形式上、语言上的创新和发展，使得中国新诗坛出现了新品种，典型的例子是冯至的《十四行集》。

这是一部从形式到内容反映了中国新诗与世界诗潮的交流和渗透，是20世纪40年代新诗现代化的一座奇峰，它融汇了古典诗人杜甫的情怀，德国浪漫主义诗人歌德的高度哲理和奥地利早期现代主义诗人里尔克的沉思和敏感。这本诗至今还没有

被广大的读者所完全认识，原因是在冯至和广大的读者之间还存在着文化沟。随着我们教育文化的普及和提高，人们会理解它的重要性，特别是作为中国新诗走向世界的一个路标的意义。

此外穆旦的《旗》和杜运燮的《诗四十首》和唐祈《诗第一册》都显示出中国新诗在现代化道路上的质的变化。他们完全摆脱了旧诗词中的缠绵感情，摆脱了陈旧的诗语，而作为一个生活在历史的严峻时期的现代人来思考、感受、抒发。在穆旦的诗中，个人与时代都是通过矛盾冲突而表现的，他的感情的强度，和色彩的深郁是中国新诗人中少有的，语言的凝聚几乎突破白话文的通常的流畅框架，在他的《控诉》中他控诉了在战争的年代善良者的懦弱，以及自私和腐朽的合法化，绝望、痛苦的是充满理想的良心：

> 假定你的心里是有一座石像
>
> 刻画它，刻画它，用省下的力量
>
> 而每天的报纸将使它吃惊，
>
> 以恫吓来劝说它顺流而行，
>
> 也许它就要感到不支了，
>
> 倾倒……

这是死，历史的矛盾压着我们。
平衡，毒戕我们每一个冲动，
那些盲目的会发泄他们所想的，
而智慧使我们懦弱无能。

一个平凡的人，里面蕴藏着
无数的暗杀，无数的诞生。

矛盾，个人的，民族的，语言的，都拧在一起造成穆旦诗的怪石嶙峋的艺术效果，这在20世纪40年代以前的新诗中是很难找到的，从审美观上讲是一次大的变革。

杜运燮关于路边死去的老总的恐惧心理的描写是对战争中死亡的人们意识的震动的绝妙观察和记载，死亡引起的心理恐怖变得如此具体真切，这里没有哲学、没有虚假的美化，赤裸的是一个死老总的死前的渺小的祈求和恐怖：

给我一个墓，
黑馒头般的墓，

只要不暴露

像一堆牛骨

因为我怕狗

从小就怕狗

······

我怕狗舔我

舔了满身起疙瘩

······

我怕看狗打架······

尖白的牙齿太可怕······

······

啊给我一个墓

随便几颗土

随便几颗土。

在一具被遗弃在路旁的死尸面前，杜运燮让死尸活过来控诉战争。虽然战争对于中国不是稀罕的事，但像这样写战争心理的新诗确不多见。

唐祈的《时间与旗》《女犯监狱》《严肃的时辰》在艺术对象的选择方面摆脱了一切回避现实的怯懦，而将现实的丑恶，恐怖放在现代主义的冷峻中，因此和今日拉美的超现实主义的严峻强烈有相似之处。以绘画、雕刻艺术来比较，唐祈眼中的战争岁月的城市的丑恶是介乎罗丹的"老妓女"和毕加索的"戈尔尼卡"之间，像这样的诗在20世纪40年代以前是不可想象的。20世纪40年代的现代主义新诗与当时抗战的现实主义新诗形成中国新诗史上的两大流派，在风格上很不相同，但从内容上讲却都是战争岁月中国人民的现实生活的真实记载。

20世纪40年代中国现代主义新诗与20世纪30年代由戴望舒等所办的《现代》杂志没有明显的直接联系，以当时青年现代主义诗人群来讲，他们中多数对戴望舒中期所宣传的诗歌理论是生疏的。他们更多的是从20世纪40年代传入中国的西方文艺思想中接触到当时的世界诗潮。因此一提中国现代主义新诗就和20世纪30年代的《现代》杂志联系在一起是一种很大的误解。中国的现代主义真正进入创作的成熟，而且留下自己的足迹的是20世纪40年代，这里有历史的因素、文化素质的因素。只有当第二次世界大战迫使中国和世界产生了文化的血液循环时才可能使中国新诗发生这样一次震动。封建意识的统治仍然很强烈的20世纪30年代是不可能产生真正的现代主义诗歌的，对于20世纪30年代来说浪漫主义与法国早期象征主义是更容易得到共鸣的。因为这两种文艺思潮都还没有要求面对极其冷酷、严峻、丑恶而复杂的现代现实，赤裸裸的现实。中国新诗由于对古典诗语美的长期依恋，在20世纪30年代初期，也还没有能产生表达这种现代意识的语汇，因此，只有在20世纪40年代的新诗中才找到现代主义所要求的直接的强烈的诗语。

虽说20世纪40年代通过文化交流，中国青年一代诗人大量地接触到西方现代主义诗歌理论，特别是艾略特、燕卜荪、奥登等人的理论和作品，但诗人们没有将自己纳入西方现代派的轨道。在20世纪40年代中国现代主义诗人与当时的西方现代主义诗人之间存在很难超越的文化鸿沟。一个民族的作家在任何时候都不可能脱离他自己思想意识中的文化基因，他永远会以自己的民族文化为中轴，放射地联系外民族的文化，除非他的民族被完全地吞噬了，即使是那样也可能要几十个世纪的消化，才能磨去他本民族文化的轮廓。因此，20世纪40年代的中国现代主义诗人是立足在自己的实际生活中吸收和借鉴世界当时的现代主义潮流的。在当时的中国诗坛上有两代现代主义诗人。他们之间在语言上，思想感情上，文化背景上存在着很大的差别，但在他们的作品中可以找到下列一些共同的现代主义诗艺特点：

1. 打破叙述体通常遵循的时空自然秩序，代之以诗的艺术逻辑和艺术时空。

2. 避开纯描写，平铺直叙，采取突然进入，意外转折，以扰乱常规所带给读者的迟缓感。

3. 在感情色彩上复杂多变，思维多联想跳跃，情绪复杂，节奏相对加快。

4. 语言结构比早期白话复杂，常受翻译文学的影响，形成介于口语与文学文字之间的文体，为了反映20世纪40年代的多冲突，层次复杂的生活，在语言上不追求清顺，在审美上不追求和谐委婉，走向句法复杂语义多重等现代诗语的特点。

5. 强调在客观凝聚中发挥主观的活力，与浪漫主义的倾诉感情不同。深刻的主观通过冷静的客观放出能量。

6. 离开模仿外形的路子，强调对表现中的客观进行艺术的解释、改造、重新组合以表现其深层的实质。

中国新诗历史短，起步迟，到20世纪40年代还只有20余年的历史。它的营养来源除了古典诗词、民间风俗之外还借鉴了西方的诗歌，特别是19世纪的西方浪漫主义诗歌。它不断地接收世界新潮流的冲击。有些新诗作者在自己的创作生涯中经历了几个历史阶段。如冯至、卞之琳，因此，20世纪40年代的现代主义诗歌除了它们所具有的现代主义特色之外，还保留其他阶段的艺术痕迹，它们可大致分为下列几种：

1. 古典—现代主义：这一组诗人和作品在文字和情感上带

有浓厚的中国古典诗的积淀。如卞之琳、陈敬容、袁可嘉的许多作品。

2. 浪漫—现代主义：这一组诗人将浪漫主义的崇高理想和现代主义糅在一起。他们包括冯至、穆旦和郑敏。

3. 象征—现代主义：这一组诗人为数不多，辛笛和陈敬容各有这方面的色彩。

4. 现实—现代主义：这一组的实力较强，曹辛之、唐祈和杜运燮都是带有浓厚现实主义色彩的现代主义诗人。

从上面的分析可以看出以高速度走向世界化和现代化的中国现代主义与西方现代主义不同，西方现代主义是针对浪漫主义和古典主义的弱点而产生的，因此有较明显的排他性，而中国的现代主义对中外各种诗歌传统是兼容并收的。而西方现代主义对浪漫主义是扬弃的，作为一个新诗潮对旧诗潮强调叛逆，而中国新诗自五四文学以来只叛逆旧诗词，对新诗的各个流派并没有不两立的思想感情。新诗在紧迫感很强的心态之下，以发展自身为主，急于做各种尝试。因此，在20世纪20、30年代及40年代就曾结合浪漫主义、象征主义及现代主义等各种流派理论的影响，进行创作实践。由于中国新诗还是在开拓探索阶段，还没有形成自己的传统，因此对各种流派的风格、理论都有强烈的兴趣，体现出一种兼容的风度，在试验的过程中出现一些偏激是可以理解的。1979年以后改革开放政策为青年诗人带来更多的世界诗潮，试验作品也更多了。现在我们需要的是通过接触、思考、整理、学习来梳理世界有影响的各派诗歌艺术理论，了解它们的来龙去脉，以促进、启迪我们的创作和诗歌理论建设。贫乏使人痛苦，丰富又会使人应接不暇，但总比死气沉沉要好。最要紧的是要保护人们的浓厚的创作兴趣和探索创新的热情。对于诗歌理论的创新和探索必须在一种充满信心情绪高昂的心态下进行，如果顾虑重重、心惊胆战、如临大敌，是不会有效果的。下面就转入关于当前先锋派创作的一些看法。

三、当前先锋派诗歌

在进入一个新的诗歌历史阶段之前，再谈几句20世纪40年代两位成熟的现代主义诗人冯至、卞之琳，或许有利于和新阶段先锋派诗歌相比较以看出现代主义与后现代主义在我国的差异。

冯至的《十四行集》将当时的现代意识与西方十四行的格式有机地结合。特别受里尔克的《奥菲亚斯十四行集》的启发，对古典的十四行体进行了现代化的、创新的试验。他的诗中没有感情的倾泻，在写人生的内在经历时，从哲理和艺术情采上都与里尔克和歌德有着血缘的联系。卞之琳则糅法国的象征主义与英国的现代主义—现实主义（奥登）于一体，写出表达第二次世界大战之前诗人的内心感情经历的成熟诗篇。在这两位20世纪40年代现代主义诗人的著作中不论是否写"我"都带有现代主义的冷距离，写我不是唯一的目的，而是透过我写"客"，重视"我"在客观的透视和反应。

自1949年后中国现代主义进入冬眠，也即图中的虚线阶段。一直到1979年这断线才为20世纪40年代的诗人和今天第一代青年诗人再度拾起。第一代青年诗人也即所谓朦胧诗人中最明显的现代派诗人是北岛和顾城。

北岛的诗常以意象拼贴为主要手法。据他说他在写作时先写下任何涌现在脑海中的诗行，而后将它们大删大拾，再剪裁拼贴成一首诗；所以他的诗有雕塑的凝聚，时间是在艺术的空间中运行的。他的意象充分体现了庞德所说：意象是感情和理智在瞬间结合成的复合体。他的诗不是流体，而是作者内心的岩层，由各种意象积成的地层。这地层中的意象化石在得到适度的安排时给人的思考创造了盘旋的空间，但有时过密，过于拥挤，如《白日梦》中一些诗篇，就发生两个问题：一是地层显出过多理智的安排和干扰，失去自然真实感；二是化石有人造的痕迹，不是纯的意象，使读者看出刀斧痕。

这也许由于诗人过分自觉地运用"意象"来表达，而避开更有力的语汇，反而失去"直接"。"形式是内容的延伸"（黑山派理论），《白日梦》的形式比之它的内容有些超过，这也许说明诗人在走过创作的初始阶段后内心的展拓没有达到高度深广。意象的过度密集没有能增加艺术空间，仅起阻塞空间的后果。每个意象原应有充分的外延空间，以展现它的每个凹凸面，现在这些小面，由于空间拥挤，而互相压盖，使读者的想象力无法游刃有余地出入其间，但总的说来，北岛是新诗在再生的现代主义阶段的杰出诗人。他的创作实践充分体现了还感性于诗，使思想也能有自己的香味，如玫瑰（艾略特的理论）。虽然北岛未必有意识地像艾略特那样要从17世纪玄学诗中找回失去的感性魅力，但他的作品可真是中国现代派玄学诗，他为自己的主观感情思维找到了客观对应物，因此离开了直叙衷肠的浪漫主义，获得非个性的冷调。

顾城是这同一时期的另一位出色的现代派诗人。他的诗与北岛的固体性相反，是流体的。这部分地因为他开始了对自己潜意识的探讨。对他来说将现实转化成梦境是创作的开始，这种转化既是心理的也是艺术的。让意识倒流入无意识的洞穴是顾城的尝试。对自我不意识的探寻是后现代主义的重要特征，因此，顾城是20世纪80年代后现代主义的先声。他将自己的现实经验都转换成梦境，让梦的恍惚突破物的坚实轮廓和现实的框架，但这种转换并不是任何时候都顺利的，当梦境被现实破坏时，他就不能写下去，危机是常常发生的。他的诗在最佳情况下能像透露隐秘的契机样泛出他潜意识的微光，使诗获得一种神秘的层次。但当他过分追求禅境时他的诗就露出强求的痕迹。对于他，诗已经是他的非意识的具体呈现，更多的是禅，而不是艺术。他十分重视发现超我以外的真"我"，初"我"，他是将写诗和一些他的神秘直观活动相连，可以说是完全非理性的。这些都使他成为一个走向后现代主义的诗人。

中国当代新诗是在1984—1985年显出它的后现代主义的锋芒。这部分诗人是所谓"第三代"，多在20～30岁之间。他们中是否有未来最好的诗人尚无法预言，他们的著作显然有各种不理想的问题，但他们都勇于尝试，是一批创作冲动最强烈的青年诗人。尽管他们的诗作千姿百态，却有一些共同处，这就是他们写"我"，而且几乎离不开写"我"。这就使得他们和第一代年轻诗人拉开了距离。他们比起第一代诗人更明确地反理性中心论、反逻辑中心论、反艺术美、追求艺术丑，还常有禅宗意识。他们的美国典型就是充满反叛精神的垮派如艾伦·金丝伯格和以袒露自己的黑暗意识为创作动力的自白派如塞·普拉斯，他们吸取了垮派的反理性中心论、反文化中心论，诅咒典雅，追求禅境，用最粗的语言写诗以打击文化阶层的重礼仪和唯知识。四川的莽汉派就属于这种类型。

1960—1970年美国的垮派形成美国新诗的高潮，"垮"字有三个含义，一是摇滚节奏，二是垮台之垮，三是极乐世界。他们自认在人世为垮了的一代但有通向极乐的慧根。他们的反抗对象是西方商业化的物质文明和文明社会的虚假幸福，曾经冲击了稳定的上层社会，但他们自甘沦为吸毒的垮者，事实上以精神自杀来抗议社会的黑暗面。它们曾发出强大的冲击波，驱散了古典西方文化的余威，使美国诗歌获得与它的姐妹——现代生产程序同步的节奏和姿态，更反映当代的美国文化和精神状态。后现代主义突破了20世纪40年代的艾略特的《荒原》为代表的现代主义框架。远在世纪初艾略特的同时代诗人美国后现代主义先驱的威廉斯就曾愤怒地反对艾略特忽视美国自己的文化。在今天的美国当代青年诗人中威廉斯已享有远远高出于艾略特的声誉，关于第三代普拉斯的追随者见下面的讨论。

中国"第三代"青年诗人和评论家有些什么主要倾向呢？下面是一些粗略的分析：

1. 否定崇尚传统。自从1979年后中国的先锋派文学和诗歌评论在继承与创新问题上曾拿出两个观点，一是在1979年朦胧诗诞生以前中国没有真正的新诗，二是预言在未来艺术文化中任何以往佳作，包括莎士比亚和古典音乐都没有活的价值，只能在博物馆内占一个角落，人们去看莎剧或听古典音乐会，不过是发怀古之幽情（见《未来艺术的前奏》，《中州文坛》1986年1—2期）。又有些青年诗人以行动宣言、标语郑重宣布新的一代的诞生就是老的一代的死亡。因此几乎不到几年就在一代新诗人登上诗坛时，它的上一代就要被送往坟场。"新"，成了生命的代号；"老"，不管是5年或是10年前的"新"诗人，也必须宣告诗的生命的死亡。这种不"死"就不"活"的逻辑令人想起"不破不立"的公式。如此类推中国的诗坛成了埋葬几千年诗作的大公墓，而仅有今天才到来的几十个"新"诗人还在活动，真是奇特的超现实主义情景。淘汰制在这里几乎和在电子工业中一样严峻。听起来似乎有理，但实践中却不是这样，新的不一定是好的，古的不一定是没有生命力的。

每一个作品诞生后它就获得了自己的独立艺术生命，它不再因它的作者的存亡而存亡。它不但可以不在时间中衰老死亡，而且可以获得更丰富的生命。多少作家生前没有被理解，死后数百年他的作品才被重新发现和热爱。但丁的《神曲》是世代西方诗人的灵感，17世纪的玄学诗人约翰·顿在20世纪前半叶被艾略特再解释后成了现代主义诗人最推崇的诗祖之一，几乎统治了英美诗歌理论半个世纪之久，惠特曼是20世纪70年代垮派供奉的诗圣，19世纪浪漫派诗人济慈被多少后现代主义诗人热爱，在世纪初不被了解的劳伦斯成了后现代主义诗人们的先行者。19世纪女诗人狄金森生前只发表过8首诗，而今她的原稿全部得到出版，不少人写了她的传记，成为20世纪80年代的最流行的诗人。20世纪初探讨语言立体主义的格托洛·斯泰茵成了20世纪80年代语言派诗歌的鼻祖等不一而足。因此，可以说淘汰制在文学领域内的运用与电子工业不同，新不一定能淘汰古，关键不是时间的新旧，而是质量的优劣在进行着对古今诗歌的选择和淘汰。

诗坛不是坟场，而是超越时间的角力场。好的留下，次的退出。一首诗歌的名字能在这角力场上停留多久，多少诗人能共存，都不是谁的宣言所能决定的。只有历史能揭示读者怎样抉择。一个名字可以显赫一时，也可以在一夜被遗忘后又重新返回人们的审美上空。也因此坚持多元共存要比不自然的淘汰论妥当得多。从心理状态上每颗新星要多想如何增添天空的灿烂，而不是如何击落哪一颗已存在的星星。总是想一个流派，一个代的诞生就意味着前者的死亡，恰恰是统治我们多年的一元化逻辑的翻版。

　　　　　　　　　　　　　　　　新诗与传统

文学是重积累的，要开拓新疆必须像庞德所说的那样去古书中寻找古人边界线，而后才知道新疆域的起点，知古方能拓新。对于我们这个曾有10年忽略文化教育历史和长期封闭的国家，今天的年轻创作者不但要知古还要知外，才能明确自己从哪里开始创新，否则很可能拾些别人的"新"，还自以为是自己创造，难免贻笑大方。当然我们首先不被这些困难吓倒，但也确实要在最短的时间内测绘出诗歌的世界地图，才能明确如何开垦新疆。

浪漫主义大诗人雪莱说："一首伟大的诗是一个永远涌出美好的智慧之水的泉眼，在一个人和一代取尽他们所能分享的甘露之后（这要根据他们自己的特定关系）又会有一个又一个的后来者，新的关系不停地发展，它是那不能预料和无法想象的快乐的泉源。"一首好诗的生命不会衰竭，一代又一代各按自己的能力去分享。雪莱在《诗辩》中这个富于比喻的论点在20世纪后现代主义黑山派的阐释和发展下获得更科学的论述。奥森在"投射的诗"中说诗人自现场获得能量，再将能量如数传给诗，诗写成后就自动将能量传给一切读者，而且能量永不枯竭，所以可以说好诗是不会死亡的。后现代主义诗论更赋予读者和诗人同等的创造能力，即给作品重新充电，源源不断地丰富它的能量。

我常听青年诗人说，闻一多的诗今天人只能尊重它的过去，而实在"没法念"了。我怀疑问题究竟在于闻诗的质量呢，还是在于读者缺乏欣赏力？20世纪三四十年代的诗真的那么简单易解吗？我们又应当怎样像雪莱所说和它建立新的关系呢？过去的新诗究竟是一个宝库还是一个停尸房？美国20世纪80年代的青年诗人也常强调走出先人的高大身影。他们要将自己解放出来，但并没有要打倒他们的先辈。解放自己是为了向前开拓新的高峰，还是为了削平身后的高峰，这是两种不同的逻辑。

2. 否定理性中心论，反文化至上。重新评价人类的理性是作为全面估价人在宇宙间地位的一部分而广泛出现在20世纪的思潮中。启蒙时期，人因有理性而被认为是最高贵的，我思故我在，足见"思"之重要，但在启蒙时期过后，人们出于科学、经济、社会实践、战争等经验，改变了以人为中心的宇宙观，开始重新理解自己，这时不再盲目地相信自己的理性的判断，在第二次世界大战后感性的地位显然上升，在文学艺术中后现代主义以为感觉才是人和外界联系的主要途径。存在主义和后结构主义的出现更是彻底否定对理性的至高无上的评价，这种思潮今天也反映在我们的先锋诗作中。将诗看成生命所给予诗人的一种无法言传的感觉，所以"一旦诗人想告诉别人什么，他离开诗就远了"，"诗所要传达的就是人们原初意识或超前意识，人对外界的恐惧感和神秘感……"（见《超前意识》，《诗歌报》10月21日版）在D.H. 劳伦斯的诗这种无以言传的生命的神秘是诗的灵魂，因此他在今天的后现代主义中受到重视。以直观接触世界、感受神秘的力量，而不以理性解剖环境是后现代主义的一大特征。但是尽管我们的"超前意识"流派的宣言有着这种后现代主义的关于神秘感的理论，他们的诗却并没有深度和实感。在理论和实践效果中间的距离使人不安，因为我们不知道这种表面的移植会不会真正结出果实。

反理性中心论如果为了排除超我的障碍，解放诗人的敏感，是有意义的，但如果在排除超我的干扰后只是放纵了一个空虚、贫乏没有智慧的混乱的我，那又如何能写出有深度有价值的诗呢？劳伦斯挣脱庸俗的逻辑，以触摸到生命深处的脉搏，在诗里传达出普通人所听不到的生命、宇宙的信息；里尔克、罗伯特·布莱和许许多多诗人都相信感觉、直观，比理智更能带给我们宇宙的信息，他们的诗有一种不普通的深度。我们的某些年轻诗人的反理性中心却没有达到这种深度，原因恐怕在一个"诚"字。

反文化至上也是后现代主义一大特征。主要是反商业化、机械化、文明对人们灵魂的污染，使人们失去人性的高贵，并且反原子文化对自然的损坏。美国垮派从服饰、行止到理论都是反文化的，近来在我们的第三代诗作中参禅倾向也是反文化的一种表现，对反文化正确的理解应当是对文化的扬弃，因此只有当每个诗人都有了充分的文化教育之后才谈得上反其中的致癌因素。反文化是反有害的部分，不能作为不需要文化同义语。

3. 写我。写我，而且只写我，是后现代主义的一个重要标志，也是现代主义与后现代主义的重要分水岭。现代主义的艾略特提出诗是对个性的舍弃，诗要用非个性的表达方法。主观不能直露在诗中，主观感情要通过客观对应物出现在诗中。因此他说诗是个性舍弃的结果。但对于后现代主义诗人来说，"我"既是观察者，也是被观察者，"我"是诗的主体，也是诗的客体。和现代主义诗人相反，在写诗时，并不要为诗人的"我"找什么客观对应体，却往往在直面"我"的深层时，从中折射客观存在。因此，我们可以说，现代主义诗是从客中写"我"，而后现代主义是从写"我"中找到客。

既然"我"是如此重要，如何深入到"我"的被禁锢的深层，"我"的多面性，隐蔽中的"我"，都是决定后现代主义诗的深度和丰富的关键。自白派的普拉斯在《女拉扎瑞斯》中将诗人的"我"置于停尸台上，进行剖析，写出"我的皮肤透亮像纳粹的灯罩"这样令人震惊的句子，句子的震撼力来自"灯罩"在此处的暗涵，它充分说明在写"我"时诗人是在揭露整个历史时期人类所遭受到的非人的残暴，因为"纳粹的灯罩"是用人皮制成的。罗伯特·布莱的"我"在诗中起着将人与自然连接在一起的作用，诗人的身体接收着外界和自然的秘密信息。我们今天的先锋诗人也将注意力从客观转向主观，"我"是主体，但也是诗中的客体。翟永明写自己的黑夜的意识就是一例。

　　既然"我"在后现代主义诗中占压倒的重要位置，是否能写出有分量的诗的关键就在于这个"我"的质量。"我"在写诗的过程分裂为主体与客观两方面，作为主体，他（她）必须有十分敏锐的观察、剖析、感受力，否则他（她）将无法揭开千层习惯势力的蒙盖，发现那个被观察的"我"；作为客体，他（她）又必须有丰富的内容让主体的"我"来发现。今天我们还没有产生这样的有分量的好诗，我们的主体"我"往往缺乏剖析的尖锐力，不能发现这个被观察的"我"与外在世界的关系，及这个生活在一定历史文化中的"我"与过去历史和它的环境之外的文化的关系。而客体"我"又没有形成层层丰富的文化及经验地质岩，他（她）的意识层太贫乏单薄，经不起开采。因此，在写"我"时不可能产生出皮肤透明是纳粹的灯罩这样深沉、意义丰富、富有历史感的"我"的意识包含历史的惊人诗句。

"我"的贫乏和成长的创伤是文化饥饿的结果，也是长期与世界思潮隔绝被从世界文化的大循环中割断的结果。本质上缺乏个性，营养不良，表面上又闪闪发光。这个贫乏、营养不良的"我"，在意识深处没有历史，没有人类的命运，没有昨天和明天，而他（她）的今天又是如此闭塞，他（她）的敏感缺乏生活的挑战，和世界文化与心智的挑战，他（她）还没有形成现代意识。从这里找今天我们先锋诗作与世界当代诗的差距也许会有利于今后的提高，艺术家康定斯基曾说：

> 每个艺术家必须表达自己，
>
> 每个艺术家必须表达他的时代，
>
> 每个艺术家必须表达全人类艺术的纯正而隽永的精华。
>
> （《关于艺术精神》）

这三条是有机地结合在一起的，对于后现代主义来说其成功与否就看他（她）在进行第一条时能否同时完成第二、三条的内容。

本文提到的先锋派的三种倾向在正确掌握时，就有利于为中国新诗打开新的领域，反传统的统治而不打倒传统，反理性教条和文化渣滓却不否认理性和文化的重要；写"我"而不将"我"与客观存在割裂。若掌握不当，也可能为中国新诗的发展和诗人本身的成长带来不少弯路。压制新的和砸烂传统都是我们曾有过的病根，而时间和生命是如此的可贵，我们的评论界的每一声喝彩和指责都会在新诗发展的道路上回荡，让我们好自为之吧。

1988年

*本文首次发表于《现代世界诗坛》，

第2辑，湖南人民出版社，1989。

新诗百年探索与后新诗潮

一、新诗在寻找自己

理解"后新诗潮"的出现与特点，还得从将近百年的新诗的发展与状况谈起。从胡适的《老鸦》，郭沫若的《女神》到如今中国新诗的近百年的旅途中，虽说新诗从无到有，已有了相当数量的积累和不少诗歌艺术的尝试，但总的说来，作为汉语诗歌，中国新诗也仍是在寻找自己的阶段；寻找自己的诗歌人格，诗歌形象，诗歌的汉语特色。新诗已经告别了古典诗歌，走出古典汉语的家族，在不停地流浪中。它不希望自己与几千年的家族血缘有什么联系，更不希望在形体、五官上与家族成员有什么遗传上的相似。胡适曾将这类遗传联系比作"缠脚时代的血腥气"（见《尝试集》四版自序）。新诗已走出传统，它已完全背叛自己的汉诗大家族的诗歌语言与精神的约束，它奔向西方，接受西方的诗歌标准。

回顾这近百年的新诗的足迹，我们发现它到过下列几个世界诗歌圣地：第一站是美国，那里它采集了美国意象主义；第二站是伦敦，它采集了浪漫主义；第三站是巴黎，它采集了象征主义；第四站是柏林，它采集了歌德、里尔克。至此，在短短约30年（1920—1950）内新诗匆匆走过西方19、20两个世纪的主要流派：浪漫主义，象征主义，意象主义。正当它打开现代主义的《荒原》时，战火和空袭打断了它的书斋思考，但在大学迁移中中国仍涌现了一批现代派诗人。20世纪50年代后新诗转向莫斯科取经，主要遵循革命英雄主义的信条，一直延续到20世纪70年代。"文化大革命"打断了诗歌的沉醉，带来怀疑、失落，20世纪80年代初改革开放以惊喜沐浴着整个文化战线，诗歌也不例外。几个年轻诗人在翻阅上半世纪的现代主义诗集时，发现了灰尘满面、劫后余生的20世纪40年代的诗作，为之震惊，他们说："这些诗正是我们想写的。"[①]于是开始了自己的开垦。土地荒废已久，他们培育出一些稚嫩的新品种：朦胧诗，从此，开始了诗界一场空前的论战，至今余震时有重返，震中是一个古已有之的诗歌理论问题：诗之难易与可

———————————

① 20世纪80年代唐祈在兰州大学教书，北岛等去访问他，看到20世纪40年代几位当时年轻的诗人的诗集，感叹说这种诗正是我们想写的。

读性问题。

　　20世纪80年代这场辩论所以如此具有震撼力，实是因为新诗自20世纪50年代至70年代处于封闭、垄断、冷冻状态，走遍南北只见一种品种，即革命英雄主义，在"文化大革命"期间演变成全民的战歌，是"大跃进"年代的全民民歌的姐妹篇。因此，20世纪80年代破土而出的朦胧诗被惊呼为"崛起"，从此崛起的灵魂就游荡在新诗的上空。平心而论朦胧诗的崛起是一次心灵的苏醒和精神的抗争，因此突破了假、大、空的封锁，吐新诗的新声。但如果将20世纪80年代朦胧诗及其追随者的诗作来与上半世纪已经产生的新诗各派大师的力作对比，就可以看出朦胧诗实是20世纪40年代中国新诗库存的种子在新的历史阶段的重播与收获，仍是以西方诗歌为原型的汉诗，从诗歌艺术上讲并没有多少崛起。这一点，如果不将20世纪80年代的新诗放在中国新诗发展的坐标上来评估，是看不到的。对于一些孤立地考虑当代新诗的诗评家和青年诗人这种评估的角度是十分重要的，由于没有重视朦胧诗之崛起与现代新诗的缘由关系，20世纪80年代的"崛起"被夸大了，似乎是从天而降的崛起精神，并从此造成当代新诗的崛起情结，总是以"揭竿而起"的心态推动当代汉诗的发展，以至约五年一崛起，如某派诗人曾公开宣布：中国当代新诗每五年一换代，"pass"前一代，所以，在20世纪80年代中已形成流派大展，各显新奇，形成各代都以为新诗从我开始的浮躁心态。

由于对于文化解冻局面的欢呼，从读者到诗评家，及诗人都浸沉在极大的激情中，以全部的激情投入求新、仿新、追新的浪潮中，而对诗歌艺术，理论的本身缺少冷静的评估。崛起的热情诚然给僵冷的当代新诗注射了新的生命力，其功不可没，但这种崛起热也带来一种很大的负面作用，就是将中国新诗成长中面临的各种本质问题搁置不顾，而一味追求新的崛起，揠苗助长之风大盛，仿佛当代诗史必须以一个个崛起串起成龙，为了崛起，必须挖空心思制造"新"，甚至仿西方昔日之新，使之成为中国诗坛今日之新。如果认真研究西方之新，而后尝试之也罢，却又缺少这种耐心，往往取其皮毛，仅以之向久经封闭，耳目闭塞之诗歌大众炫耀一番，猎取"先锋"之名。这无形中造成今日诗坛泡沫繁荣假象，各届崛起的喧嚣远远超过其诗的实质的更新。

因此，20世纪80年代至今有了朦胧与朦胧后与新生代与后新诗潮……真是以揭竿换代来推动新诗的发展。新诗的运动气氛如此之热烈，以至没有评论家来得及仔细推敲那些如潮涌的诗集。我们这些在观众台上的观众也只顾得以视力追逐着新诗的赛车，由于车辆急驰而过，我们来不及认清驾驶人，只能在紧张而喧闹的喝彩声与啦啦队的欢呼声中向获奖者致以敬礼，当回到自己的斗室中时不觉有些茫然。

世界诗歌的几百年的路，我们在几十年间就都飞驰了一遍。但我们还是不清楚中国新诗究竟向哪里走？究竟是什么样的形态？有什么汉语文化的特点，有什么自己的艺术传统特点？有什么不同于西方诗歌之处？

如果我们既从宏观看中国新诗的发展与西方新诗的关系，又从微观上仔细剖析后新诗潮的作品，朦胧后作品的特点，我们也许会同意中国新诗尚在一个未定型，没有找到自己的造型的阶段，所以，所谓的"80年代的朦胧""后朦胧"与"90年代的后新诗潮"不过是三股不断揭竿而起的诗歌波澜，它的动态比它的积淀要更引世人关注。如果把它们冲到岸上的贝壳来仔细观看，这些贝壳，由于都是来自类似的湖水，可以算是大同小异。除了朦胧诗更多社会血色之外，朦胧后和后新诗潮并无本质之差异。而此两派的诗人个人，作为诗人，也还在过渡探索阶段，因此，尚没有定型的风格和个性。

这也许是一件好事，从魏晋南北朝的骈体到唐诗高峰历经近6世纪才出了李白、杜甫，在新诗短短不到百年中如何能企望出大诗人和大师作品呢？宏观上新诗是在过渡中，在自我寻找中；微观上当代诗人也还在自我寻找中，20世纪50年代以来

　　　　　　　　　新诗与传统

新诗的几度辩论，围绕社会性、可读性等争论，很像野火春风吹又燃，最近又有林火重燃的趋势，如果想到新诗还只在自我寻找的过渡阶段，也许社会更有兴趣于理论的探索，而不是流派间的争论。

坦率地讲，新诗在20世纪40年代以前不过是学西方的舞步，20世纪50年代学苏联的舞步，如今又转而学西方当代的舞步，这些学习也都是必要的，但今天诗歌圈里有一种困惑，究竟什么是中国新诗自己的特色？难道中国新诗就没有任何可以向几千年汉语诗歌借鉴之处吗？且不说继承，因为在新诗的字典里没有"古典汉诗"的地位，更说不上继承。20世纪初新诗的出走，正是由于反叛古典汉诗，浪子自然不能回头，尤其不屑于继承父辈的财产。几千年前老祖宗辈的诗集在书架上已让位给西方的诗集的译本。繁体、竖排令人反感。在大多数人这种心态与感情之下，过去几十年都是造反有理，遗产有毒，最后唯有寄居于西方文化的篱下。

篱下的生涯近年愈加难以维持了。原因是汉语与西方拼音语言中间隔着本质的语言差异，而对于诗歌，语言就是诗的灵和肉。20世纪是一个语言学大大突破的时代，人们对语言的人文素质有十分深刻的认识，因此，不像自然科学那样，文学是不能跳出语言本身所带来的自己的文化。诗歌的写作和解读也如此。我们虽然可以学西方的舞步，却不能让新诗摆脱其母语和民族文化内涵来感悟诗。所谓新诗，不应是西式新诗的代号。所谓"创新"并不意味着一定要揭竿而起，造前一代诗人的反，创新应当是为诗的多姿多彩多元化添新的一元。

　　20世纪40年代以前，诗坛自觉单薄，并不以为必须打倒哪一派才证明自己是先锋。如今从20世纪80年代诗坛苏醒以来，至今还不足20年，却已换代三次。虽说由于市场经济的经营方式，诗集出版量空前的大，然而质的提高和品种的多样化却和量的增加不成正比。如今新诗仍大有容纳新登场的诗人、诗作、诗派的空间，诗人们似乎应改变些急于崛起、抢当先锋的心态，更用心于诗歌艺术本身的完善，而不急于提出口号，或"pass"别人。诗歌不是流行歌曲，但愿每一首好诗都能长存在新诗史内而不褪色，诗歌无法与流行歌曲相比，诗歌不是消费文化，不能追求畅销，又岂能每月每季每年来排名次？诗人不是诗星，写诗不同竞技，不是青春的事业，乔丹35岁就算是老球星了，面临退役，而诗人，35岁恐怕才握熟诗笔，才从青春期的本能写诗走出来，有望成为一个真正的诗人。他的写诗生涯恐才开始，大师级的著作尚未诞生。所以诗人不是鲜花嫩草只能展览几周，诗人是一棵松树，他的成长需要时间，诗歌是花雕酒，要埋地下多少年才醇香，因此诗人要有最大的耐心，坚强、专一的钻研精神，要能甘于寂寞，要善于吸收别人别派的长处，如果不能正确对待热热闹闹的促销场面，就容易失去重心，商业的经营是商家的事，诗歌自然不能脱离现实，但最好将重心放在诗本身，而不是那些诗之外的繁华景象。

诗歌是精神产品，不同于科技产品。好的诗千古长存，不需要像电器电脑那样更新换代，以音乐来比，再多新的音乐作品问世，谁又能替换巴哈和贝多芬呢？在音乐界没有先锋淘汰古典一说，不同的时代、不同的历史和社会生活催生了艺术的新品种，但已存在的艺术品种并不因新品种出现而被淘汰。否则永无百花千树的可能，自然界岂非太单调穷困可怜。古典主义、浪漫主义、现代主义、后现代主义，每一流派都为人类留下自己的千古佳作，为后人留下一份遗产，所谓"先锋"，只是一个时间概念，每个先锋一旦加入了整体就无所谓先锋了。由于几十年的封闭和一统，一旦开放，追求创新是十分重要的创造动力，但"先锋热"乘机起了误导作用，将诗歌的发展看成淘汰赛，互争先锋的位置和榜上第一的美名，以至将诗歌的发展看成时尚赛坛，有人说朦胧诗代表写主观的时代，如今时兴写客观，于是叙事之风大盛，顷刻间在诗人间传播开，诗愈写愈长，愈写愈散，味淡色浮。这种追逐时尚之风使得诗坛非常单调，无个性；不是千姿百态，而是一律向某个方向看齐。

诚然叙事和写日常生活在20世纪六七十年代美国诗中也很普遍，其特点是从写平淡无奇的日常生活中透出一种诗人对历史、人生、文化、时代的强烈感受，使读诗者在不经心的阅读中猛然意识到隐藏在平庸的外表后的一种强烈的情感波动或犀利的批判，因而在一惊中得到认识的提高及审美的飞跃。典型的作品有弗兰克·奥哈拉[①]的《黛女士死的那天》（The Day Lady Died），是写一位女歌星比丽·贺利黛（Billie Holiday）之死，她又名"黛女士"。诗人在历述1959年某星期五一个平凡的中午，上街办种种琐事后，忽然看见报纸上死者的面容，诗的结尾四行写道：

> ……我立即出了一身汗，并想到
>
> 倚着第五夜总会的厕所门，
>
> 当她低声唱一支歌，伴着琴声
>
> 对着马尔·瓦德伦和其他的人，我停止了呼吸

诗人不厌其烦地唠叨着那个中午在纽约街上办的琐事，而后突

---

① 弗兰克·奥哈拉（Frank O'Hara，1926—1966）曾就读哈佛。1951年移居纽约，20世纪60年代与一群年轻诗人如阿胥伯莱等组织纽约诗派，并与绘画雕刻界来往密切。

然见到歌星的遗像在一张报纸上，于是突然在震惊中回忆往事，诗的标题体现一种后现代色彩的文字技巧，诗中的艺术效果建立在平凡麻木的心态与突然的震惊所形成的反差。同时因为黛女士并非什么高阶层人物，而是一个流行歌后，诗人所流露的感情就带有一定的反"高贵"的色彩。如果不悟到诗的这种历史文化内涵，只学其皮毛，就会写成一首真正平庸琐碎毫无深意的叙事诗。反差、反讽中的激动必须有一个大的背景才能构成此类叙事诗的特色。但在近日风行的国内此类叙事诗中很少能体现这种艺术特色，往往成为为写琐事而写琐事，如同为写"垃圾"而写"垃圾"，失去艺术目的。所以写平常琐事或生活垃圾的诗必须隐藏一个巨大的不平常和审美的超越在其背后方能达到震撼读者的效果。貌似平易的诗其所以难写恰在这里。

西方新诗诚然走在我们的前面，比我们进入诗歌艺术要深，尝试要广，自然有不少我们可以学习参照的，但如果不克服西方中心主义的心态和不能耐心钻研西方新诗的过去与今天，只是急于搬弄某些技巧，就会误入歧途，误导了多少宝贵的才华，实值得警惕。

二、诗歌到了转折点

将近一个世纪以来，诗歌文学的目光一直停在欧美与苏联的诗歌上。但，看来今天这种采风阶段应当变为辅助的，而非主要的诗歌建筑活动。经过20世纪下半叶几十年的实践，不少评论家，诗人和诗歌读者都感觉到当前新诗创作与理论进入一种停滞不前、缺乏生命力的状态，向西方借鉴成了依赖性的借债行为，在近一个世纪告别汉诗自己的古老传统后，向拼音语言的诗歌文化借债，显然遇到了语言与文化双重的困难。由于古老的东方文化传统与汉语语言都不可能向西方文化和拼音文字转化，借贷来的西方诗歌文化与诗歌语言又不可能被缺乏本土、本传统意识的诗歌作者与理论家很自然地吸收，食洋不化的积食病明显地出现在诗歌创作和理论中。人们逐渐意识到对"他文化"的吸收力的强弱与自己本土本民族文化传统的强弱成正比。唐代之所以能广泛吸取西域民族，北方民族及佛教的文化，正因为它拥有一个强大的秦汉以来建立的中华文化传统，这传统如一个消化力极强的胃，吸收了四方异域的文化，使之繁荣本民族文化。当代新诗不但没有了自己的汉文化诗歌传统，而且也失去了对那个传统的记忆和感情，而汉语及汉文化又不同于其他以拉丁语为先祖的各种西方文化，彼此可以自然地相互吸收，所以，必然会发生这种食洋不化的症状，这病症是当代诗歌失去读者的重要原因。

　　当代诗歌由于其时代内容的发展已无法退回新诗运动初期的状态。现代及后现代的当代社会使得世界村的居民们都多少进入一个更复杂的感性与知性世界，诗歌也相应在寻找与之相当的艺术形式，主要是诗歌语言、内在结构、外在形态。这些必须是有本民族实质性的和具有现代性的，单靠移植西方语言文学的实质是绝对不行的。所以，我们可以断言，在21世纪中国新诗的能否存活就看我们能否意识到自身传统的复活与进入现代，与吸收外来因素之间的本末关系。没有传统何谈创新？没有传统作为立身之地，创新只能是全盘西化，作为西方文化体系中的一个加盟者，这显然是与我们这仍拥有自己语言文化的古老国家的命运不相称。所以，在21世纪开始的前夕，中国当代新诗一个首要的、关系到自身存亡的任务就是重新寻找自己的诗歌传统，激活它的心跳，挖掘出它久被尘封土埋的泉眼。

　　读古典文史哲及诗词、诗论，想现代问题，使一息尚存的古典诗论进入当代的空间，贡献出它的智慧，协同解决新诗面对的问题。据我这一年的学习经验，历代中国文论中大量存在着古人对我们今日所思考的诗歌理论的撰述。以诗之难易、繁简为例，韩愈在回答诗文"宜易，宜难？"时说"无难易惟其是尔，如是而已，非固开其为此而禁其为彼也"。[①]意思说只要是合适就不必考虑难易问题，不必规定必须这样，不许那样。看来我们20世纪以来挥之不去的争辩焦点之一：可读性、普及等问题千年以前唐代诗论就已讨论过了。其他如形式、辞藻、文与道、想象力甚至理性与非理性、显与隐，如何学古人等各种理论问题古人也都有精辟的论述，而我们却是习惯于引证西方理论家的立论，不曾有暇回顾一下自身传统中这些理论。

师洋师古应当成为回顾与前瞻两扇窗户，同时拉开窗帷，扩大视野，恢复自己传统的活力才能吸收外来的营养。

中国古典诗论在研究方法上与西方文论的方法也有很大的不同。西方文论强调逻辑剖析，优点是落在文本实处和抽象概括的清晰。但其弊病是容易刻板、枯燥、概念化，解剖刀往往伤及神经，概念又有失去生命的变幻色彩的毛病。而中国古典文论虽体系不十分清晰，却能以准确、富内涵及想象力的诗样的语言传给读者审美的智慧和哲理。不致有水涸石露的窘境，

---

① 见韩愈：《答刘正夫书》。

而其中人文的情致、暖意、活力，丝毫没有实验室处理后的褪色失鲜之感。读古典文论后意识到西方的科学分析，逻辑推理，抽象名词杜撰等虽不失为一家之法，却并非唯一的方法。而中国古典文论的风格与中国古典哲学的灵活、深邃、玄远相匹配。对于诗歌这样内涵深、变幻多的文学品种中国传统的文艺理论的途径有其突出的优点，能在模糊中闪着智慧的光芒。古典文论由于其本身的语言就是诗歌语言，其暗喻隐含的能量极大，因此它的内容有弹性，能容纳多种阐释。篇幅比西式理论短小，但内容却更密集，充分地发挥了汉语文论的语言特点。

上面所说的转折点，可以理解为在继续借鉴西方诗歌的情况下，着重补上古典诗歌及文史哲文化的课。这是一条艰苦的道路，但如再不固本，而只顾在喧嚣中搬弄西方诗歌的表象，则中国新诗前途可忧。

三、后新诗潮的某些艺术问题

20世纪80年代以来新诗确实经历了一场革新，相对于20世纪50—70年代有了很大的发展。主要表现在诗的视野的扩大，走出了教条的模式主义，增强了诗的艺术的敏感。先是有了流派解放，后又强调了个性创造，这些都使得新诗有了新的动力，生命的复苏。

后新诗潮虽然被定为一个诗歌发展新阶段，但从艺术特征上来看，并没有和朦胧后有多大区别。而且由于当代诗人也都还在壮年，诗人名单在20世纪八九十年代并没有多少变化，有的人从朦胧后开始起步，至今自然也还在青年诗人群中。因此要谈艺术问题实在只能比较朦胧诗与其后两个阶段的同异。

朦胧诗时间短，作品少，但却留下几首公认有"崛起"特点的作品。其中真正成为人们口头禅，达到当年白居易诗句那样流传之广的就是：

> 卑鄙是卑鄙者的通行证
> 高尚是高尚者的墓志铭

这两行诗深刻、凝练、工整，出于当时只有30岁左右的青年诗人之手，真令人想起杜甫所说"诗应有神助"，此后那位诗人似乎没有再写出这样真诚深刻的诗句，其同时代的诗人也没有能超过它。但总的来说朦胧诗是20世纪上半叶新诗仓库中的库种再播种后的果实，虽有了不起的崛起精神，在诗艺上并没有多少创新。它轰开一个新诗的新场地，但在未站稳脚跟时就被滔滔而入的后现代诗潮所冲倒。

实则我们今天所谓的新潮仍停留在西方20世纪70年代的新潮范围。从艺术风格来讲自白派曾引起女性诗人的强烈反应，普拉斯之风曾盛刮，但却缺少普拉斯的深刻的历史内涵。垮派如金丝伯格在中国后新诗潮中留下咒骂和诗丑风；在暗喻方面特别喜爱使用性、排泄、生殖等方面的事物，以此达到冲击典雅的诗美的目的，并借以宣泄自己的反叛情绪。近又有反抒情的写庸俗生活面的新风，滤去人间之情，淘尽世上的美，只写真实的"垃圾"，及精神的"垃圾"，并曲解海德格尔的某些话，作为写垃圾为正道的依据，据说既然现实有垃圾，语言也只能写垃圾。记得"文化大革命"时红卫兵无论男女都满嘴脏话以示造反豪情也许与今日的垃圾诗异曲同工。

艺术是一个古怪的东西，有人以之达到假崇高真庸俗的目的，也有人以之达到假宣泄真纵容的效果。问题在于诗丑得到宣泄后能给读者一些什么震动和启发呢，假玫瑰被抛入垃圾桶后，诗人们还要不要种上真玫瑰呢？如果代之的是真垃圾，其效果又当如何。诗人在这污染严重的现实中应当是一只高空中的鹰，俯视时代，为我们找出真美，真崇高，它们此刻可能隐藏在丛林、矿藏中。诗歌有义务为煎熬在幽暗中的心灵带来真的美与爱的清流。在今天落后的城市，垃圾臭气与白色污染已经令人窒息，为什么在诗之王国里也要堆满"语言的垃圾"。答曰诗是宣泄之工具，我有自由宣泄。但当亚里士多德指出诗的宣泄功能时，目的在解释悲剧有警恶扶善的作用，当人们看到恶的残酷在舞台上演出时，内心得到一次洗涤，善得到一次超越。如果今天一些诗人和小说家为写垃圾而写垃圾，纵情于丑恶腐朽中，得到宣泄的刺激，那实际起了纵恶的效果。将文学当成排污渠，读者能不为之掩鼻吗？

垮派的金丝伯格在《嚎叫》①中对丑的深刻刻画触及后工业时代文明的深处伤疤，诗人指责美国文明将多少天才变成疯人、吸毒者的痛苦绝望，并不给人以对垃圾津津乐道，在丑恶中寻找刺激的感觉。

普拉斯的《女拉扎瑞斯》②一针见血地写人性的异化，法西斯的残酷，而我们的普拉斯们却只写女性的神经质和闺怨。A.里区写女性间相依的姐妹手足之情，在攀登中，结成一体迎

---

① 艾伦·金丝伯格（Allen Ginsberg）与W.C.威廉斯为密友，他接受威廉斯的指导，改变了早期的诗风，曾就读哥伦比亚大学，他的诗是有活力的口语与有机的诗行格律相结合以表现诗人在写作时的心理状况。他的《嚎叫》是他的典型作品。

② 普拉斯（Sylvia Plath, 1932—1963）父亲为波兰移民，1959年与英国名诗人T.修斯结婚，曾任教于斯密斯学院，1963年自杀身亡。《女拉扎瑞斯》是用《圣经》中拉扎瑞斯由耶稣将她复活的故事，诗中提出纳粹用人皮做灯罩。

新诗与传统

战艰难，写女天文家的开阔胸襟，与星辰交流的开广视野，有力而崇高。而我们的"里区们"写女性的娇骄、哀怨。虽说中国妇女长期婚姻爱情不自由，在男性社会中常被视为交易的筹码。但怒与怨本身有尊严与乞怜之分，崇高与庸俗之分，大怨大怒与小怨小怒之分。这一切决定于女诗人本身的素养。失去对人类命运、对全世界事态的关怀，缺乏历史意识，其怒与怨只能达到撕扇与闺怨的高度。如果女诗人只耽于青春期的忧郁与欣喜发而成诗，虽也能写出好诗，并成为青春偶像，但如止于此，还不能算是一个成熟的女诗人。诗歌本质上不同于流行歌曲，诗人的事业高峰不在青春期，一旦她步入人生苦涩的中老时期，她的诗泉如不再汩汩淙淙，她的诗歌也就终止了。而一个女诗人应当像特里萨修女，这位诺贝尔和平奖的获得者，能终生以她对人类的母爱让生命永不衰老，肉体的老态进入不了她永远年轻的灵魂，她的一生是真正女性之诗。

后新诗潮出现的最大问题是语言问题。"后"派所要表达的是后现代主义的观念，简单地说就是将事物和谐完整的外表击碎，以显露其不和谐的碎裂内核。为了形式与内容的统一，诗歌语言也必须呈现不和谐状态，但语言是先个人而存在的社会、种族的共有财产，而且是一个种族的意识的模式与造型者，它一旦被破坏，就不再有传达和承载信息、意义的功能，这种语言的顽强独立性使得诗人比音乐家、画家都更难于进入创作的后现代主义。线条、平面、立体、颜色、音符都像零件可以任创作者组装成所需要的绘画雕塑、音乐语言，以体现其意念。因此语言对于后现代主义诗人往往是一个陷阱，谁若想任意摆弄语言，必将受到惩罚。

尽管抽象艺术可以表现碎片意识，变形的人与物，以语言来做这类后现代的试验却是很难成功的，以G. 史坦恩[①]为代表的语言后现代试验在20世纪80年代的美国造就了语言诗派。他们都自称是拉康的信徒，虽说弗洛伊德与拉康都对语言与无意识的关系有过突破性的创见，大大改变了20世纪语言学的面貌，譬如关于所指的漂浮与能指的滑动，梦与语言的暗喻、同义的内在联系等，都大大加深扩大了人们对于语言与人的心灵、历史、文化关系的认识。但由于语言已被分成无意识、前意识、意识各阶段，并具有不同形态，其有形阶段是在进入意识阶段。德里达因此将语言分成有形的书写与无形的总书写两部分。语言诗派是想将有形的书写还原为无形、不定型阶段的语言，因此，他们的诗是无法被理解的。不同于线条、颜色、面、立体，有形的语言一旦被扭曲就失去负载意义的功能，就

---

① 史坦恩（Gertrude Stein，1874—1946），旅居法国的美国女作家。

是死亡了的语言，语言诗是想使有形的语言失去它的规律而能表达，这确是强其所不能，当然语言可以通过其他途径，如暗示力，言外之意等来泄露非理性、非意识的内涵。

总之语言本身的独立性，非工具性的一面，使得诗人在表达后现代意识上有一定的局限性，不能如艺术家、音乐家那样随意制造自己的表达工具。我们的"后"派诗人似乎也有扭曲语言的现象，并曾有"制造语言"之说，所幸运的是走得还不太远。

如何衡量一个历史阶段诗歌的成就？必须把它放在一定的坐标上找到它自己的位置。对于20世纪以来新诗的成就，它的参照架由汉诗的垂直线与当代世界诗歌的水平线组成。在历时性和共时性的坐标上我们的存在先后不到百年，作品数量不多，诗歌能有今天的积累已经是值得告慰的了。如果放眼几千年的汉语诗歌史和当今世界的诗歌浩如烟海的作品，我们自不能不认识到汉语新诗在量与质方面都还是在幼儿阶段，前有古人的大师级作品相比，今有世界的众多成熟的作品要面对，而汉语新诗还在寻找自己的形象。何况20世纪后半叶的新诗曾沉睡十年，折笔十年，如何能企求更多的赞誉呢？

新诗要达到古典诗歌的高度还要经过几个世纪的努力，和许多问题的克服，譬如诗歌语言的探寻，诗歌形式的建造，诗歌理论、诗歌艺术的建构。非诗的争论愈少愈好，否则诗坛恋战，内耗不已。回顾近百年来文坛烽烟不绝，也是我们20世纪文化发展进行迟缓的一个重要原因。今后如果能以多元开放的胸襟多讨论、少怒责也许能催活我们诗歌沉睡的传统使它获得今天的生命气息，以实现古典与新诗融为一体，在精神上并存于汉诗体系中，而艺术形式上各有特色，正像卢浮宫的古老建筑与贝聿铭设计的、新建的金字塔形极具当代建筑风格的展览厅并立相连，古典与当代风格各异，而又相映成辉，中国汉诗的明天如果能这样解决古典与当代的关系一定会再放光芒，成为世界诗歌史的一个高峰，使世人不至于感叹唐诗宋词的死亡和新诗的单薄与缺少个性。

既然主张多元，就应当允许个人、不同流派对艺术的不同趣味，容忍他人的偏爱与偏见，只要不是伪诗，每种诗都会在时间里不断被评价，再评价，遗忘又发现。我们新诗家底极薄，怎能经得起淘汰制的教条运作。至于批评，只要出于对诗的关注，不论其是否逆耳，是否正确，都应当得到感谢，这与前面所说的非诗的干扰是有区别的。新诗尚在寻找自己的阶段，多元的心态可以促进理论的切磋。对自己有几分存疑，对一时难以接受的也姑妄听之，以备他日再思考。人的认识和审美在人的一生总是在发展的，这里不全是正与误的问题，更多是因为生活经历的改变促使诗人的视野和焦点发生变化。一个承认变，而又祥和的诗歌氛围是我们的需要。

*本文首次发表于《文学评论》，1998（4）。

新诗面对的问题

一、诗魂何处投胎?

笔者认为首先摆在新诗创作面前的问题是：在五四运动彻底否定古代汉语创作，借用晚清诗界革命派黄遵宪"我手写我口"这种极端的文学观后，新诗在文字语言上必须彻底放弃两千多年形成的古典散文与诗词的"文学语言"，这使新诗突然陷入了失语状态。诗歌失去自己的语言，如同灵魂失去肉体，所以"五四"以来新诗所面临的最基本问题就是：诗魂何处投胎?

诗魂所需要的肉体，必须是最精美、最多内涵、最能唤醒想象力和联想的肉体，这肉体就是"诗歌语言和结构"。直到今天，这也是敏感的新诗作者、读者、评论者讳言的共同心病。严肃的书法家因此不愿写新诗条幅，一位知名书法家告诉我，他之所以不写白话新诗的条幅，是因为新诗语言太多"的、了、吗"之类的，没有多少汉字艺术的字词。我听了这位书法家对汉字艺术真诚的感受，一方面在汉字艺术的审美方面得到不少的启发；另一方面又心中暗暗叫苦，因为新诗是当代中国文学百花园中极重要的一枝，但它的读众之数量与满意度，却远远比不上小说、杂文等其他当代文学品种。其中主要的问题，出在新诗的语言深受"我手写我口"创作观的影响，以致新诗的辞藻缺乏汉语文学语言所特有的"形象美"与深厚的"境界"内涵。

这不禁令我仔细回顾自20世纪初汉字所经历的种种贬抑和辱骂，其中最强烈、过激的口号莫过于"汉字不灭，中国必亡"，而原因只有一个，就是方块字难读、难记、难写。这"三难"从此使汉字成为革命对象。轻则简化，重则意图去其方块，使它改为西方拉丁文的拼音后代——拼音化汉语。这种"语改"的主张，从今天的当代语言理论解构主义来看，其本质纯属"西方文化中心主义"形而上思维方法。试问如果方块汉字果真如此难学难记，何以古代乡间儿童，不分贫富都有可能在私塾内学会古代汉语，进而考中举人甚至进士？难道今天的儿童智商比古时差，无法掌握自己的母语？却必须走用26个拉丁字母拼音化的西式汉语的道路？虽说这派"语改"的专家学者，其初衷也是好的，但必须指出他们的头脑实在早已为"西方文化至上的中心主义"所俘虏。殊不知他们的汉字拼音化方案，一旦付诸实施，其后果必然是使中华民族改变文化基因，逐步走上灭文灭种的道路！

此话并非危言耸听。因为当代语言学已认识到语言的根是在无意识中，因此，消灭一个民族的记忆，最好的手法就是灭其母语文字。这是每个入侵者都心知肚明的。若果真改汉语为拼音化语言，今后中华民族的后代又有谁能阅读浩如烟海的中华汉语的文史哲书籍呢？因此以拼音化汉字代替方块汉字，实际上无异于用改变文字基因的手法，进行汉字文化自杀！其后果是造成人类文化无可挽回的重大损失！所幸这个拼音化汉字"语改"计划未能得逞，实是中华民族一大幸事！虽说言者无罪，但其中利害实应作为全民语言的重要问题进入有关中小学教育的讨论，民众都知道捍卫汉语言文化之重要，不亚于守土保国！

二、汉字能灭吗？

汉语文字的成熟，自从秦始皇统一文字至今至少已有两千多年，其中虽有发展变迁，但已形成悠久的汉语语言文字的体系，并留下浩如烟海的文史哲书籍以及不计其数的诗词传世佳作。20世纪初，有些人对西方科学的发展感到意外吃惊，以致将汉语的方块字看成阻碍中国现代化的重要原因。在发起新文化运动时，一些学者狠批汉字，认为方块字书写不便，且已沾满陈腐的思想痕迹，力主废除方块汉字，改为拼音汉语，其中创议者不乏著名学者如胡适、陈独秀等，一时闹得风雨满城。胡、陈二氏废汉字的倡导固然反映出当时知识分子的爱国之心，但也流露出他们的文化自卑心理以及崇拜西方文明到了西方中心主义的地步。同时又因为当时文字学、语言学尚未发展到今天的高度，因此，认为废除汉字，改成拼音文字就能救中国，为此他们提出"汉字不灭，中国必亡"的口号，并且要彻底废除文言文——这人类稀有的文字艺术奇迹。这些主张说明当时中国语言学是何等的落后，几近乎无知的地步。

须知，语言之根是在人的无意识中，语言绝非听命于人类的单纯工具，今天的语言学名句是："不知道是你在说语言，还是语言在说你。"因为语言每个字都不可逃避地沾有它过去被用时留下的痕迹（traces：感性的、色彩的、内涵的、联想的等），语言的根是在人的无意识中，废除汉字就等于切断和中国人民几千年民族集体无意识的联系，从而失去来自几千年智慧财富的积累。

汉字实是一种介于绘画、音乐与文字之间的文字，兼有画之形美、乐之声美与字之深意，因此只有中国的汉语才能有传达生命与自然之形美的"书法"艺术出现，只有汉语文化才有表达境界的"书法"艺术出现。这些都是拼音文字所不可能拥有的神奇功能，我们可以说汉语文字拥有举世无双的艺术创造与哲学境界表达的功能。回想那"汉字不灭，中国必亡"的西方文化中心主义高烧时代的口号，真令人感到有些后怕！汉字简化运动中也留下一些至今令人痛苦的疮疤。我祈求早日还我"爱"字以"心"吧！请问哪一种"愛"能够没有"心"呢？没有"心"的爱，令人不寒而栗！还有"秀发"和"发票"之间被强加难以分割的血缘，对读者的审美联想破坏太大了。"长髮盈握"原是何等美好的形象，而今却抹不去"发票一把"的暗影。"发"字身上带有两千年的"发财"的"痕迹"，挥之不去。"发"字以它几千年的使用所留下的声音暗暗在对你的无意识说："发票！发财！发啦！发啦！"干扰着你对"秀髮"的画面的欣赏。

每个民族都有口语和文学语言。古代汉语可算是世界上文学语言奇迹，一直到20世纪初，它已有四千多年的高寿，人们仍用它写文章。林琴南仍能运用自如地用它来翻译西方的现代经典小说；而那时拉丁文早已成死文字，英语、法语也已经走出中世纪状态，变为现代型的拼音文字。甚至到20世纪五四运动后，文言文也没有死亡，在学界和受过严肃教育的社会成员中，文言文仍是深受尊重和生活中广为应用的文体。由此可见，古代汉语的生命力何等旺盛。至于古典诗词的创作，至今仍有诗人群体在延续它的艺术生命。汉字不但"不死"，而且其所受的尊重与日俱增，随着文明的发展而发展；只要世界出现什么新物体、新现象，汉语都能组成其新"能指"表达其新"所指"。汉语的字可以随时随地产生全新的词组，为新生命命名。所以，汉字绝不会灭亡，只是西方拼音文化中心主义者一度过于盲目崇尚西方文化，提出拼音化汉语，所幸被明智者所否决，否则人类文化史将经历一场难以想象的浩劫。

"五四"的前贤们反封建主义和某些陈腐的封建伦理道德观，功不可没；只是由于没有当代语言学知识，从而陷入西方文化中心主义而难以自拔。他们迷信西方拼音文字为唯一的进步语言，作出改方块汉字为拼音文字的错误选择，所幸被及时制止，才使珍贵的汉字文化得以延续至今，并愈来愈显示出它的无比魅力和容纳人类语言百川的可塑性。在语言文字学愈来愈普及的今天，我们应当在教学中宣传当代新的语言学观念，用以剖析汉语文字所潜存的表达能力和内涵的哲学、诗学性。

汉字由于拥有象形因素，字本身的形态就有助于时时唤醒读者对形象世界的画面感、质感、音乐感；作为语言，能同时唤醒读者哲思、乐感与绘画诸方面的想象与感知，真可算是文字中至为难能可贵的一种了，这些功能并非拼音文字所可以同时拥有的。然而今天西方的有些文字学者，却认为拼音文字反比仍带有某些象形因素的汉字更进步，因为这些学者出于将文字的抽象理念性看成进步的标志，而未能用比较文字学的理论来认识汉字形象象征内涵的丰富，从而使它作为一个"能指"（signifier）远远比拼音文字丰富而有力。在阅读中它能带给读者的感官和心灵以强大的震撼，并唤醒读者对作品文字的感性美与其象征内涵魅力的欣赏力。而拼音文字的每个单词完全缺乏这种感性的表达震撼力。在拼音语言中，每个字对于读者只是一个没有表情的符号而已，而每一个汉字，由于它拥有一张充满情感的脸和动态感的肢体，不容读者漠然处之。因此，汉语才有书法艺术，而拼音文字只是一个符号，不能提高到艺术的层次。例如，当你看到"杀"字的一副不祥凶相，你的情感反应肯定与读到"爱"字的愉悦感觉完全不同。但当你读到英语"kill"与"kind"这两个名词时，除非你懂英语，这两个字符的表情是如此相近，是不会给你的情感任何震撼的。可见汉字是多么能传达感性信息的文字，若将它们改"sha"与"ai"，读者又能有什么感情反应呢？

今天我们的全民教育应当着重讲授当代语言学的最新理

论，即语言之根是在无意识中，其中暗含有积淀在一个民族集体无意识中的几千年智慧与情感。由偏旁部首组成的、兼有形声基因的汉字，其形或可有所简化，但将其改成以音为中心的拉丁语系却是极端错误的。虽说这种以音代形的"语改"声浪已不太高，但仍应消除过去认为文化是西方的"进步"的偏见。汉语作为文字的优越性，还远远没有成为全民教育的一部分，我们完全有理由因为拥有这样高级的文字而引以为自豪，它是中华民族智慧与创造性的结晶，岂容断送在后代的无知中！

三、新诗不是"我手写我口"

新诗的诞生自然是新文学运动的重要成果之一，但这新生儿自诞生的第一天就带有很深的胎记，即"我手写我口"，它的典型产品就是刘大白的"嫂嫂织布／哥哥卖布／卖布买米／有饭落肚／土布没人要／饿死了哥哥嫂嫂"。从"我手写我口"、通俗易懂、"普罗"立场甚至押韵的角度来定性，谁能否认它是一首诗？而且确实还谱成了一首曲，广为流传。但是……写到这里，我深深地感觉到当人们为某种类宗教的意识催眠时，要清醒地认识事物又是多么困难，即使这个意识是善意的。

为了反封建主义，20世纪初我们多少学者将古代汉语和以汉语文言写成的伟大文史哲巨著视为封建主义的殉葬品，加以唾弃。在捍卫新文学的旗帜下，他们认为汉字要嫁接成拉丁文种。从此，中华两千多年的汉语写作留下的书山诗海，只剩下几部白话小说，可以作为传统保存。为了彻底消灭文言文，"我手写我口"的文化革命口号大行其道。从此中华民族用几千年智慧创造的精神文化长城"汉字文学语言"——文言文，就这样被"善意"但错误的文化革命意识抛入了历史垃圾堆。由于废文言文是出于"善意的革命动机"，它的错误至今没有在全民教育中得到彻底纠正。请问，今天我们的全民教育有使全体青少年在受教育的过程中，真正学会读懂自己祖先人文巨著的能力吗？

汉语文史哲巨著，是中华民族宝贵的文化遗产、非物质的文化长城，如今能得到多少教育界的重视？以老子的《道德经》为例，当孔圣人忙着以他的儒家"结构主义"说服百姓要遵纪守法、稳定封建统治时，老子却不客气地提出"人法地，地法天，天法道，道法自然"。在老子的信念里，遵守自然规律办事才是最大的智慧。"法"是效法，也就是说最高的智慧"道"是效法自然，也就是按照自然规律行事。这是我的理解。但也有人认为"法"是治理，因此得出"道"要管治自然，这仍是"战天斗地"以人欲为中心、"喝令三山五岳开道"、"大跃进"式的思维。结果是"人有多大胆，地有多大产"，国家为此付出了极大的代价。这不符合道家尊重自然的精神。

今天的诗人应当努力提高自己的人文素质和对人类前途的敏感，成为雪莱所追求的：诗人是预言家。今天人类的认识已比19、20世纪清醒了，人类以主人自居，用科学发明种种手段剥削自然以满足人类永远也填不满的物质欲望和生活享受，直至地球对人类的贪婪发出严重警告：只有五十年的油、六十年的水了！"大跃进"口号如今还难免在我们的意识深处潜存，再加上"超英赶美"的观念，令我们深感今天应当深刻体会老子的上述教导——"道法自然"。这就是说宇宙间的最高智慧"道"，最终来自尊重客观规律，人所期望的最大和谐应当首先是与自然和谐相处，顺自然规律行事，才能长存；而不是战天斗地，为贪婪而肆意破坏自然，事后再谈"环保"。以上一度人人皆知的"战斗"口号，正因为不与自然和谐相处，曾带给我们很大的灾难。今天我们的诗人，要培养多元的诗学观，不应以为新诗是白话体，就与古代汉语无关。诗人首先要珍惜自己民族的精神文化遗产，给它以当代的阐释。今天的汉语，由于长期只写"我口"，词汇量降到历史的最低点。打开字典，痛感汉语文学已失去曾经有过的许多词汇，尤其是诗文词汇的大量流失。这深深影响新诗的内涵深度和色调的丰富，我们必须面对诗歌语言的再创新。

诗歌语言不能等同口语，比起戏剧、小说，它的语言必须比日常用语有更多内涵。古典诗词由于不受口语的约束，辞藻极为丰富多彩，但诗品的高远，并不在于辞藻的堆砌。由于诗比戏剧及小说在艺术形式结构上，必须更凝聚、更需要对题材进行诗歌艺术的转换，因此，境界是它的灵魂，是诗的看不见的空间。想象力是可以打开它灵魂的居所——诗之形式的金钥匙。今天的诗人应当多读古典诗词，领悟古典诗人的精神素养、诗魂境界的超越不凡，豪迈处，荡气回肠，悲愤处，惊天地，泣鬼神，自然也有深情温婉之时。而诗人又如何将这一切心灵之境界，镶嵌入诗之肉体？总之这一切绝非"我手写我口"所能达到的。

四、结语

为了明天的新诗，笔者认为大学文科要开最新的语言理论课。除非能真正从青年诗歌爱好者、写作者的头脑中，彻底清除语言工具论，中国新诗就不可能打开一个新的局面。语言工具论在中国封建科举时代，几乎是天经地义的文学写作的信条，不知毁了多少原本可能是好的诗。

严格地说，诗不是"作"出来的。古典诗有它的平仄规律，这是诗的音谱轮廓；同时又有字数排列的规定，这是它的形体模式。当一个思想带着它的色彩、情感来到诗人心灵的听觉时，诗人就可以将这些诗词的"元素"装入它既定的音谱轮廓和形体模式内，于是一首古典诗词诞生了。缺少这些前奏感而写成的诗词就是"作"出来的，多半不会是文学"佳作"，只能充数而已。但是新诗自由体，因为它没有任何既定的字数与音谱的诗歌艺术模子，当诗的灵感来叩门时，诗人如不是一位能即兴为灵感现造一个诗之艺术模子：包括字数、行列所排成的整体轮廓和字音所表达的情感、辞藻所显现的颜色等，这首新诗也是很难成为"佳作"的。

因此，新诗在艺术上，每一首都必须量体裁衣，根据其个性现场设计款式。这是新诗作者的苦衷，也是中国新诗难出完美作品的原因之一。但是在"我手写我口"，忽视语言美学的精神掩护下，粗糙有理，高雅有罪，前者属大众化，后者为脱离群众，已是"不争之理"。凡此种种，已成为"革命精神"，深深积淀在人们的灵魂深处。对文字的审美追求，早已是昔日过时落伍的事了。可以说，今天的汉语新诗，语言缺乏诗艺审美标准已是既成事实，笔者认为，这仍是新诗的一个缺点。

如何为新诗自由体寻找审美规律，似乎是应当关注的问题。首先应当对汉字白话文的语言审美有一定的理论和艺术实践的关注，不能只要通顺就行。即使都是白话，也有日用口语与文学语言之别，但究竟怎样形成新诗的文学语言以别于日用的口语，却还是一项全新的工作，只能寄望于未来的诗人与学者的创造与想象力。

如果允许笔者说一些个人的想法，我希望诗要避免冗长的叙述和如实的描写，尽量留给读者想象的空间。诗的艺术在于以"实"暗示"虚"，以"虚"打开想象中玄远的空间，使读者读后仍在不停地体会诗中深藏的寓意。读者合上诗集后，如立在田野，遥望远处青山一脉，久久不能回到现实。这就是诗歌的魅力！

*原载于《文艺研究》，2009（3），

收入本书时有删节。

中国新诗与汉语

白话文的语言艺术不等于日常口语

五四运动，从今天看，在推动民主政体方面功不可没；在发展汉语文化方面，以今天的效果来看，我以为有一定的历史局限性。主要的表现是"五四"的革新运动以文言文为落后封建阶级的语言，白话文为大众人民的语言。由于当时学者们对语言学的理解有历史的局限性，对古典汉语，即文言文的否定犯了"左倾"幼稚病。当时的知识界将文言文看成封建贵族的语言，而白话文是平民百姓的语言，因此，在反封建的激情鼓动下，全面否定文言，提倡所谓"我手写我口"的白话。从今天解构主义的语言文字学和哲学的角度来看，民族语言的根是生在民族无意识中，文言文与白话文自古就并存在中国文学创作中，由于科举制度多以古文文章为准，因而使文言文得到更多的重视，以助仕途的顺畅。而任何文学的成就都不在于用什么样的语种，而在于作者是否能够将生活中的现实，经过艺术转换，成为诗、赋、文、剧本与小说。20世纪初，由于全球平民意识的提升，戏剧、小说成为大众更容易有机会阅读的读物，成为比诗词文章更流行的通俗读物，但这并不意味着文言文是封建贵族的文字，白话文是平民的文字。"五四"倡导的是批判精美的文言文为封建文化，赞扬易解的白话文为平民文学，因此，在"人民万岁"的革命意识的冲动下提出"我手写我口"这种出于泛意识形态的错误口号，且认为白话至上，文言代表封建反动的阶级的语言，纯属语言观的"左倾"幼稚观点。殊不知，中国语言文字的文言白话，在两千年的历史历程里，一直是和平共处，各有其艺术表达功能。怎么能在20世纪初，出于过激而错误的"革命"愿望，忽然将文言文与白话文视为二元对抗的革命与不革命的矛盾呢？这种泛意识形态的"左倾"幼稚病，害得中华民族的古典文化在20世纪初猛然从它的光辉灿烂的人类文化的瑰宝的地位，一夜间被贬为封建罪人。以致自20世纪下半叶，国民教育的语文课使青少年几乎没有可能在中学毕业后，拥有阅读文言文的能力，其结果是作为国家文化接班人，青年完全失去阅读中华两千年人文科学的古典汉语经典著作的能力和热情，怎么称得上是受过良好中华

新诗与传统

教育的中国国民呢？最近据国际关于各国人民的国民素质的调查报告，中华人民共和国的国民，GDP方面排世界第四，可谓泱泱大国，但国民素质却屈居第一百多位！闻知令人汗颜！不知我国教育界和知识分子们如何考虑：这样的文化下降，受教育的青少年对自己祖国两千年辉煌的人文智慧几近无知，没有机会精读孔孟老庄深邃而有先见的哲学，如何能成为国家知识精英、文化栋梁？以老子的"道法自然"为例，是解决今天环保危机的最根本的宇宙观，又何曾受到我们自己的重视，更谈不到向西方发达国家介绍，以遏止发达国家一味剥削自然、满足日益膨胀的人欲的危险宇宙观。

同样可笑的是白话文的处境，它本来在古典小说、戏剧方面大有建树，但一旦被封为革命的语言后，却被认为是一种人人都能做到的"我手写我口"的语言，果真如此岂非人人都是文学家！曹雪芹如有知，听了这番文白对抗的"革命语言学理论"真要哭笑不得，而杜甫、李白被戴上封建落后诗人的帽子更是永世不得翻身了。这种盲目地将一个民族的文学文化视为只是为某个历史阶段的政权或某一政治运动服务，只能是幼稚的观点，对一个民族的文化的伤害极大。中华文学文化史的评价在这方面受害不浅；虽然各时代程度不等，但都是一种有形无形的"文化歧视"，其对一个民族的文化的打击摧毁是非常可怕的。人们今天记忆犹新的是"红卫兵意识大泛滥"的"文化大革命"，不知摧毁了多少古迹，焚烧了多少民间珍藏的古籍！在当时青年人的脑海里，知识几等于罪恶，无产阶级对之恨之入骨。深追其根源，我们不能不忧虑"五四"时不分青红皂白地打倒自己民族的人文传统，那种汉语文化自卑，一味以西方文化为进步的典型的心态，始终没有得到很好的清理。加上"二战"后全球科学主义思潮泛滥，影响某些国家对自然科学病态地崇拜，成为"科学主义"的信徒，对人文学科的简单粗暴；也使得中华古典人文文化传统在一个世纪内经受两次被当作敌人，遭受被"革命"的打击！以汉字为例，汉字是一幅幅抽象画，它的偏旁部首各有所司，同时唤醒阅者对于其所指物（signified）的具象的感知和对其知性的深邃的领悟。因此，它的优点是无法以拼音代替的。试以"雨"字为例，如由一位书法家写一个碗大的雨字，悬之于壁，当你在读书时偶一抬头，看到这个字，你的脑海立时就会浮现一幅雨景，而得到极大的审美愉快，但如果你在壁上贴一个"rain"字，恐怕你不知如何反应才好。这就是说汉字这幅抽象画既是一个事物的符号，又使你领会无限的天地万象的自然魅力，和启发你对人间各种境遇的回忆和领悟。一个汉字传给你的信息足以使你沉思良久，正像画廊里的一幅画使观者驻足沉思良久。解构主义认为一篇文章的解读可以因人而异，在主观互动中获得无穷解。书法家笔下的每个汉字也都是一篇他的文章，因为每个汉字本身也都是一幅抽象画、一篇无穷解的文章，这是拼音文字万万做不到的。

古典诗词中的汉语因为它跳出日常口语的固定搭配，大大地发挥了上述所说的汉字的感性魅力与智性的深邃；而且它发挥了汉字四声的音乐美。所以，古典诗词可以吟诵，字的搭配又能引起强烈的感性审美和内涵的深邃、境界的超远。相比之下，新诗要做到这几点是很难的。首先新诗以口语为基础，在字词的搭配上，诗人没有多少选择，因为新诗的语言大致是定格在口语范围。正因此新文学运动以来，我们已经流失了极大数量的非口语词汇。古典汉语诗词创作，如同为已谱好的音乐填写歌词，它的词句可以完全超越口语，按照文学语言的要求，进行合乎乐谱、画面及境界的要求来选字词，因此它完全摆脱了日常口语词汇的贫乏。在此我必须道出我的困惑，那就是在所有的有诗歌文化的大国都多少已经形成文学语言（literary language）和日常口语两种，而我们自从走出古典汉语以后，我们在整个20世纪都否定"文学语言"的概念，从政治实用角度，大大提升口语，贬低文学语言。实则原本汉语的文学词汇是最丰富的，但今天我们却无法将它们纳入文学口语语言。"五四"的大师们他们自己都是在古典汉语的丰富词汇喂养中长大的，却由于意识形态的取向，限定我们只许吃口语的萝卜白菜，不许使用文学汉语宴席上的山珍。口语的魅力在戏剧小说中可以发挥其写实的能动性，但从日常口语中很难找到诗歌所需要的富内敛功底又富诗意的词语，因此，我认为这是中国新诗语言面对的一个难点。诗歌如要在境界、辞藻、音乐性、画面、色彩各方面都需要有"诗"的素质，我们恐怕必须有突围的勇气，口语已经使白话诗的语言如涸池之鱼，但白话诗歌语言的海洋又在哪里？恕我直言，在文化，尤其是语言方面，不可挑起贵族与平民的阶级斗争。至少从小学起，教育不应当歧视古典汉语。如果一个贵族的古典花园，如原来皇家的颐和园，里面有美丽的花木，也要教育孩子们欣赏古典园林之美。为了继承古典汉语各种文体，包括诗词、散文、议论文、戏曲等，识繁体字是绝对必要的。国民教育如仇视古典文体，因而仇视繁体字，以至自动放弃对古典文学的继承和发展，倡导什么"繁体字不许进课室"类的规定，实无异于自愿放弃数千年中华文化的辉煌遗产的继承人身份。须知，繁体字盲的国民，如何能自称拥有两千年的中华文化？他只有半个世纪的简化汉语文化，而海外，甚至美国的汉学家却由于识繁体字，反有可能拥有两千年的汉语文化。口语是大众的语言积累，文学语言是艺术的语言，所以文学创作的语言必须是有艺术目的的语言，当口语出现在作品里，因为它肩负了特殊的艺术目的，就不再是一般的口语。因此"我手写我口"绝对是一个错误的口号，多年来在"五四"新文化革命外衣下混淆视听而已。新诗万万不可自欺。今天为了提高白话文的艺术性，我们不可放弃对繁体字写成的古典汉语文史哲巨著的赏析。你会惊讶地发现其中隐藏着极丰富的我们先祖的智慧，以及汉语作为文学语言令人赞叹的艺术魅力和思想的承载力。

诗人应当是历史的哨兵

一个诗人，不论是用什么样的语言写诗，首先要时时提醒自己保持作为诗人的良心，这就是一个预言家对人类的关怀和对时代的敏感。这就是雪莱说诗人是预言家的原因。艾略特的《荒原》之所以是一部划时代的作品，正是因为他以诗人对时代的敏感和对人类文明的关怀，用诗画下20世纪的这样一幅浮世绘，为人类的前途敲响警钟。20世纪和21世纪都是人类文明的大转折点。科学充分展现了它是人类自己创造的魔棍，当人类用天使的手使用科学，科学能使人类的文明起死回生，但当人类用魔鬼的贪婪的手使用科学，它不但能消灭人类的唯一的栖身寓所——地球，也将消灭宇宙生物进化链上最高级的生物——人类自身。①今天一些西方大科学家，如霍金博士，已经预言在半个世纪后，人类有可能生活在外太空的某个星球上；因为这个地球今天只剩下50年的原油和60年的淡水供"文明"的人类以今天的文明生活挥霍。但是在星际大移民到来前的今天，地球上不是已经在东方演出一场自然资源的争夺战吗？我们"二战"时期共同打法西斯的英雄盟友，今天令我理解列宁的一句名言："资本主义发展到后来一定成为帝国主义。"这是我在20世纪40年代不太能完全理解的。而今天有哪一位西方的总统竞选人在竞选时敢于告诉最富有的国家的公民："让我们改变一人一车和私人飞机的文明生活吧，因为地球已经对我们发出警告了！"今天的新帝国主义远比19世纪的"日不落帝国"聪明，他不要占领土地，要的是弱者的自然

---

① 关于科学崇拜与科学主义：老子在《道德经》中早已警告人类不可以自己为宇宙的中心，在天地面前要学习效法自然。须知人类效法天地所遵行的真理、"道"，却是来自自然。换而言之，老子警告人类要顺天，要向天地学习，所作所为，要符合自然规律。因为天地所遵行的真理，道，是来自自然的。老子这番话使我回忆起我们"大跃进"时的口号是"人有多大胆，地有多大产"。人以宇宙中心自居，战天斗地，喝令三山五岭接受自己的剥削，以满足人的贪欲，结果是饿殍遍野。今天人类又在追求失去人性的科学主义，而忘记科学是有两面性的，它在合乎天理时可以助人，在悖逆天理时也可以灭人。所以20世纪的西方已开始批判盲目崇拜失去人性的科学，是可怕的"科学主义"。

资源，特别是原油。以解放落后民族为名，掠夺她的自然资源！何等高贵的侵略者！新帝国主义使弱势群体唯有以死相对抗，因为他们有着关于昔日自己民族光辉的历史记忆，这就是新帝国主义面对史无前例的恐怖主义的原因。一位前美国总统最近曾问道："为什么愈反愈恐呢？"回答是："恐怖主义是帝国主义的并蒂莲、孪生胎。"

人类正在面对"大自然"的反抗，面对何谓"文明"、何谓"野蛮"的难以分辨之谜！面对地球的呼救！如果中国有一位后现代的史诗作者，今天是写第二集《荒原》的时候了。诗人的命运是预言家，是先知者。他永远远眺，永远思考人类的命运，因此，永远是人类历史的哨兵。比起他的使命，我们今天的新诗还远远缺乏那种先知的语言和激情。说到语言，英国现当代诗歌自从告别了19世纪的浪漫主义和20世纪前半的前现代主义，或称"艾略特时代"，虽有奥登这位移民到英国的美国现代主义诗人，总的说来英语系统的现代诗已经告别其发源地，移民到美国和美国当地的当代诗杂交，失去其原有的学院气质，脱下其学者服装，消失在美国大学校园内，后者多是有学者头脑的市民。诗歌也自由自在地走出校门，与各阶层的诗人混在一起。

中国新诗虽然也已进入壮年，但因为20世纪，从文化上来讲是人类历史的一个大转型时代，科学成为全球历史音乐会的名指挥，经济是世界名交响乐队，中华民族是她乐队中的成员，诗歌只能在我们每个人的灵魂深处生存，但愿我们先祖的诗魂长生在我们的心头、血里。

2007年12月16日

*本文原载于《诗探索》，2008（1），
收入本书时有删节。

中国诗歌的古典与现代

　　西方诗歌的现代性，如果以英语诗歌为例，在相当大的程度上是得益于中国古典汉语和诗词的启发。庞德受到范尼洛萨[①]对汉字的图画性的阐释的影响，创始了英美诗歌最早的现代派理论：意象主义，即强调情感与知性在片刻间骤然形成一个意象，它就是一首诗的基本构建。庞德的意象论又诱使艾略特重新发现蕴藏在17世纪英国玄学诗（特别是约翰·顿[②]的作品）中感性与知性的互为表里的现代性特点，这一感—知一体论很快就冲破了形式／内容，灵／肉分裂的古典及浪漫主义的

---

　　① 范尼洛萨（Ernest Fenollosa）在逝世（1908）前写下《中国汉字作为诗的媒体》，后经庞德（Ezra Pound）在1918年整理发表。该文启发庞德创建意象派新诗，为20世纪英美现代主义诗歌之先锋。

　　② 约翰·顿（John Donne）为英国17世纪玄学诗人。由艾略特在20世纪上半叶给予现代诗论的阐释，成为40年代最流行的古典诗人。影响了20世纪上半叶英美及欧洲现代主义诗歌的成长。

审美理论。由于"意象"的发现，诗歌大步走出古典主义的形式拘泥和浪漫主义的冗长松散。庞德对20世纪现代主义里程碑艾略特的《荒原》的删改正是追求现代性的浓缩、强烈、感—知合一。而这些又都是来自汉语文字与诗词对他的启发。今天中、青年诗人和理论家，由于成长在对古典汉字及诗歌的排斥与遗忘的时代，大约不太容易想象上述的中外诗歌理论的交流事迹。因此，没想到20世纪80年代中国现代派新诗的出现与复苏，以及20世纪40年代以前的所谓西式的中国现代派新诗，追其源头实则是中国古典诗词，经过现代读解，又留学西方，归来后的古典现代性是一个真正的中西诗学交流的婴儿。今天我想重将这种古典现代性与中国古典诗词文本对应阐释，或许也是诗歌理论的一次完璧归赵，顺着庞德、范尼洛萨的脚印，再作一次特殊的诗学考古挖掘。

粗略地概括诗歌现代性，有几个特点：感—知结合形成意象；高度浓缩与张力；时空的跳跃与心态的强度及再安排；对"字"的兴趣。除此之外本文还想探讨一下我国古典汉语诗中一个极为重要的文化精神核心，即"境界"。这块包藏在我国古典汉语诗词内部的美玉，是西方现代诗由于文化差异，没有能取去的，而我们今后的新诗创作却可以大加发扬的。

继朦胧诗后，中国当代新诗创作陷入一种突破西方现代与后现代诗歌创作模式的困境，我们在学习西方后，却面临如何跳出亦步亦趋的境遇这一难题。现在似乎到了一个历史阶段，需要重新发现自己，认识自己的诗歌传统（从古典到今天），使古典与现代接轨，以使今后的新诗创作不再引颈眺望西方诗歌的发展，以获得关于明天中国新诗发展的指南。找回我们自己的新诗自主权，有赖于对自己手中与脚下的古典诗歌的宝藏的挖掘与重新阐释，这绝不是简单的回归传统，而是要在吸收世界一切最新的诗歌理论的发现后，站在先锋的位势，重新解读中华诗歌遗产，从中获得当代与未来的汉语诗歌创新的灵感。

最伟大的音乐创新者如贝多芬，实则是西方音乐传统从巴洛克到莫扎特的最伟大的继承者。莎士比亚的剧作也证明一个最伟大的文学创新者一定是一个伟大的继承者①。中国新诗的创新如何能忽视和遗忘中国古典诗歌的绝世宝藏，舍几千年的自己的传统，而引颈指望他文化的诗歌的启迪？这岂非舍近而求远？没有一个自己的立足之地是谈不上吸收他人之长的。

---

① 贝多芬为浪漫主义伟大音乐家，但据E. 嘉地诺（E.Gardiner）最近对贝多芬的九个交响乐的指挥与分析，人们了解到贝多芬实则在创新中极大程度上倚重于巴洛克与莫扎特的音乐成就。莎士比亚的剧本内容与他之前的意大利剧作家及其他先驱者的戏剧创作有很大重叠之处，这些都说明最伟大的创新者往往也是最伟大的传统继承者。

传统总是在发展，发展的前提是先有一个等待我们去发展的传统，我们的传统就是从古典到现代自己的汉语诗歌。必须承认我们已经久久遗忘了自己的古典文史哲传统，因此如今只有一个模仿西方的、脆弱单薄的现代诗歌传统。今天我们应否继续排斥对古典文史哲传统的再认识，再阐释？我想很多人都会有自己的判断的，本文只想就自己粗浅的古典诗词阅读，谈些关于古典诗词内所蕴藏的西方现代主义的胚芽。这种发现在庞德之后，自难免带有庞德式的现代诗论的痕迹，但这并非削中国古典诗词之足以适西方现代之履，实是一次溯西方现代诗论之东方源头，以期在未来我们不必在诗歌发展上唯西方马首是瞻，而能从自己的诗歌源头寻找本身的养料，在时代中与西方诗歌体系既有交流的关系，又有并行不悖，并肩对话的平等关系。在人类诗歌发展中，成为有自己独特性的一支。失去个性与歧异，也就失去自己在多元诗歌世界中的独立性，也就失去中国诗歌的世界性。

现代性包含古典性，古典性丰富现代性，似乎是今后中国诗歌创新之路。

下面简谈古典诗歌中现代因素，因素的可能性是无穷的，西方现代主义是其中的一种，更多的可能有待我们今后的开发，这里只是从西方现代诗的特性上溯其源头。

一、感性/知性的结合：“意象”

意象派诞生于20世纪初，开始了西方现代主义诗歌，特别是英语体系的现代诗歌，起源于庞德对中国古典文字及诗词的感知合一的领悟。意象派认为意象是感性与知性在瞬间的结合而诞生。所以它总是用肉体去思考，思考中不舍弃肉体，也就像抽象意念与具体的有机的结合。这也正是对中国方块字的图与义及中国古典诗词中具体感性与悟性的融合的科学概括。感性既包括肉体的魅力又包括感情，而知性则与理性逻辑性有关。从任何一个意象中都可以分析出这两种因素。中国古典诗词总是用意象来表述诗人无以言传的感受与领悟。意象的使用成为中国古典诗词的特殊表述艺术。它避免了主体冗长、笨拙的自白，而收冷隽、深刻的效果，大大突出了言之不尽的内涵。如“枯藤老树昏鸦，小桥流水人家，古道西风瘦马，夕阳西下，断肠人在天涯”（马致远：《秋思》），这五句中除了“断肠”二字之外都是无主观感情色彩的具体描绘，所绘及的是一些有生命与无生命之物群。然而每一物都是一种由情与智结合成的意象，一串意象组成一首没有主人翁在场，然而却充满情感与知性的诗，传达了诗人对生命的某一情况的感受与思索。只有经过诗人将各种感性与知性骤变成一意象，这物才能成为全诗的构成部分。若不然"枯藤""老树""昏鸦"都不过是没有意义的"物"。意象的创造过程正是诗思的创造过程，它们是诗的生命的细胞。诗人的天才的活跃与搏动正在这些意象中。当然不是所有的古典诗都是这样集中地使用意象，但多半每首诗都有它作为诗的核心的意象。李商隐的"锦瑟"，使得一个平常的乐器突然变成有生命的意象，"锦瑟无端五十弦，一弦一柱思华年"。《锦瑟》是一首悼念亡妻的诗，它的五十弦与五十柱上都有青春和爱情的痕迹。"沧海月明珠有泪，蓝田日暖玉生烟"两句更是多义的，我的解读是"珠"与"玉"都是爱情的意象。爱情似乎总是痛苦的，"生烟"是写强烈的热情难以承担终成悲剧，"有泪"，在月明时，是写爱的甜蜜与痛苦交织。珠在月圆时本来应当最圆，但却含泪。关于"玉"又有一个说法，是指夫差的小女名玉与童子韩重的爱情悲剧，玉忧郁而死，死后亡魂再现，但即化成烟①。爱情的强烈与痛苦悲哀都化在玉生烟与珠有泪的意象中，即使舍去这种深层的内涵，生烟的玉与月下含泪的蚌珠也形成强烈的图画，给人以难忘的感性审美。更奇特的是接着诗

---

① 见李商隐著，冯浩笺注：《玉谿生诗集笺注》，494页注六，上海，上海古籍出版社，1998。

人又写道："此情可待成追忆，只是当时已惘然。"这中间有着难以形容的哲思与感情的跳跃，爱的忠贞本是终生的追忆，为什么当时已惘然呢，更大的痛苦是当时已预知其不能永恒。如此短短的56个字的诗，包含了多少思维的曲折与心灵的运动，它的深度、强度令今人叹为观止，这里三个主要意象起的枢纽作用是整个诗的架构。

西方及中国现当代诗也常用一个或几个意象为一首诗的情思与思想的储存库及发展的核心。如下之琳的风筝与垃圾堆，徐志摩的一片云，闻一多的死水，戴望舒的丁香女郎……但从意象在诗中所起的发展的作用远不如"锦瑟"。意象绝非比喻，后者与所指间的关系是"相似"，而前者（意象）与所指间的关系不是相似，而是等同，是一体。在意象中已失去能指与所指的区别，能指即所指，二者已合为一个复合体，感性与概念（知性）完全凝聚成一体，它就是一个充满难以言尽的图像，所以意象这译名远比英语的"imagery"要更确切，因为"锦瑟"与"玉""珠"都成了"意"之象及"象"化了的"意"。

意象不是天生之物，只有经过诗人的灵感与深思的点化，一个普通的物才能成为意象，诗人的创造灵感与对生命的敏感与经验都凝聚于意象中，所以意象是诗人天才的具体呈现，对于诗，它有如情节之对于戏剧与小说。它是诗歌独特的叙述方式。它跳出比、兴，却展开整个诗的情与思的脉络于间接的、跳跃的连缀中。告别了"似"，到"是"，到一连串的跳跃展现，而后戛然而止，或绵延渐远逝，都是诗歌的绝妙的结构。其中脱离了明喻的"似"，进入"是"是一个关键性的质变。从明喻到隐喻再到"是"（即意象的诞生）是现代诗歌向深层发展的追求。诗人创造意象有如造构者创造世界。诗的描述应当与散文小说的描述不同，无论是感情还是逻辑都不白露，而是通过意象的形成来完成诗人内心的描述。

关于意象的形成，庞德有过很有趣的体验。他的《地铁》是一首关于意象形成的一个标本，这首诗在意象派发展的时代具有很大的实验性的，今天这段经验已是为众人所熟悉的了。当庞德自地铁站走出时，他看见黑压压的人群中闪亮着几张美丽的面孔，于是他就尝试写一首诗来表述他当时的感受，但只有在多次的修改后才形成今天这首具有诗歌现代主义历史意义的短诗，庞德对自己的这首短诗的不断删改，与对艾略特的《荒原》的删改都体现一种提炼、去杂的精神。如果从创造中意识与无意识之间必须沟通、对话的角度来理解意象的骤然涌现（在《地铁》一诗中是雨湿后黑树干上的鲜艳桃花朵朵）也许就是理性的逻辑思维的意识活动与无意识的无限能量相接通的表现。这种对话的形成是骤然的，然而又是久存在遗忘中的生命经验在瞬间走进意识，获得了自己的艺术肉体。像雨中有着黑树干的桃花，青春与苍老的两种生命反衬的意象在中国古典诗词中比比皆是，有些由于不断被诗人相互借用而失去其初始的活力，但有些又担负起互文性的功能为诗增加了层次与内涵。中国古典诗词的批注正是这种互文性的脚注。意象一旦由于过多借用而成了一个抽象符号就可能沦为陈词滥调，白话文运动对这类陈词滥调的抛弃是完全必要的。

二、时空的跳跃

诗词必须有跳跃，这是它与散文、小说很大的区别之一。诗人是最能飞翔的，享有最大的自由。诗的腾空跳跃远远超出逻辑思维的轨道，更多是无意识的侵入。这种跳跃在中国古典诗词中比当代中国新诗出现得要频繁。如苏轼的《永遇乐》，写诗人留宿于已故好友张建封的别墅燕子楼，梦见张的爱妓盼盼。张故后盼盼因怀念故情仍留住在燕子楼十余年。苏轼在诗中将这段真挚的爱情的终结与人生命运飘忽联系起来。诗的开头写景不带很多感情色彩：

明月如霜，好风如水，清景无限。

但紧接突然转入一种深夜的神秘，在无人见中自然的运动：

　　曲港跳鱼，圆荷泻露，寂寞无人见。

从平直的写实陡然跌入自然的神秘中。既然"无人见"又如何看见"园荷"，听见"滴露"，看见"曲港"中鱼在"跳跃"？这些自然又是在写诗人的不眠，和夜在寂静中的神秘搏动。这个跳跃是从平常外在的夜跳入神秘的夜的内心深处。接着又写道：

　　紞如三鼓，铿然一叶，黯黯梦云惊断。

这是由夜的神秘跳入诗人恍惚的梦境迷离中。"铿然"两字的奇妙在于它传达了夜的极端静寂，一叶落地才会铿然有声，但也写诗人入睡不熟，落叶声竟大得如夜间三鼓声那么响，惊断了诗人本来就黯然神伤的梦魂，因为他正梦见"盼盼"。盼盼作为高唐赋中的爱神"神女"出现在诗人梦中。这又从沉寂无人的自然夜景突然跌入人间难以长留的爱恋真情的悲伤中。诗人醒来后激动不已，出户在月下的燕子楼前园中徘徊。但又突然设想他年别人看见今夜的自己。自己的漂泊的一生又与爱情的无常、生命的短暂、死亡与流浪重叠在一起，思路又转而考虑生命和爱情的短暂：

> 天涯倦客，山中归路，望断故园心眼；
> 燕子楼空，佳人何在？空锁楼中燕。

这时诗人开始了时间的跳跃，设想他日他人看见自己站在空了的燕子楼前将如何想呢？于是写道：

> 古今如梦，何曾梦觉，但有旧欢新怨。
> 异时对，黄楼夜景，为余浩叹。

这是用历史的第三双眼睛观看人、物、己，得出时空外的超前的景观。"跳跃"至此达到极峰，人类渺小，宇宙无穷，旧欢新怨只是梦境，自身的漂泊经营，也不过是令后人浩叹而已。这种跳跃从个人的爱情、生死，突然跌入宇宙的黑洞，顿时为诗增加了多少时空的深度。超越渺渺的旧欢新怨的情网，与"营营"的狭窄天地，这种感叹绝非消极，反是突破狭小天地的智慧，又充满血肉的真情。全词在104字内经历了7次大的意境的跳跃；以诗人的眼睛，历史的眼睛进行了穿透时空的观察，表述了超越的感情，说明苏轼在古典诗词方面登峰造极的创造是新诗未曾达到的。他在《定风波》中写出："一蓑烟雨任平生。"无所畏惧，以回答"谁怕？"的自问，最后是"回首向来萧瑟处，归去，也无风雨也无晴"的潇洒胸怀。在《浣溪沙》中写"谁道人生无再少？门前流水尚能西"的勇气。在《念奴娇》中写尽"惊涛拍岸，卷起千堆雪"的历史兴亡后，猛然醒觉："人生如梦，一尊还酹江月。""千堆雪"的暗喻远远超出其作为形容辞藻的功能，而被赋予更深的多重内涵。雪自然要化。在《江城子》中，他的跳跃是在生死之间进行的：

十年生死两茫茫。不思量，自难忘。千里孤坟，无处话凄凉。

而后忽然在梦中见到亡妻：

小轩窗，正梳妆。

但生死之隔是无法克服的，全诗最后留下一个死亡的意象：

> 料得年年肠断处：明月夜，短松冈。
>   　　　　　・・・・　・・・

这是一幅死亡的画，永远留在诗中和读者的记忆里，死亡终于战胜了诗人跳跃的努力，成了全词的定音鼓，格外悲怆。

从上面的例子看来，跳跃于古今、生死、今昔之间是诗人在小小的百来字的狭小空间中所以能超出时空达到思想感觉的自由天地的重要原因，没有跳跃就不能有精练深邃的诗，诗忌冗长松散、迟缓、平板、浮华，而这些都因为跳跃得到医治，可以说诗的精灵要求跳跃，没有跳跃就没有诗，但没有卓越的天才，就像鸟没有翅膀，如何能跳跃飞越。有跳跃不一定就是好诗，但没有跳跃也就没有了诗的精灵，诗也就不过是尸存而已。

三、强度与浓缩

强度、浓缩，是跳跃的必然结果。又由于字数的限定，现代诗经常强调的这两种现代性又是好的中国古典诗词所必然拥有的特点。以中国白话诗来论，在情感的浓缩与意境的高度很难与古典诗词相比，或偶有几首达到高、强、浓，也不是稳定的白话诗的通性。古典诗的字数，声韵的规定迫使诗人将其感情的复杂、思路的蜿蜒，都用艺术的浓缩与增强及对比来达到千锤百炼的精确和内聚。

浓缩与强度可分"秾酽"与飘逸两类。"秾酽"型颇有假山湖石的堆砌的立体感，而飘逸型则有含蕴很深的流畅线条。无论是"秾酽"型或飘逸型都必须惜墨如金，前者如千仞重叠，后者流畅贯穿，潺潺逝远。"秾酽"的强度如山石，飘逸的力度如筝弦，又如齐白石老人笔下的一丝瓜藤。

王维的《鹿柴》与《竹里馆》是典型的飘逸型。韦应物的《秋夜寄丘二十二员外》更体现出飘逸型的力度。一、二句为平实的叙述：

怀君属秋夜，散步咏凉天。

但三、四句却创造出陡然的跳跃：

空山松子落，幽人应未眠。

在散步时忽然看见和听见松子落，本是平常的事，为什么会忽

新诗与传统

然想到"幽人应未眠"呢。这种无意识的联系是永远也解释不清的，因为它属于逻辑思维王国之外的神秘心灵活动。也许是自然中这清晰的松子落地的声音传递了某种心灵的信息，使诗人想到幽人应未眠。总之这细如筝弦的力度构成诗的惊人的艺术，强烈的契机的神秘性隐现于缥缈的色彩之后。"秾酽"型的代表作当数李白的《蜀道难》，其陡峭、崔嵬的行文与他所描写的蜀道同样"使人听此凋朱颜"。像：

> 西当太白有鸟道，可以横绝峨嵋巅，地崩山摧壮士死，然后天梯石栈方钩连……连峰去天不盈尺，枯松倒挂倚绝壁。飞湍瀑流争喧豗，砯崖转石万壑雷。

这种浓缩后的力度，令写新诗的人愕然失语，却又忍不住反复诵读。新诗在意象的跳跃上完全可以与古典诗词比美，甚至可以超过。但在字词浓缩后的力度，由于口语的局限及汉字简化后，若干字词的被淘汰，却无法与古典诗词相比，这种使新诗相形见绌的遗憾，今天已无回天之力。只有加强对古典诗词的审美能力，或者能寻找出新的艺术途径来表达这种今天诗人同样向往的力度。至于虚张声势的伪英雄主义，已在"大跃进"历史中证明是不可循之路。那些下笔千行、缺乏新意、貌似雄伟的歌颂体，也令人生厌。新诗如何找到它的力度，是一个新的课题。汉语的变革已近一百年，今天理论界不断自西方语言中借来许多翻译的技术性词语，在消化不好时令读者生畏，但这也是汉语白话文在当代环境下无可避免的发展途径，只是如何吸收外来语能使文本更有汉语特色，是有待研究的。至于新诗创作，由于它在文本质地上更敏感，如何增强它的词句的力度与内涵更是一个需要耐心通过实践来解决的，古装不可能重穿，但其特点，却有可能被时装所吸收，这里需要极大的艺术洞见与吸收的才能。目前话语已走出20世纪三四十年代的初期白话色调与句型，也摆脱了20世纪五六十年代的苏式政治语汇与句型，正在徘徊中寻找自己的时代语言。这种语言的新尝试在最年轻的一代诗人中尤其显著，但成熟者仍不多，老一辈诗人多半在语言实验上趋向稳妥，在追求浓缩与力度的同时，不愿扭曲白话文的句法如一些年轻诗人所做，也不愿文、白相兼如一些港台诗人的尝试。

　　但是，21世纪诗语必须有所发展是共识。

四、时空的转变与心灵的飞跃

　　这里所谈的是古典诗词在时空突转时的心灵飞跃，与第二节中所谈的思路的跳跃与诗的发展关系略有不同，着重于心理的再安排的表现。在古典诗词中怀古、思乡、思亲、思国、梦幻、醉酒时，时空的突变与情思的波涛顿起总是互为因果的。奇特的是，在古典诗词中时间空间体现了彼此不隔离，相互投射的爱因斯坦时代的相对主义关系，而不是相互孤立的古典时空观念。西方古典诗中这种时空相互扭曲所形成的恍惚观感不多见。但在西方现代派绘画中，冲破透视的框架，表达时空相互扭曲的感官世界却是常见的。典型的有杜香的《火车中的年轻人》与毕加索的许多人像，都是在捕捉时空相依存中，宇宙本然运动中的感官世界。中国古典诗词有如中国古典绘画，并不遵守三维透视的时空概念。而是在平面中展开画面，突破了透视的限制；在同一首诗的平面上梦幻与真实，过去与今天，天涯与眼前，生与死，同时同地相渗透。空间再也不在静止的时间中存在，时间的运动与空间的转移，在诗人的心灵中不受感官的割裂，进入超表象的状态，达到心灵与自然吻合的自由状态，真是"身无彩凤双飞翼，心有灵犀一点通"。

苏轼的《江城子》中，生死交界，恍惚迷离。诗的第一句"十年生死两茫茫"，似乎生死无法相逢，但妻子的孤坟很快就出现在眼前，仿佛妻子已经走出坟墓看见自己"尘满面，鬓如霜"。诗的第二段诗人又在梦中见到妻子在家中"小轩窗，正梳妆。相顾无言，惟有泪千行"，活人与死者之间无声地相会，似近又远，正是隔生死之边境而相望，最后诗人悟道：

> 料得年年肠断处：明月夜，短松冈。

前者是时间，后者是空间，二者相交，生与死相逢。这种冲破生死，在梦中与想象中与亡者相会是一种诗的神话。

杜甫的《梦李白》二首，更是往返于生死时空之间。陆时雍评道："是魂是人，是梦是真，都觉恍惚无定……"①当时李白因受永王璘起兵之累，被下狱于浔阳。杜甫三夜梦李白，写景中疑李白已故，否则：

> 君今在罗网，何以有羽翼，恐非平生魂，路远不可测。

但又明确感知魂魄的来去：

> 魂来枫林青，魂返关塞黑。落月满屋梁，犹疑照颜色。

"枫林"是《楚辞·招魂》中写江水上有枫林，所以与死魂的

---

① 《杜诗详注》，559页。

返来有关，"颜色"指的是李白的面容。这四句写在梦境与清醒之间，恍惚中感到鬼魂来去，醒来满梁月色，仿佛曾照见李白的面容。上面的四句诗写尽生死梦醒之间的迷离恍惚之感时空在其中若有若无，既不隔开生死，梦醒又不完全透明。这种奇特的真实的感受在小说中也许要占数页的描绘，而这里只有20个字，就写得恰到好处，不由不令读者叹绝。

晏几道在《临江仙》中将过去与今天粘糅一起。诗写在今天却布满昨日的情调，诗开头就引进梦与醒之间的恍惚：

> 梦后楼台高锁，酒醒帘幕低垂。去年春恨却来时。落花人独立，微雨燕双飞。

后两句虽说是写诗人的孤独感，但却也可能包含对过去的回忆，因为这时诗人突然感到过去情景回来到今天。是当时的"人"独立？当时的燕双飞？诗的艺术的含混与多解恰恰就在这种似今似昔的朦胧中，也许忽然涌现在诗人的心之眼中昔时的独立于落花中的情人与飞在微雨中的双燕，由于古典诗词的不拘语法，词句的多解正是其特有的艺术。第二段：

> 记得小蘋初见，两重心字罗衣。琵琶弦上说相思。当

时明月在，曾照彩云归。

为什么要用"两重"与"心字"①，自然含义是明显的，超出写实的。最有意思的是结尾两句，又一次引起时间地点的错位。"当时""曾"自然属于过去，但一个"在"却又搅乱了时间和地点，可解作当时曾照彩云归的明月今天仍在，或当时有明月照着彩云（爱人）归。可以解成为今天的感叹或对当初的记忆。汉语的语法的灵活使得"当时明月在"既能是"当时的明月仍在"，也可以是"当时有明月在"，或者两者的重叠；含混才是诗人写诗时的复杂意识所需要的艺术效果。西方诗歌由于语法，特别是主语与谓语在数与时间上的绝对性，不可能造成中国古典诗句这种含混的含容量与重影的朦胧美。中国白话新诗也因语法句法的西化失去这种特殊的诗歌表达的自由，梦与真，昨与今，此处与彼处难以含混重叠，恍惚中相渗透。

---

① "心字"的多种解释见胡云翼：《宋词选》，49页注五。

五、格律的活力

格律对于很多人只是形式的约束，为了形式美而约束诗人的自由。但也许没有料到，格律却可以充实诗的活力与多层复杂性。对于没有才能的诗人，格律是强加的，自外面来的限制，诗人被迫去遵守。在世纪初新诗作者抱着解放自己的想法，抛弃了格律，倾向写自由体诗。实则对于真正有才能的诗人，格律并非负面的限制，而是对诗才的积极的挑战。一旦诗人能与格律建成对话，化对抗为相互启迪，格律的要求成了调动诗人生活存储的内容的力量和刺激。为了满足格律的声、行、节奏的要求，诗人必须放弃初始比较单纯的逻辑思维与线形进展的主题，而去挖掘自己无意识中或潜意识中库存的生命体验与生活记忆，使之调动起来，进入诗中，满足格律的建构要求。在读《红楼梦》中"对诗"的章节时，会意识到主题的线状思维的进展经常被扩大层面，反而是格律在指领诗人们发掘自己仓库中的思想与感情的库存，使之入诗。李清照提到作诗遇险韵：

险韵诗成，扶头酒醒，别是闲滋味。

（《念奴娇》）

可见险韵对一个诗人的挑战。这不是一些雕虫小技，而是如何能在有限的字的空间中"绘龙"。由于符合韵与内容的要求，古典诗人所受的诗才的考验与白话诗人不同，前者有明显的文字沟必须超越，跳得好时令人赞叹，内容与形式相互诱发，大大丰富了诗作；对于白话诗来讲，形式是隐的，无形的，才能不高的诗人，缺乏形式感，滥用了形式的自由，写出冗长，贫瘠，没有形式美的诗；但对于才能卓越的诗人，他意识到那无形而又存在的形式感是很难与之商洽交谈的，因此要用最大的毅力与天才，在不可见的形式要求下获得最大的创作自由。获得这种不自由中的自由所需要的艺术才能是极大的，写古典诗在形式挑战前失败，有目共睹；写白话诗在不可见的形式挑战前失败，却往往不被意识，作者甚至可以以其他因素的成就来遮丑，因此在白话诗中，是珠是鱼目更是真伪难辨。可以断言天下不可能有无形式的好诗。

任何优点都可能附带来一些缺点。古典诗形式的严格，使得诗才不高者滥用"典"及套话来过关，这是世纪初白话文学运动所以能获得大量支持的原因之一，它坚决废除陈词滥调，以求创新。但是我们今天回顾几千年古典文学，特别是诗词的成就，重新在尘埃落定后，拾起遗落的珠玑，观赏它们丝毫没有殒减的美质与光泽，不由得赞叹不已。古人超越了险韵的关山，取得珠玉的诗作，克服不自由后获得的创作自由更喷发了诗歌艺术的奇泉。

古典诗的对偶是一种极有承受力与开拓性的诗的结构设计。它要求矛盾而共存，在诗句中如梁柱承担着屋瓴，将生活中许多貌似矛盾的现象和诗人生命中复杂的经历带入诗中，大大增加了诗的强度、张力与内涵。多少千古传诵的名句却是在满足对偶的情形下诞生的。若是没有这种相反相成的对偶，也许永远也不会有下列这些绝唱：

> 风急天高猿啸哀，渚清沙白鸟飞回。（强度对比）
>
> 无边落木萧萧下，不尽长江滚滚来。（打开空间）
>
> 山光忽西落，池月渐东上。（动感速度对比）
>
> 暮从碧山下，山月随人归。（静动对比）
>
> 感时花溅泪，恨别鸟惊心。（人、物之间的恍惚）
>
> 白日依山尽，黄河入海流。（动静对比）
>
> 半壕春水一城花。烟风暗千家。（明暗对比）

以上只是不计其数的好对偶中偶拾的数例。寻这种诗的格律设计去领悟古典诗词的丰富深邃，也许就能解除我们20世纪对格律的无名恐惧与心理障碍。格律诗不必然是佳作，正如自由诗不必然真自由，假自由（滥用的自由）不如真格律（成功的格律），假格律（负面的被动的填充）不如真自由（有形式感的自由）。谈虎不需要色变，只要能驯虎，写诗也可以乘生翼的虎。貌似驯服的马却也会失蹄落主。这是今天读古典与白话新诗给我的启迪。

自由与不自由是相对的，越障的天才爆发出惊人的力量，懒散的信步者只浪费了多少诗行。"尽挹西江，细斟北斗，万象为宾客。扣舷独啸，不知今夕何夕。"天上北斗地上西江与舟中的独啸扣舷相克相生如地磁一样有力，承受着宇宙与个人间的张力，若没有对偶的要求这种人间天上的对比，个人渺小寂寞与宇宙辽阔雄伟的对比恐怕也难以以如此浓缩的语言进入诗内。内容呼唤形式，形式延伸内容，二者缺一无法成好诗，一盛一衰也令人扼腕。

六、用字

古典诗词对字的使用，特别是动词，绝非简单的行动描述，而是充满了特殊的情感，境遇及人格化，既是感性的也是知性的。如：

山抹微云，天粘衰草　　　　（秦观）

正单衣试酒　　　　　　　　（周邦彦）

风老莺雏，雨肥梅子　　　　（周邦彦）

谁家疏柳低迷　　　　　　　（张元幹）

一个"迷"字引起多少感受。注解说迷有飘荡的意思。但和词的上句"暮天凉月"雨后的一片清澄相比，"迷"字显然还有不清醒、迷惘、迷惑的意思，疏柳的迷茫与凉月的冷静成了感情境界的很大反差，也平增了词的深度。可见一字的效果对古典诗词艺术的重要性，在西方语言中很难找到相似之处。

柳永的"竟无语凝噎"，也是神奇的。噎已是气逆，悲伤得难以呼吸吞咽，再加上"凝"字就更沉重了，久久无法将悲痛平服下去。欧阳修的"杨柳堆烟"，也是一字的点化，烟本无定形，飘忽无踪，用"堆"字却把烟给捕捉到，使柳丝的朦胧茂密风中微摇的姿态得到了雕塑的效果，柳似烟，烟笼柳，这句既可解为烟雾笼在柳丝上，也未尝不可以解成柳丝茂密如烟？这正是古诗句法的灵活性使得诗句多义，也更丰富了。似是而非，似非而是正是今天西方批评家所追求的文本解读的多元性，在古典汉诗词里却早已存在了。

同样在欧阳修的那首《蝶恋花》中又有：

泪眼问花花不语，乱红飞过秋千去。

这是写在"雨横风狂三月暮"之后，一种无法重新回到早春时的欢悦，而感到情绪压抑之时，也许有美人迟暮的痛苦，"乱红"的飘落自然写失落感，而秋千，不论是静止还是动荡都是必然引起对生活欣悦，充满青春活力日子的记忆，而飘落的花瓣却毫无感觉地飞过秋千，自然增加寂寞，孤独的沉重。所以"飞"过秋千"去"，两字的使用是描绘内心的关键字。

　　在杜甫的《观公孙大娘弟子舞剑器行》中：

　　一舞剑器动四方。观者如山色沮丧，天地为之久低昂。

只需"沮丧""低昂"四个字就让人感到天旋地转，人群失色，天地中似有一种令人心灵为之颤抖的轰鸣声。四个字能写出这般情景，令人叹绝。

　　杜甫的《旅夜书怀》：

　　星垂平野阔，月涌大江流。

　　……

　　飘飘何所似，天地一沙鸥。

星垂使夜空与平野连成一片，月涌使大江滔滔在目。两个平常的动词在这里却成了连接宇宙与大地，人与自然的重胜千钧的两个词，内涵的深邃难以言传，这时诗人只觉得自己已化成天地间的一只自在逍遥的鸥。

吕本中的"驿路侵斜月，溪桥度晓霜"，"侵""度"两个动词的人格化作用使得平常的夜景与晨曦顿然含有感情色彩，而且句子的倒装也突出了主要对象：路和桥，这行人前直接的接触对象。但也可不考虑为倒装句，那么意义就更朦胧深远了，驿路不通往人间而是侵入"斜月"，桥不度人间具体的河，却进入"晓霜"，岂不更有哲理和诗之缥缈？可见古典诗词的不拘西方语法宾语主语之分，使多义的阐释更为普通，也就更有诗意了。

朱敦儒的"晚来风定钓丝间，上下是新月"（《好事近》），"上下"两个字简洁准确无比，一幅天上月与水中月在风定时的画面，跃然而生。接着是"千里水天一色，看孤鸿明灭"，"明灭"两字直接记录了眼睛的直觉，却意味着孤鸿远近翩飞无定，写直观而通事物的运动实质，也是一种绝艺。正说明中国古典诗词避抽象逻辑，重感性，但却更直接地写了实质的状况。

杜甫在《望岳》中有"齐鲁青未了"，齐在泰山之北，鲁在泰山之南，泰山之大表现于山之青色自齐至鲁都还没有了结。青字作为山色自然是名词，但也未始不能当成发出青色，而成为青遍齐鲁的动词之青，而且是未完成式。一词同时具有多功能也使得中国古典诗词多风貌，胜过西方诗句的过分固定与拘束。

主语的隐去也增添诗的空间。张继的"月落乌啼霜满天，江枫渔火对愁眠"，对愁眠大约应当是诗人，但在诗中一连串的名词却是眼前的风景，唯有主语不在场，这种将空间都让给景物，却又反过来写主语的心情的诗艺在西方诗中是找不到的，也许照西方的语法应当是江枫渔火对着忧愁而眠，或者是江枫渔火对着某个人的愁眠。总之由于主语的不在场，诗句可作多种阐释，这也是一个优点。如果将这两句诗写成白话诗，字数顿增，蕴蓄与韵味却骤减，这是无可奈何的事。虽然今天诗人并不会去写古典诗词（少数除外），但对这种"无我"不写我的诗艺却是值得参照的。

总之，古典诗词句法、词法有弹性，字词的搭配，词组的含义又因为前人的使用而增加了互文性为诗带来丰富联想，如"今夕何夕"经过李白与苏轼的使用已由疑问成为感叹，这不过小小一例，古诗的注解基本是起当代理论所谓的互文性的作用，即将其他诗文的痕迹投射到面前的本文上，大大增加了文本的内涵。所以读古典诗词必读注，这又与艾略特《荒原》的诗不同，并不是增加对文本的理性理解，而是对诗的艺术丰富文史哲内涵的领悟，这样诗才真正成为中国文化的结晶。古典汉诗一方面用其字形的图像感染读者的视觉；另一方面又摆脱了理性中心（单纯理念、逻辑推理的思维）的语法观念，传递出艺术的"悠然心会，妙处难与君说"（张孝祥《念奴娇》）的魅力。西方诗的伟大与美几乎都是可以言传的，因为它是西方理性中心文化的产物，东方的艺术却常有这种"难与君说"的不能以言语表达的韵味，这是我们诗歌与艺术的精髓的重要部分，失了它就太可惜了。在今天的新诗写作中是否也能保留这种神韵呢，我想可以。

七、境界

现在来到古典诗词中最难讲，但又非讲不可的特点。古典诗词的价值观有很大的程度在于境界的高低。辞藻，技巧，主题，往往最后是用来建立一种境界，境界是中国几千年文化的一种渗透人文史哲的精神追求，它是伦理、美学、知识混合成的对生命的体验与评价，它是介乎宗教与哲学之间的一种精神追求，也许是中华民族心灵的呼吸吧，既有形又无形，当诗歌里缺少境界时，它顿失光泽，只是一堆字词。西方诗里可以有道德，有宗教，有知识，但却没有这种混合的心灵的呼吸。境界是超出感情和理性的，它是诗歌的大气层，其中有来自宇宙的，也有来自地上的。境界是不停的变幻，如同雷雨阴晴，它也是诗人的心态与精神的综合。诗人有时以一些具体的描述表达他的境界，他所真正要给读者的却不是那具体的描述，而是那恍然怅然的一种精神的领悟，既不是明确的教导，也不是可以名之的某种情感。杜甫在登上泰山之巅时产生了：

荡胸生层云，决眦入归鸟。

的境界，宇宙与人已融为一体。陶渊明"采菊东篱下，悠然见南山"，山气晴朗：

飞鸟相与还，此中有真意，欲辨已忘言。

"忘言"的境界自然是最佳境界。苏轼深夜酒后返家，叫门不应，他倚杖伫立江边想到：

倚杖听江声。长恨此身非我有，何时忘却营营。夜阑风静縠纹平，小舟从此去，江海寄余生。

身不由己的喧嚣酒宴之后，三更倚杖江边，忽然在大自然的万籁寂静、只闻江水声时，意识到一种与自然交流的坦荡澹然，顿生离世而去的念头，虽然终未挂冠，这片刻的精神自由却达到极高的境界，在想象中已做到：

小舟从此去，江海寄余生。

人生中这种片刻的升华也是十分可贵的。

古诗中很多醉境。这与时下在名利场上或商海失意，精神濒于崩溃时喝得烂醉，在境界上很不相同。古诗中的醉境多不是逃避现实的困境，而是追求解放，从狭隘的名利枷锁，或上意识的虚伪中解放出来。古代读书人唯有宦途一条出路，对于厌恶名利的诗人自然压力很大，因此只有醉时才有精神的自由。古人讲书法时有"淋漓醉墨"之说，这个醉字并非消极的逃避，而是潇洒自由，纵横天地。诗人需要的是无待的自由，创造力的解放。李白在《将进酒》中所说：

钟鼓馔玉不足贵，但愿长醉不复醒。古来圣贤皆寂寞，惟有饮者留其名。

圣贤不敢反抗虚伪的道德对人性的束缚，所以皆寂寞，而饮者无所忌惮，发挥了自己的创造个性，所以反能留其名。李白在《下终南山过斛斯山人宿置酒》中说：

> 长歌吟松风，曲尽河星稀。我醉君复乐，陶然共忘机。

"忘机"是醉境。陶渊明也是追求"陶然自乐"。追求忘机的境界也就是李白要掷宝马金裘以置一醉的原因。"忘机"也就是忘"万古愁"：

> 人生飘忽百年内，且须酣畅万古情。（《答王十二寒
> 夜独酌有怀》）

所以，醉境所追求的是超越人生的短暂，而非对区区名利场的失意之补偿。诗仙在《月下独酌》中写出醉境的最高境界是"永结无情游，相期邈云汉"，这种超脱而有情的"无情"是最高的人生境界。也是人与宇宙间无怨无恩的关系。凡人多系于恩怨，岂能无情而相期？真正的知音未必能在身边，然而

却可以相期邀云汉。时空的距离并不能阻止诗人结为相知，与宇宙默默相交流是李白的特有的境界，也是他能超俗的原因。杜甫在超脱潇洒上比李白略差，也许这正使得他格外器重李白。三梦李白而感到生离常恻恻，终成死别。

东坡也是一个有醉境的大诗人。他的醉境比李白更多知性。他在《水调歌头》中并不如李白洒脱，时常在半醉中考虑入世与出世，人间与天上的选择，恍惚徘徊于人间情长与天上忘情二者之间。高处（未必指朝廷）不胜寒，而地上在月下的美景"何似在人间"。但他最终更牵挂人世，只求千里共婵娟。传统的注解过多强调宦途失意与邀宠之心，使得诗境显得狭小，格调不高。古时文人都只能走上宦途，但却未必以君宠为人生的目的，知识分子的多面性在于有超越人生名利的智慧。王维脱去官服所写的诗却是与自然交，充满飘逸的情怀。自然，受贬是很令人愤懑的，很多古典诗人都有仕途升降的经历，那是那个时代文人的命运。

综上所述，今人写诗自然不会与古人一样，但对过去的遗忘并不一定会有助于今天的写作创新。莎士比亚是多少西方新古典浪漫主义及现当代诗人所必读的，而我们的李白、杜甫却不是新诗人必读的。让这些古典诗词埋没于尘埃中，珠玉之光不为今天诗人所理解，反而只引颈眺望大洋彼岸，去等候新潮，今天回顾起来岂非有些可笑？世界文学新潮为什么只有一个西方文化源头？如果我们善于汲取自己的甘泉，又不闭关自封，岂不更有可能对世界文学做出自己的贡献？由于历史的局限我们割裂了自己的文史哲传统，今天需要的是中华文化古典与现代的接轨，传统一朝通畅，文化的昨天便会营养文化的今天与明天。没有人要回归，也没有回归的可能，流水瞬变，哪有凝固的传统等我们去回归？但边走边遗落式的革新，只能是贫乏而浅薄的。当年革新需要勇气，如今革新已僵化的"革新"概念更需要勇气，21世纪世界文化将向我们这个古老的大国挑战，我们能以什么文史哲高峰回应呢？

*本文首次发表于《文学评论》，1995（6）。

试论汉诗的某些传统艺术特点

——新诗能向古典诗歌学些什么？

　　每位选家都必然有自己的标准。我虽非选家，但在阅读中国古典与现代诗时也难免有自己的诗论尺度。我们生活在一个艺术多元的时代，并无统一尺度可言，但各类诗歌本身必有其实质，就如同每种植物，譬如菊花，无论其有多少品种，也必然有一种菊类的共性。花如此，树如此，为什么诗歌作为一种文学品种，而不能有其品类之类的共性呢？尤其在汉语诗中，由于其受中华文化传统及汉语语言之特点等先天性的实质性的定规的限制，它必然有某些汉诗本质，这种本质就成了各种流派都会必然自觉不自觉遵守的规则。所谓"多元的自由"也是要随心所欲而不逾规，才可能写出好诗。在破除一些不符合汉语诗本质的约束后，如果就再不费心去琢磨汉诗的先我而存的规则，一味凭空臆造自己的风格，其结果必然是不好的，因为在种什么花木时必然先了解其类性，才能种好该花木，诗又有什么不同呢？20世纪下半叶，尤其在70年代以后，写新诗的人只想写"西式新诗"而忘记自己应当写"中国新诗"，横向参考西诗的艺术文化特点是好的，有益的，但如不能将西方的诗艺溶化在汉诗自己的诗艺中，只是"移植"，是不会写出好的中国新诗的。同时由于自己写诗的语言是汉语，对某些西方诗艺会产生排斥异体的反应，如输血或移植器官时，盲目操作会遇到排斥异体的反应一样。今天有些新诗作者忽略了汉语诗的特点和中华文化的特点，写出一批非汉语的汉语诗和非西语的西方诗，对于汉西两个诗歌体系而言都是难以接纳的。下面我想提出一些我认为汉诗的传统艺术特点，不论古典与现代，都值得考虑的诗艺特性，以供诗人和诗评家参考指正。

一、简而不竭

汉诗的一个较西诗更重视的诗歌艺术特点就是简洁凝练。经过唐代文风对六朝文风的扬弃，汉诗文字的凝练之美才能以极高的艺术体现在律诗中，其后虽在宋词中又得到一定的松弛，增加了弹性和节奏的参差美，但始终都在追求精简语言和增加语言的表达强度。到新诗诞生后，由于遗弃了古典汉诗诗歌语言，走口语化的道路，在近百年的新诗创作实践中始终面对一个语言精练与诗语表达强度的问题。20世纪30年代诗语比较平易，40年代诗语吸收了某些翻译体的语言结构与辞藻，在20世纪的后半叶新诗语言又经受苏联语言结构，政治术语的冲击，在20世纪80年代由于经济开放和文化交流，当代汉语诗语几乎完全舍弃了古典与20世纪上半叶的新诗诗语，而转向彻底吸收移植西方语言的翻译体，又由于在半自觉中模拟西方叙事体及20世纪70年代美国诗歌的垮派诗体，以致使今天的诗语大量地散文化，远离汉诗诗语的凝练、内聚和表达强度。诗愈写愈长，愈写愈散，愈写愈忘记汉语诗语对诗人的约束要求。也许这些诗人会引金丝伯格的《嚎叫》为依据。从诗行上讲，不错，《嚎叫》的诗行长短差距很大，似乎没有什么约束，但这实是一种误会，因为金丝伯格曾表示他的诗行在节奏上是符合一定的节拍和呼吸设计的，再多的字也必须纳入一个节拍，如同音符的数目并不影响音乐的节拍型。当这类貌似凌乱的诗一旦按照节拍（如摇滚）朗诵就产生一种激动人心的诗语节奏。不知我们的当代诗中长诗行作者有没有预先想到其节拍模式？恐怕绝大多数忽略了用节奏来约束诗行、诗语的要求，只是信马由缰地写着长长短短的诗行。领导20世纪70年代美国诗歌，突破艾略特的现代主义的威廉·卡洛斯·威廉斯的诗论，反对将诗语纳入英诗传统的抑扬格五音步模式，而用可变的音步来控制诗行，即每行三步，但每步中的字数可多少不一。可见20世纪70年代后，貌似自由的美国诗，并没有完全放弃诗歌的音乐节奏，黑山派的奥森提出以呼吸来作为诗行的衡量单位。总之貌似十分自由的美国当代先锋诗在其高峰期（20世纪七八十年代）是十分注意音乐性对诗行的约束的。这种自由中的不自由，大约是世界诗歌形式的共性，我们新诗在解放自己之后很少考虑这种艺术性的不自由的必要。发展到今天，加上对西方叙事手法的误解，和对当代美国诗歌自由体的错觉，已经到了必须收敛自己的滥自由感的时候，以追求汉语艺术的"不自由"。除了诗行不能毫无节奏模式之外，如何用字凝练、内聚与加强词语表达的强度，也是值得我们今后研究的课题。

　　"简"是我们努力的起点，但"简"又必须给读者一种不枯竭的感觉。意枯力竭的"简"自然达不到艺术效果。如何简而不"竭"？这就有字内与字外两种路子。字内就是要使字的内涵饱满，用庞德的话说，每个字都是充好电的。这是讲字的强度，但作为汉语文化，字的内涵不仅有强度，还有深度。如果字能如一口井那么深，那么在诗中它的不穷竭就是当然的了。同时内涵又有外展的广度，一个字它所触发的联想就是它的外延的广度。这在古典诗中是常见的，以杜诗《山寺》

新诗与传统

为例：

> 野寺残僧少，山园细路高。麝香眠石竹，鹦鹉啄金桃。
> （重点为笔者所加）

"残"字的强度比"余"字要更大，因为它带有强烈的感情色彩，与形象的具体性。"细"与"高"似有数量上相反的倾向，但效果上却是相成的。因细而更显其高，因高而显其细，这种视觉透视的效果尽在不言中。也就体现了字愈简与意愈丰，所谓简而不竭的典型。"眠石竹"与"啄金桃"两个动词表达出一动一静的效果，而无论是动是静都刻画了山寺的荒废，僧人数目之"残"，呼应着诗的始句。诗的下半为：

> 乱水通人过。悬崖置屋牢，上方重阁晚，百里见秋毫。

"通"与"置"一动一静，"重阁"是近，"百里"是远，由近扩展至远，自然大大地增加了空间的辽阔感。"晚"虽是时间，但又包含光线的强弱，及其对可见度的影响，在傍晚的弱光中仍可见百里外的秋毫，可见重阁之高。"悬崖"本有一种"险"的含义，但屋之"牢"又起了相反的补衬；乱水主动，悬崖矗立主静，动静呼应，包括了宇宙的两种力量，自然扩展了诗歌的外延力。这种用字之凝聚、内敛，起到增加诗之深度与广度的艺术效果。这是在当今新诗中很难做到的，但又是应当追求的诗艺。如何增加我们的白话诗语的强度？在用字的设计上大有可推敲之处。自由诗在摆脱古典诗的阴阳对称的设计后如何寻求艺术的不自由，非随机的美学，以加深新诗的内涵？言简才有强度，诗行内外的相反力的撞击使得诗的内涵拥有生命力而不是静止的。当然学习古典诗艺并不是拟古，而是获得关于汉诗文化特点的启示，在新诗的设计方面寻求更多的艺术效果。新诗的语言和内在结构都大有可以纯化的余地。诗歌语言应当有节奏美，芜杂如荒坡之草，绊脚的藤蔓，是近年新诗中常见的，或者如枯枝假花毫无生机。二者都是诗语的病症。这种病症外表是杂芜或枯竭，其实是诗人内在疾病在语言上的表现。内疾涉及的问题往往是复杂的，与诗人的文化素养、境界、追求有关。

二、曲而不妄

诗歌中"曲"与"直"是两个相反但又相搭配的力量。一味地曲，或一味地直都不会是好诗。"曲"在表达的过程是一种增加空间，平添风景的手法，有如建筑中的曲廊和曲径。20世纪80年代以后，由于对"直白"的反感，很多新诗都追求"曲"。如果"曲"在途中，其结尾就必须有"直中鹄的"的快感，用以报答和平衡曲途的辛苦和耐心。如果弯弯曲曲走了很久，最后还到达不了目的，或者根本就没有目的，那就会使读者有上当受骗之感。近年也有些诗的曲成了弯弯绕，最终不知所云，使很多读者失去了耐心。诗歌吓走了读者的一个重要原因就是没有艺术效果的，甚至破坏欣赏快感的"曲"。也许有诗人认为诗总是只有少数人真正能欣赏的，这话有一定的道理，因从广义的语言观来讲，言外有意，言内有比兴，而兴是最深的一种语言，其中包括联想、跳跃，超"象"的、诗人的独特发现，如果读者跟不上诗人悟性的急速运转，就可能产生读的障碍，所谓"懂"的问题。因此，一时间人人传诵的诗并不一定有永久的价值，而暂时难懂的诗，也可能日后被认为有突破性的创作。当然相反的情形也可能存在。不过作为诗人，心态上要区分"甘于寂寞"与以"孤高"自许的两种状态。"孤高"有时容易放纵自己，而不体谅读者。表达一种诗意的途径并非总只有一条，诗人还是应当在诗歌艺术方面多尝试。以能够传达信息而又不失真为最好的艺术途径。当然不要为了媚俗而放弃自己的艺术趣味与准则。这时"甘于寂寞"正是一种可贵的品德。如果根据自己的艺术良知，某种表达是最好的形式，那只有坚持和等待。

"曲"是一种很高的诗艺，太多太少都不行，如果"曲"和"直"不是在诗中起呼应、对抗、并存的情况，这种艺术就不会有效。古典诗词由于字数有限，跳跃联想是必须的。通常在上半阕写景后就立即转入抒情，在景与情之间的联系及情内的内涵与外延大有深浅不同，一方面有诗人本身的诗才问题，另一方面也看读者解读中的悟性敏感程度。古典诗用典较多，这其间又涉及当代文论所热衷的"文本间"（intertextual）的外延内引，这种用典在高明时，是一种诗歌艺术，文本外延的很重要的展示，它大大丰富和拓展了语境的深度，为诗打开了意想不到的新的空间、新的一维。以《锦瑟》为例，"沧海月明珠有泪，蓝田日暖玉生烟"，"珠有泪"和"玉生烟"都是典故。"珠有泪"暗指鲛人临别"泣而出珠满盘，以与主人"[1]的故事，"玉生烟"暗指吴王夫差小女名"玉"因与童子韩重的婚姻受父亲的阻挠殉情而死，曾以烟的形状再现。[2]两句都是永别与依恋的情怀。此外庄生物化与望帝变杜鹃也都是典

---

① 李商隐著，冯浩笺注：《玉谿生诗集笺注》，118页，上海，上海古籍出版社，1998。

② 同上书，494页。

　　　　　　　　　　　　　　　新诗与传统

故。描写、抒发人生为恍惚思念之情所缠绕时的心灵状态，使典故成为诗人悼念妻子的感情的意象。这首诗在用典方面的高超成就，在于使这些典故在诗的整体中成为不可缺少的结构部分，而非装饰物，因此获得全新的诗意。艾略特在《荒原》中曾大量地使用西方的典故，效果是使全诗的今天包括了历史的昨天，时空上得到极大的开拓，意义延伸贯彻今古，无限地增加了诗篇的含意。所以用典得当能达到奇特的艺术效果，使典成为一扇门、一个窗户，使文本从今天开向昨天，预示明天，增加了一个诗篇的文本间的空间，使其与其他的伟大著作和历史相连接，因而获得深厚的言外、文外、故事外的意义，是一种了不起的诗歌艺术。但如果典不能起到上述的效果，只成为一种言说的代替物、装饰品，就使人厌倦，中国古典文论对"用事"（即用典）的负面作用曾有批评，但伟大的中国诗人都是在用典方面有很高的造就，因此不应简单地对用典一概否定。人毕竟是希望"过去与未来都在今天中"（如艾略特在《四个四重奏》中所说），打开今天使它通向过去与未来，是诗歌艺术很重要的功能。中国古典诗词无论在故事与词句语言上都不失时机地将自己的诗作与古人的杰出诗句和深为人们喜爱的传说、神话相连接，起着使诗歌史中不同时空的珠玉诗篇相映成辉的作用，增加了艺术整体感。将今天纳入伟大的传统积累是中国古典汉诗的一种美好传统。这种和历史与传统相呼应的品质在新诗史中消失了，笔者认为是新诗显得单薄、落寞、无传统支撑的一个原因。令笔者惊奇的是在读当代美国新诗时，却发现诗人往往在诗中呼应同时代的诗作中的名句，而威廉·卡洛斯·威廉斯的六册巨著《帕特森》（*Paterson*）与C. 奥森的长诗《马克西姆斯》（*Maximus*）则是将史诗与美国的城镇帕特森及渔村葛洛斯特的历史与今天，传统与现代的风土生活相连接。美国作为一个西方各国移民所建成的现代大国，在"二战"后人民的文化自豪感随着国势的强大也大大上升，因此在诗歌上选择了更强调美国自己风土人情，美国人民自己生活的诗歌理论，也就是威廉斯的诗歌理论，以威廉斯代替艾略特作为当代美国诗论的传统。人们都知道艾略特强调欧洲中心的文化传统，曾遭威廉斯的谴责，这并不是说威廉斯对欧洲文化传统反感，但他认为美国诗人更有责任关心和表达美国人自己的生活，而不应生活在欧洲文化中心的阴影下。对于受拿来主义心态支配将近一世纪的中国白话诗歌，也许历史也到了一个新的起点，何况我们几千年的诗歌实践为我们留下几千年的诗歌理论，为什么我们不去解读汉语伟大诗人和诗论家的作品和理论，使它的智慧和美的源流流入我们今天的诗歌和理论呢？立国仅二百多年的美国在"二战"后民族文化意识大大觉醒，对美国文、史、哲、艺术的发展注入强心之素。我们汉文化拥有几千年的文、史、哲、艺术的宝贵遗产，现在用近一世纪的时间调整人民的心态建立现代意识之后，也必须立即回到解读自己国家所拥有的大宗文化遗产的工作上，使之成为汉文化现代化之根，否则是谈不到文化现代化的。汉文化必须如一棵树有自己的根。以诗歌来论，今天的新诗歌颇有寄生于西方诗歌之嫌。由于汉语与西方拼音语言的巨大差异，这种寄生是没有前途的。英、法、德、意语言由于都与拉丁语有过交配，其诗歌彼此可以相互寄生，而成为嫁接品种。汉语诗寄生于西方诗歌的发展前途不是无限的。现在颇有些诗人鉴于口语的承受力太单薄而主张走翻译语体的路，笔者认为是一种错误的选择，语言是不容人们任意捏造的。在拼音语系与汉语的形声意体系间的语言性别是难以互换倒置的。白话语言只有从自己的母语中寻找口语之外的文学语言的源泉，使现代汉语也像古典汉语一样拥有自己的文学语言。这种不完全同于口语的文学语言，姑且称为"文"。当代汉语一旦有了自己的"语"和"文"，也就是口语和不完全依赖口语的"文"，我们的诗歌创作才能有突破性的发展。因为戏剧、小说都可以在"口语"中得到充分的发展，唯独诗歌由于它应当有自己的凝练、简约、深邃、内敛的超出日常用语的文学语言才能完成诗的艺术，今天它所受到的损失比小说、戏剧要大得多，这也是一向充满诗情的中国人民在20世纪没有产生伟大的达到古典诗同等水平的诗歌著作的一个原因。今天仍有不少年轻诗人涌现，但他们的成功率远不如小说、戏剧、电视剧界的同龄作者，他们所受到的语言压抑和痛苦是诗外的人所不能理解的，他们之中有些人所以主张走翻译体的路也是迫不得已的。虽然那对于汉语诗来说是一条饮鸩止渴的路。诗人们在下一个世纪需要做的是如何从几千年的母语中寻求现代汉语的生长素，促使我们早日有一种当代汉语诗歌语言，它必须能够承受高度浓缩和高强度的诗歌内容。每首诗歌所能享有的外在时空比小说、戏剧、散文要少得多，除非我们能找到承受力更大、内涵更深的诗歌语言，我们的诗将会愈写愈长，愈写愈无形式美，愈写愈没有耐读性。近来以大题材为理由而写的长诗令我们愧对《长恨歌》，正好像肥胖症不能培养出拳王一样，新诗必须调整自己的饮食。新诗需要能在更少的语言时空中表现比小说戏剧更多的内在时空。

三、"歌永言，声依永"（《尧典》）

汉诗从《今文尚书·尧典》诞生时就被认为是一种由音乐

性来谐调的文种。"歌永言"是说诗是用歌来吟诵、延长其语言的;"声依永"是说声音的高低抑扬是和诗歌的语言相配合的。总之,自汉诗诞生日就有音乐的因素在内。这种音乐因素在汉以后,特别在南北朝时,强调与汉字的四声结合,从此,诗与音乐的五声宫、商、角、徵、羽离得远了些,而和汉字的四声相结合,成了字内的音乐。到唐代律诗诞生后,声调的和谐落实为平仄所代表的四声之间的调配,此外关于韵脚和对偶也都有了规定。这些规定使得律诗的音乐性达到极致,在诗句的呼应、平衡、对立方面的艺术性也达到空前的精美。古典汉诗的"艺术不自由"正是其艺术超凡成就的原因,正如同跳高,如果没有"高度"的不自由,还有什么破纪录可言呢。在"艺术的不自由"的挑战面前,诗的艺术得到呈现,诗的才能得到施展。也许有人在宣传诗歌改革时,斥这种格律的不自由为"缠足",以为取消格律写自由体诗是解放天足,实则凡是严肃的自由诗写作者都体会到自由诗一样是有其"艺术的不自由",只是其不自由更无形无边,无规可循。自由诗的成就全看作者对这种不自由的敏感和将其转变成令人惊叹的艺术的才能。因此,自由诗的成功率比格律诗要低得多,诗行的音乐感,内容的表达艺术,结构的转向内在和无形,都没有规定,但又都必须存在。只有靠诗人独自去创造,那些对自由诗缺乏这种艺术上的认识和要求的作者，只能生产一些够不上称之为诗的散行，其价值如同格律诗的打油诗。

自由诗在20世纪初诞生后在行列与韵脚及节奏（顿）方面有过一些讨论，但多半参考西方诗的形式。特别是十四行这种始自意大利的诗。其后在英诗中出现过莎士比亚、华兹华斯等型的英国十四行诗。在中国现代诗人中以冯至的《十四行集》成就最高。但汉语新诗始终没有在母语音乐性上有所突破。新诗节奏或可参考词，而音调之抑扬，在抛弃了律诗的平仄各种模式后，并没有找到自由诗的汉语音调性的关键。原因是对汉语的声调研究没有得到重视。启功先生在他的《诗文声律论稿》中对律诗的规律有极清晰的阐释，并指出"声调抑扬的现象是古代汉语习惯的一个部分，也是古代汉语语言艺术的一个部分"，但同时也说"如果问这些规律是怎样形成的，或者问古典诗文为什么有这样的旋律，则还有待于许多方面的帮助来进一步探求，现在只能摆出它的'当然'，还不能讲透它们的'所以然'。"正因为不知其所以然，在走出律诗后，中国新诗再也没有能拿出任何音调的设计，在这方面无法与很讲究"音乐耳朵"的西方自由诗相比，白话自由诗在音乐性方面至多做到流畅，诗内并无旋律抑扬可言，在朗诵时往往由朗诵者自己用语调，根据内容为它外加上一些情绪的变化，使其获得某种话剧性。可是与律诗相比，律诗的音乐性是在诗本身内部的，只要吟诵，自然就带出诗作的抑扬顿挫，在青少年时笔者常听长辈用闽语吟诵律诗，即使并不解诗的内容，也能感受到其回肠荡气，一唱三叹的感情，说明律诗本身拥有音乐的某些共性，它是独立于内容而存在于诗的格律中的。如果白话诗也希望有一天拥有律诗这种音乐魅力，就必须探究汉语本身所具有的音乐性。掌握它的规律，在创作中加以灵活的运用。今天我想对不少诗人讲新诗的音乐性还是一个非常困惑的问题。今天西方的自由诗并无一定之法规要遵守，但人们仍在读诗时要求有一对好的能辨别语言音乐性的耳朵。笔者认为中国新诗作者可能也应当通过朗诵分辨一下什么样的诗歌语言和词的搭配有音乐效果，什么样的诗歌语言令人听来索然寡味，或甚至难以"入耳"。这样也许能在实践中逐步提高对汉语的音乐敏感。

四、道·境界·意象

在写本节时，笔者恰好读到《文艺研究》1998年第1期上两篇关于"意境"与"意象"的文章，听到学术上不同的声音是很高兴的事。由于每个人自己的读书与创作经历的不同，对同一理论往往是会有不同的体会。在人文科学中这种差异恰恰是精神生活丰富多元的现象。笔者对于"意境"与"意象"也有过相当的思考，现陈述于下。

"意象"一词由于当代西方诗论的介入，其内涵已有所发展。庞德（E. Pound）在受到中国古典汉语和诗的启发后创立了意象派诗论。他在一本重要的讲稿《读解入门》（*ABC of Reading*）[①]中提出语言的两大组成要素为：意象性和音乐性（Phanopoeia & Melopoeia）。而意象性是中国语言的特殊成就。他的诗《在地铁站》是意象派诗歌的第一首试验诗，在这首诗中他将从地铁涌出的灰暗的人群中一些美丽的年轻面孔转换成雨后深黑的树干上朵朵含雨的鲜艳花朵。全首诗只有两行，是经过多次删改而成的，主要的试验是将都市繁忙的人群从黑暗的地铁涌出时，其中几张年轻美丽的脸孔在瞬间转化成雨后黑树干上的花朵。"转换"就是艺术的创作活动。两个生活中的实物，两幅实景，突然在诗人的创造魔术中相融合了，构成一首诗，一幅图画，一个"意象"。意象是现实生活和自然中并不存在的，它是艺术想象力的产品。它在两个实在的"象"（面孔、雨后花瓣）之间产生出一个第三"象"，纯

---

① E. 庞德：《读解入门》（*ABC of Reading*），42页，新方向出版，1960。

艺术的"象"，诗歌中的"象"。它是主观的创造力将两个客观的"象"有机地融合在一起而得的第三"象"。这种意象派的"象"，按照庞德和艾略特的理解是智性与感情在瞬间构成的图像，它的感性具象与它的灵性实质是完全相符合的。在这个第三"象"中黑压压的人群中发亮的面孔被创造的魔棍点化成了雨中的花瓣。这就是20世纪初庞德所创造的意象诗论。它对于现代主义诗歌创造起了点铁成金的作用，诗歌走出了描述现实，外加上抒情的老路子，而开始用一个或多个意象晶体管组成诗歌的线路，大大加强了诗篇的内涵和诗行的强度。这和中国古典诗的情景交融有相似处，但不等同。它更多的是以"情"及"意"创造出艺术之"象"，它的原初素材是自然或生活中的实"象"。与这种西方意象论最接近的也许是李商隐的"锦瑟"，它既不是"锦瑟"实物，也不是爱情本身，而是二者的艺术"象"，意象。象中寓有诗人之"意"，是这"意"借助于某物，创造了它自己的艺术之"象"。在20世纪中国新诗中这种意象不难找到。如卞之琳的"圆宝盒""风筝""垃圾堆"，徐志摩的"一片云""波心"（《偶然》），戴望舒的"雨巷"，闻一多的"死水"，这些物象都早已失去它本身的现实，也非比兴，而是涂上诗人所赋予它的特殊心态的艺术色调。虽称之为"意"之象，实则是说不清的，非逻辑推理能讲清的"意"，也因此更耐寻味。从这个角度来讲，陶渊明的"飞鸟"也并非寻常之鸟，而是负有往返于诗人和南山间的使命的一个意象。

"意境"二字如果解释为情景交融的境界，就似乎浅显了。诗格之高低与诗中诗人的精神境界有很大的关系。中国诗与书、画确实以境界为其灵魂。不论诗中之具体内容是否有诗人自己本人的情，也即是否"有我"，其境界必须是超我的，在抒情写物之外又有一重天，这重天是超我，超人世间的，其超脱、自由、潇洒的程度愈大，也就是境界愈高，这种精神境界的追求是中国儒道释共同拥有的修行，它比西方的宗教修行要更虚、更空广。在境界中没有全能的主，没有权威，没有控制与被控制，人在境界中进入完全"无待"的"自在"状态，因此完全自由，完全的"自在"意味着超我、超物、超神，也即完全超"有"，与"无"同在。或说：无在无不在。这种境界的追求在汉语古典诗词中是常见的，但在西方诗中却不是一种常有的素质。即使有，也往往被宗教感情所渗入，或玄理所投影，而不那么"自在"。在创作时这种诗人的境界是从诗外影响诗作的，它并不直接出现在诗中的具体情况中，但却决定诗的精神高度。境界本身是非具象的，是一种无形的力量，一种能量，影响着诗篇。或可借用"神思第二十六"（《文心雕龙》）讲诗人在创作时他的境界的力量。

> 形在江海之上，心存魏阙之下；神思之谓也。文之思也，其神远矣。故寂然凝虑，思接千载；悄焉动容，视通万里。吟咏之间，吐纳珠玉之声；眉睫之前，卷舒风云之色。

诗人是以他的境界与宇宙交往：

> 故思理为妙，神与物游。神居胸臆，而志气统其关键。

这里所讲的神是一种无形的能量之源，它能使诗思游于宇宙中，与无限的时空相连接，千载与万里都能进入诗人思维与视觉。在如此高邈的境界中就能"物沿耳目""物无隐貌"。这种境界是诗人终生修养所达到的，诗人平时必须有"贵在虚静，疏瀹五藏，澡雪精神"的修行。境界并不属于哪一首诗，并不是一时一刻可以形成的，但它是创作任何好诗所需要的精神状态，它如一种无形的烛光从诗中流出，但并不静止地有形地停留在哪一首诗中，因为它是一种运转的神思："夫神思方运，万涂竞萌"，如此看来，诗人有高的境界他的诗才能有这种高邈的精神内涵，而正是诗的这种精神内涵是人们读诗时最渴望接触到的，它使读者得到心灵的飞越。境界是诗人的道德与审美凝聚而成的，它既是"道"，也是"文"，或者说是道自文中溢出，文因其所涵之道而放异彩。刘熙载在《艺概》中称这种文章"浩乎沛然，旷如奥如"，用冯友兰先生关于境界的理论来定位，也就是达到"天地境界"。

当然，诗、文都有各种风格。境界是一种无形、无声充满了变的活力的精神状态和心态。它并不"在场"于每首诗中，而是时时存在于诗人的心灵中，因此只是隐现于作品中。但诗人与作品之间的关系并不能比成体力劳动者与物质产品之间的关系，记得在30年代中国文坛曾掀起一场关于厨师的道德是否会影响包子的质量的讨论，想以之说明作家、艺术家的品德是否影响其作品的质量。今天看来这种比喻是不恰当的。艺术作为技术的一面自然与物质产品的技术有相通的一面。但诗歌艺术又是精神产品的源头，因此它需要诗人心灵的直接抚育。从这点来看包子的生产与诗歌的生产所需要的艺术有很大的不同，因此刘熙载在《艺概》中引苏东坡称赞韩愈的话："文起八代之衰，道济天下之溺"，后问道：

文与道，岂判然两事乎哉？

"道"自然不能保证诗人一定写出好作品，但当道与艺术（审美）结合，凝为一体时，无形的道能使诗有着超凡的力量和魅力。神思使诗人衔接千里之外，千年之外的时空，有什么更能使诗歌超凡入圣呢？

五、对偶功不可没

对偶是汉诗和汉语一个极为独特的艺术。在文学史中它曾经是诗人们精心刻意追求的诗歌艺术，但也曾受到严厉的批判和指责。其实像所有的艺术一样，当其被作为技巧进行卖弄时，就成为浮华虚假的风格，如果在一个天赋高、诗品好的诗人手里却会成为一种可贵的艺术。

对偶作为一种诗歌艺术在美学上反映了中华哲学中的阴阳相反相成的原则。令人赞叹的是几千年前中国哲学就能够既认识到宇宙间有矛盾的力量存在，而又不陷入二元对抗的狭窄思维。追求开放、旷达，承认变化是人类在20世纪才普遍达到的共识，也就是符合当代人文思维的境界，而中华哲学却在古代就已经将它作为自己的原则。不幸这些至高的古老智慧在封建时期为君权至上和西方中古时期神权至上以及近代二元对抗的斗争的理论所干扰。我国这阴阳两极共存互补的古老智慧至今仍未能在多元、非对抗、相启发、多变化的宇宙观中得到充分的发挥，是一件遗憾的事。从美学上讲，西方美学在对称方面是有所应用的。可见于教堂的建筑和园林设计方面。但如何将相反的两种力量，作为宇宙两极，结合在一个整体中，既保持其歧异的本质，又使它们能纳入一个整体，组成一个整体，那只有中国的太极图了。阴阳两极正是如此相抱而又相逆于一个整体中。在诗歌美学中这阴阳两极的相异相亲的原则就体现为"对偶"了，在南北朝的骈体中达到登峰造极的地步。艺术的"不自由"在适当的情况下是艺术卓绝成就的催化剂。但当这不自由太极端，成为压抑、垄断创造的时候，它的负面影响就突现了，此时它就会受到指责。因此，在唐代中后期对魏晋以来过分矫揉造作的对偶及修辞开始了批判，但同时唐代的骄傲——律诗，却吸收了"对偶"的艺术，并且为律诗的辉煌成就平添了不少神采。因此对偶之功不可没。

对偶在诗里究竟起了些什么作用呢？它对于诗人起着打开思路，对于诗作起着扩大空间的作用，且不说它所带来的不和谐中的和谐的对称美，异而同，其给人的惊讶感远超过以同补同的满足感。反衬是最强烈的一种审美刺激，对偶就是一种以反衬来增强两种相反力量相成效果的艺术。在对偶中，时间和空间中两种相异力量必须有一个近乎对等的质量，才不致失去平衡，破坏了整体的完美。色彩、情感内涵在两种力量中也必须相匹配。以杜诗《游修觉寺》为例：

野寺江天豁，山扉花竹幽。

诗应有神助，吾得及春游。

径石相萦带，川云自去留。

禅枝宿众鸟，漂转暮归愁。

整首诗在内在结构上是非常对称的。上联与下联都是头两句写景，后两句写人。而写景方面除了字面的对偶十分工整之外，内涵也是相反相成的：

野寺（整体）　山扉（部分）

江天（远、大）　花竹（近、小）

豁（外展）　幽（内敛）

径石（静止）　川云（流动）

相（集体）　自（独个）

萦带（联结一起）　去留（分散）

上联写人的两句"诗应……"，"吾得……"在对偶方面完全是内涵的，非词句字面的表层对仗。但也隐含着神——我，诗——春游的对仗。诗的成功靠神助，我的春游是一种运气。"得"字意味着有幸得以在春天一游修觉寺。神助自然使诗卓绝超凡，有缘游寺与神助成诗对仗，使得游寺更具有深意，而不是一般的游玩。这两句的对仗关系是经过诗思的跳跃而获得的，因此更深刻难得，不是有杜甫那样的境界和才能是绝不可能写出的，对偶由表层发展到如此深层真是令人叹绝。

下联"禅枝……"，"漂转……"两句也是写人的感情和处境，两句的对偶也是深层的。众鸟很幸运，能在寺内带有禅功的树枝上找到归宿，而诗人此时正流浪于成都，深叹自己漂泊半生，人不如鸟。鸟的憩息与人的动荡流亡相对偶。

从上诗看来对偶并非形式，而是天地人间事态的差异及差异中的维系，从对偶的关系观察自然与人世，就能深入地了解天地的深奥，人事的庞杂，而后记于诗文中，因此，可以说对偶用在文学上是助诗人打开一条仰观天地、俯视人间的道路，大大丰富了诗歌的内容。若没有这种构思的角度，就往往会顺一条思路写下去，使得作品单调、平面，远远脱离现实的丰富多彩、生命的千般变化。现在诗人为了满足对偶这种"艺术的不自由"要求，就必须在写诗时上天入地，左顾右盼，搜索记忆，探察寻思，而不能顺笔熟路地写下去。这对诗人的智性、感性和艺术性都是极大的调动和挑战，因此律诗能在有限的上下联八句中浓缩人生百味，天地玄冥，给读者深奥、强烈的震动和启迪，无穷的审美享受。今天的诗歌作者如何能在语体新诗中重获这等效果，是未来诗人的一个课题。古典对偶之所以能成立和古典诗歌语言的结构在词法、句法上与口语不同有关。今天的新诗有没有可能在语言上不完全限定在口语的结构上？这是一个大胆的提问，因为今天的诗歌已没有自己的诗语，今天的汉语已完全服从于口语的基本结构，正像今天西方拼音语言一样，可谓口语中心有语无文，只是笔者仍抱有对未来诗歌语言发展的信心，因此仍留下这样一个看来难以解答的问题。

以上所讲的汉语诗的传统艺术特点，很多是与中华哲学及汉语语言的特点有紧密的关系的。其中如简洁凝练、曲而不妄，音乐性、意象、境界、道都是新诗可以参考加以继承和发挥的，对偶这种诗艺从狭义来讲是不易与语体相融合，但对偶的思维或者仍可以作为一种诗歌结构在新诗中得到新的发展。用典也是一种在语体诗可以适用的诗艺。当然由于20世纪初汉语发生的天翻地覆的变化，传统的诗歌艺术在语言层面上都不能为白话诗所直接采纳，因此，白话诗（以口语为基础）虽然眼下面对如何发展，如何增加语言承受力问题，却很少展开有关继承汉诗艺术传统的研究，多半是采取横向移植西方的语法、句法及手法。但由于汉语与拼音语言在本质上有形体及血型，生理与心理，灵和肉，发和肤的根本差别，汉语诗如同整个中华文化如何能舍自己的语言艺术传统而靠移植他文化的传统来发展呢？这就是人文学科与自然学科在借鉴与发展上根本不同之处。今天中国新诗的处境十分窘迫，他一方面无法汲取母语文化的诗歌传统艺术，另一方面又不可能以外语文化的诗歌艺术传统取代之，对于语言艺术来讲，语言就是不允许代替的，不像音乐、图画都还可以直接以他文化的音乐模式及线条、色彩、形体来替代自己的传统，或掺杂在一个作品内，水乳相融的共存。这就迫使我们必须在近百年的隔绝后，再一次打开通向自己汉诗艺术传统的大门和幽径，舍此我们的新诗将永远是一个流浪儿，一个寄生在他者文化外壳下的寄生蟹，无源之水，无根之木，如何能长出硕果，如何能涌出汩汩泉水。本文由于笔者学疏识浅，微不足道，只是提出一些自己常思考的问题和设想，以表达自己对新的一个世纪新诗走出今日的困境的热切期望。

1998年2月21日

＊本文首次发表于《文艺研究》，1998（4）。

关于中国新诗能向古典诗歌学些什么

一、节奏感

中国新诗很像一条断流的大河，汹涌澎湃的昨天已经一去不复返。可悲的是这是人工的断流。将近一个世纪以前，我们在创造新诗的同时，切断了古典诗歌的血脉，使得新诗和古典诗歌成了势不两立的仇人，同时口语与古典文字也失去共容的可能，也可以说语言的断流是今天中国汉诗断流的必然原因。断流的存在既然已近一个世纪，就难怪一代代的诗人对古典诗词的记忆愈加消失，所以今天当我们拿起笔来写诗时，我们的心灵里并没有江水源头的汩汩声，没有昨天的记忆的今天只能是贫乏的。我们的思维内容随着历史的进展不断在现代化，但是我们已经遗弃了的古典语言素材，并不能被吸收到今天的语言里，如同我们用宫缎裁成巴黎的时装。为此我们在日常的写作里时时感到失语。古典汉语是一位雍容华贵的贵妇，她极富魅力和个性，如何将她的特性，包括象征力、音乐性、灵活的组织能力、新颖的搭配能力吸收到我们的新诗的诗语中，是我们今天面对的问题。

古典词的节奏是值得我们参考的，这种节奏是由字群的错落有致所形成的，例如柳永的《雨霖铃》：

　　寒蝉凄切，对长亭晚，骤雨初歇。都门帐饮无绪，留恋处、兰舟催发。执手相看泪眼，竟无语凝噎。念去去、千里烟波，暮霭沉沉楚天阔。　　多情自古伤离别。更那堪冷落清秋节！今宵酒醒何处？杨柳岸、晓风残月。此去经年，应是良辰好景虚设。便纵有千种风情，更与何人说？

其字群的排列为22，13，22。222，3、22。222，32。3、22，223。223。323！222？3、22。22，2222。322，23？总之，是在2、3、1字群的无穷变化中。

其余如岳飞的《满江红》、陆游的《钗头凤》、辛弃疾的《太常引》、苏轼的《定风波》、黄庭坚的《清平乐》、李清照的《醉花阴》等，也都用3、2、1字群组成错落有致的顿挫，表达了情绪的起伏、委婉、哀怨等色彩。最常见的情况是两个字一组时，各算八分音符；三个字一组时，则算三联音；如果一个字自成一组，则算1/4音符。这样便组成下列模式：

> 杨柳岸、晓风残月
> 3̲ | 2̲ | 2̲

在这种顿挫的组成中，四个字一组的总作为两组两个字来处理，一个字独立的典型例子是陆游的《钗头凤》中"错！错！错！"与"莫！莫！莫！"，有着强烈的效果。在今天的诗中也有部分诗人吸取了四个字字群的音乐效果。但最令我惊讶的这类音乐典范的新诗要算徐志摩的《偶然》。在那首诗中他是这样处理的：

偶　然

我是天空里的一片云，
偶尔投影在你的波心——
你不必讶异，
更无须欢喜———
在转瞬间消灭了踪影。

你我相逢在黑夜的海上，

你有你的，我有我的，方向；

你记得也好，

最好你忘掉

在这交会时互放的光亮！

这首诗的节奏框架是2223｜2223｜32｜32｜1332‖2233｜22222｜32｜23｜2332。不难看出这首新诗在字群的结构上深受词的影响。字群的组合在一定程度上避免了诗行的散文化，使诗行间增加了凝聚力。我们关于顿的说法与美国20世纪六七十年代流行的"可变的音步"（W. 威廉斯语）有相似之处，可变的音步是和呼吸的节奏有关，因此诗行走出了音节的整齐，更多地关注情感的表达，我们的顿也和呼吸的自然节奏有关，似乎每行以三至四顿为好。中国的古典诗歌，以七言律诗为例可算三顿，五言则为二顿，超过四顿就有太长的感觉。我认为一定的宽松格律还是应当追求的。

二、诗的境界与诗人

以上所谈都是关于语言的音乐性，然而语言实际上是感情思想的肉身从中发出灵魂的闪光，所以诗的实质实际上仍然落实到诗人本身的素质问题。而素质的核心，就是诗人的精神境界。中外文学传统对于诗人的境界提出过很高的标准，譬如诗人被称为预言家、智者、圣者。当人们读一首诗时，他们不但希望读到工丽的词句，而且等待一种心灵的震撼，或者一种悟性的突然闪光。这一切只能来自诗人的境界，而这种激荡往往来自诗的结尾或者对诗的整体的回味。境界本身并不仅仅指那一刹那的激动，而是对诗的整体一种审美和伦理的省悟，以及随之而来的精神升华。下面是几种境界所引起的精神震荡：

（一）豪情

岳飞的《满江红》几乎句句是悲愤，句句是豪情，尤其是"抬望眼，仰天长啸，壮怀激烈"。李白的《蜀道难》写的是另一种豪情，他是站在天地的高度写自然的豪情，夹杂着畏惧、恐怖的自然的豪情。

（二）潇洒

苏轼的《念奴娇·赤壁怀古》从写三国伟业入手，继写自身谪居，功名无成，"多情应笑我，早生华发"。至此所写在境界上并无特色，但诗人突然在精神上进行了一次升华，笔锋一转，写出下列诗句，使得全诗获得一个新的高度，这就是潇洒："人生如梦，一尊还酹江月。"同调的《念奴娇·中秋》也有类似的转折，只是在诗的结尾，诗人从"我醉拍手狂歌"的情况突然转入"便欲乘风，翻然归去，何用骑鹏翼。水晶宫里，一声吹断横笛"，完成了由人间进入天上的精神升华。潇洒并非毫无人世烦恼，而是能突破烦恼的围困，如"长恨此身非我有，何时忘却营营？夜阑波静縠纹平。小舟从此逝，江海寄余生"（《临江仙》）。又如同一诗人的《定风波》中："回首向来萧瑟处，归去，也无风雨也无晴。"凡此都是诗人的潇洒境界。

（三）婉约含蓄

婉约含蓄更多的是一种女性色彩的委婉暗示的审美境界。暗示是带有象征色彩的，多少深意和委婉的思绪尽在不言中。如柳永的"此去经年，应是良辰好景虚设。便纵有千种风情，更与何人说？"（《雨霖铃》）李商隐的《锦瑟》更是一首卓越的婉约含蓄型抒情诗，它既是悼亡，又是诗人一生的体会。所以有很多暗含的曲折思绪和象征的迂回。五十弦的锦瑟和生烟的玉、有泪的珠都是饱含隐义的意象，对于诗的艺术来讲是非常有意义的。"此情可待成追忆，只是当时已惘然"更是余味无穷的结尾。李清照的词更是婉约的典型，就不一一列举了。

（四）悲怆

由于亡国恨，李煜的《浪淘沙》和《虞美人》都是悲怆的好作品，如"梦里不知身是客，一晌贪欢""独自莫凭栏！无限江山，别时容易见时难"。"莫"字有作"暮"字，但我认为"莫"字意思更深一层。《虞美人》的第二段可算是字字珠玉，饱含亡国的悲愤。辛弃疾的《菩萨蛮·书江西造口壁》也是一首佳作，充满了悲痛和压抑，又杂有激愤，结尾含蓄的辛酸令人惆怅不已。他的《贺新郎》中"易水萧萧西风冷，满座衣冠似雪。正壮士、悲歌未彻"读了令人震撼，深感一种庄严的悲剧痛苦。

（五）悟性

以上所讲的都是情感的境界，另有一种悟性的境界，也许是更难能可贵。而这种领悟值得你久久回味，而不能穷尽。正是这种不可穷尽的言外之音，使得一首诗可以反复吟诵，读后余意久久不肯离去。以陶渊明的《饮酒》诗为例，全诗讲的是人与自然的关系，虽然"结庐在人境"，但因为有一种超越人世烦琐的素养，"心远地自偏"，也就不受人世喧嚣的干扰，这是其一。但是全诗更令人感叹的还是"采菊东篱下"那段。飞鸟在这里成了联系人与远山也就是自然的使者，所以诗人在"飞鸟相与还"的面前，有说不出的深邃的感受，这是一种言语所无法表达的感受。这里传达出人和自然的紧密联系，这种天人合一的关系在今天听起来格外正确亲切。然而它却是出自一位5世纪的中国诗人的笔下，因此，更可见中国关于天人关系的这种悟性境界是多么高超。

这里将提到的另一首具有极高境界的诗就是王维的《过香积寺》，这首诗涉及"有"和"无"的哲学，或佛学的问题。诗人走入深山，但见高耸入云的群峰，并不知道山中有寺，后来却在了无人迹的老林中，听到不知何处飘来的钟声，才意识到古刹的存在，由钟声而意识到寺的存在，四句一气盘旋，灭尽针线之迹。在深山老林间独自体会这种时空的神秘感，确是一种人与自然的碰撞之感，因而激发了对深山寂寞的境界的领悟。总之，深山独行与采菊东篱、远眺远山飞鸟，对诗人来讲都是深入到自然的秘密获得一种超然的境界。

从上面所讲的五种境界，我们知道境界的核心是诗人的心灵，如果心灵纯真如明镜，这五种境界就如同林中清泉中的倒影一样清晰。但是生活在人欲横流的社会，境界受到一些诗人的忽视，有时作为追求刺激和市场的代价，如果诗人能做到无邪，新诗的境界美就会有很大的提高。虽然写自然在浪漫主义英诗如华兹华斯的作品中，也占很重的分量，也有写自然的雄伟和神秘的诗，但缺少境界感，因为观察者总是在自然的对面，而古代我们诗人却是天人合一地写天人之间的神奇通感，如"舍南舍北皆春水，但见群鸥日日来"（杜甫）、"悠然远山暮，独向白云飞"（王维）、"人闲桂花落，夜静春山空"（王维），人与自然是交流对话的，并非观察与被观察的关系。

三、结束语

上面谈了古典诗词可供新诗借鉴的一些特点。可见中国古典诗词的艺术并未过时或死亡，它需要我们的挖掘，并将它融入当代的诗歌艺术。以音乐为例，新诗又应当如何创造自身的声调模式呢？这是我长期无法解答的问题，根源在于我无法找出古典平仄之音调魅力的原因所在，因此，也无从考虑新诗音调的建设。在这方面，西方诗歌由于是属于拼音语系，虽有内韵等说法，也难借鉴，因此，在声调美方面新诗还是有欠缺的，无法保证诗的铿锵抑扬。目前诗朗诵多以语言之外的声调来弥补不足，又难免有不自然感。因此，我们有必要研究汉语本身的音乐特质，以探讨新汉诗的音调。我常自问为什么古典诗词的平仄排列有那么大的音乐魅力呢？这个问题困扰了我很久，如今我写诗时多靠自己的听觉直觉，而说不出理论。

　　古典诗词有丰富的评注，它提供了很多丰富的互文性注解，通过对典故与转借词句的评解，为诗的文本增添了色彩和背景情调。此外，对诗人在写诗时的生活状态的注解，也是非常有助的，特别是能够帮助对诗的字里行间的深处隐含的想象和理解。但是新诗很少在这些方面给诗歌欣赏一些帮助。对于现代诗，这种评注尤为重要，因为现当代尤其强调作者内心深处的挖掘和思维情感的跳跃，所以缺少有研究的评注，就会增加阅读的难度；反之，则可大大加深文本的层次和色彩。诗总是充满暗示和朦胧的表达，以及灵感的跳跃、无意识的联想等诗的艺术。凡此种种使得诗的欣赏更需要文本的脚注，以使诗的文本和诗人的写作背景，包括历史和生活方面，靠得更近。清代仇兆鳌的《杜诗详注》在这方面是很好的榜样。中国诗坛2002年颇多沙尘暴，我希望我们多在晴朗的天空下考虑些诗的实质性问题。

*本文首次发表于《诗探索》，2002（Z1）。

新诗与传统

　　中国新诗虽已有80年的发展史，但一直受着两种运动的影响，这就是：一是与自己几千年的古典文史哲传统，包括诗歌，决裂；二是向西方寻找模式。这种文化革命第一次发生在20世纪初，其结果是使汉语失掉它几千年所发展的文学语言，大力淡化它所记载的传统文史哲文化，同时引进了西方的人文主义哲学，虽然在政治上起了摧枯拉朽的好作用，但因为完全用政治意识形态代替了文化意识，它的不良后果是使汉语已失去大量的丰富表达力，陷入偏枯状态，汉语几千年的文化传统受到致命的伤害。在20世纪的后半叶，在反"封资修"，破"四旧"的"文化大革命"中，已经伤痕累累的古老文化传统又受到扫地出门的彻底清除。这次"文化大革命"所不同于20世纪初的是它使得中国人成为世界上最无传统意识的一个民族。他不但日渐淡忘自己的民族文化传统，而且对西方文化传统也不求理解，在接触西方文化时只模拟其新潮时尚的表面。这种"文化大革命"的后遗症突出地表现在青年一代的诗人群中。他们创新的要求十分强烈，但总是想在一张白纸上画最好的画，却不知道千年古树能长出最鲜嫩的绿叶、最丰满的树冠。所以，今天反思新诗能向传统学些什么是非常有历史意义的探讨。这里我想借用解构主义奠基人德里达的一句忠告，他认为只有解构而无结构和只有结构而无解构其灾难性是同样的大。

一、关于"新诗与传统"的几种看法

关于新诗与传统的关系有下列几种看法：

1. 新诗的诞生就在于它能与自己的汉语诗词传统及古典汉语文化完全决裂的决心，所以任何时候重提与古典诗歌衔接都是一种复古后退的心态。这种将新诗与古典诗词看成对立的二元的思维方式在近年略有缓和，但仍有很强的势力。

2. 认为新诗既然否定了自己汉语的传统，自然只有向西方诗歌寻找自己的模式，事实上过去近百年也是这么实践的，只是也考虑一些民歌风格。

3. 少数20世纪90年代活跃在中国诗坛的中青年诗人充满信心地认为新诗现在已经拥有自己成熟的新传统，虽然并没有给

新诗与传统

出这传统的内容。

4. 个别诗人公开表示新诗至今并未发展成熟到拥有自己的传统，无论在表达手法的艺术性、音乐性、节奏性、语汇辞藻的汉语特性等方面并没有建立起诗学理论，在创作时有些诗人随机应变，各行其便，有些诗人因为无所适从，只得不予考虑，反正都能算自由诗。

二、新诗向传统学什么？

我个人认为中国新诗虽已有80多年的创作实践，但并没有解决其本身的汉语诗学传统的问题。一个民族的诗歌如果脱离了它自己几千年积累下的语言诗学传统进行创作，就像一个民族的建筑并无自己的设计风格和艺术个性，只能追逐它文化的外表，依样画葫芦。我们今天的新诗基本上不就是在这种追逐拼音语言的西方新诗的表象中挣扎着进展吗？这是20世纪初一次以政治意识形态代替文化意识的偶然的误会给我们带来的诗歌命运。在这个轨道上，我们跌跌撞撞地走了过来，如今应当彻底反思新诗是否需要在几千年的汉语诗歌的传统网络踪迹里找到关于新诗自己的传统的启发、想象及灵感。

诗歌是绝对决定于它的灵魂的外化，也即是它的语言。汉语新诗由于抛弃了古典文学汉语，它的诗魂至今仍在寻找真正它自己外化的肉身，在它初生时为了那承载它的汉语只能是粗浅的白话，诗人只能削足适履，隐去多少诗思和诗情，从古典诗词的丰富的情思和千锤百炼的诗句及美不胜收的辞藻跌落入贫乏之直白的街头巷尾口语，在极端的情形之下就产生了像刘大白的《割麦过荒》《卖布谣》之类的典型作品。语言文化的传统涵盖了整个民族的精神和物质的历史走向，是民族基因的运动，是民族集体意识与无意识的外化。一个民族在与世界接触时，对于他者的文化只能有选择地食用和吸收，它无法跳出自身已存在的文化传统，高谈拿来他者的文化以代之，正像我们无法跳出自己的身体去接受、吸收食物的营养。至于语言，那是一个民族的集体意识与无意识相结合后的物化。正因此语言并非我们的工具，反而是我们的主人，正如海德格尔所说：不是你在说语言，而是语言在说你。因此，当我们在用语言时，从无意识中会生出那无形无声的"前语言"冲动，而后有声有形的语言才为我们作出选择和表达。必须承认自从20世纪弗洛伊德的无意识观问世后，语言是什么得到革命性的突破，再也不是我们可以信手拈来和随意抛弃的身外工具。走出陈旧的语言工具论，就决定我们在对汉语文化传统方面只有如何与之磨合，使它能成为新时代思维的外化，而不可能与已存在的汉传统决裂。汉字及词语上刻满两千年的文化踪迹，即使诗歌走出了古典诗词的格律，今天新诗的字与词语也无一例外地携带着它已有的文化纹迹进入今天的新诗，在新诗的文本中泛出它已有的神韵和无声的语言，成为新诗文本下的一个模糊的潜文本。因此，从汉语本质的传统来说，今天的诗人是不可能从语言与生俱来的声、色、象上完全与传统汉语决裂，尤其是汉语虽已有几千年的寿命，但至今仍幸运地生存在地球上十几亿人口中，所以我们自觉不自觉地总是在继承着汉语文化传统，这是我们的极大光荣。现在我们所应当深刻关心和研究的是新诗诗语与诗学怎样才能主动地、创造性地传承和发展汉语诗歌传统的许多十分难能可贵的优秀的个性，有语言的，也有诗学的。

我们应当以最新的语言学和诗学视角重新审视汉语的特性和古典诗学的各种论点。这里我们可以跳出自己古老的思维框架，以西方和自己当代的理论反身自我观照我们已拥有的宝贵汉诗的语言和诗论的积累，就如同中草药借用当代科学分析，深入地了解自己的结构和性能。西方现代主义的诗论创始人庞德和汉语理论家范尼洛萨都已经在20世纪先我们而行，从诗歌语言的角度挖掘出大量作为形意语言的汉语与汉诗的突出优点，并在汉语的启发下创立了英美诗歌的现代主义理论，成为西方诗歌史在20世纪40年代树立的一面里程碑。从哲学的角度，后结构主义创始人德里达和他的先驱海德格尔都在著作和翻译中强调汉语由于它的形意性比以语音为主的西方拼音文字更灵活能动，海德格尔更深谙老庄哲学，涉及诗的境界问题。更有甚者，西方当代原子物理学家卡普拉（Fritjof Capra）在他的《物理学之道》《转折点》和《不平常的智慧》等书中，都集中地描述到东方的宇宙观和人与自然的关系完全符合西方量子力学对宇宙结构的最新发现和认识。须知，中国古典诗歌的最高境界都与儒道释的关于天人关系的哲学智慧分不开，但今天我们似乎在考虑新诗的建设时反不如西方诗学、哲学学者更关注这些深理在我们的诗学、哲学中的瑰宝。这都是我们在过去一个世纪过多从文化上自我否定，而以西方文化为现代化的唯一模式，因此长期未能给自己的古老的传统以现代的解读。

我的学习传统的途径是首先尽力吃透古典诗词在辞藻、句型、音韵、艺术手法的理论与规则，然后用当代的思维方式尝试给以自己的解读，举例如下：

1. 对仗的相反相应与平仄的错综搭配，反映古典哲学的阴阳互补而非对立的原则，因此很符合当代非二元对抗的哲学理论。说明中国古典诗学正是化对抗为相关联及创造音乐的多声部，声律的多元性。

2. 中国古典诗学一贯反映诗人在人生过程中思维的自由联

想、跳跃，因此突显了万物中潜存的内在联系，特别在律诗的创作过程，格律与诗人的思维往往是相生互动的，格律对于感情充沛、思维活跃敏感的诗人往往起一种触发灵感、展开空间、打破其原有的直线思维作用，为正在写作的诗带来意外的丰富内涵。因此，在写诗过程中艺术的不自由与空间的扩展并非绝对矛盾，反之，写作的绝对自由有时恰恰造成作者被自己的思维惯性所禁锢，使得所写的诗内涵枯燥，思路狭窄，失之单一，没有神韵，或者内容庞杂，思路混乱，缺乏深层的探索。任何艺术的创新都是在自由接受不自由的挑战中获得的，那种以为随意写些生活琐事就能收得以小见大的效果是对这种艺术手法的误解。在汉语古典诗词中，这种以小见大的艺术得到极高的发展，如王维的"人闲桂花落"（《鸟鸣涧》），看来是将两件平常的事偶然放在一起，实则是在一种很高的境界看宇宙间万事内在隐存的联系。《鸟鸣涧》全诗通过一些似乎偶然的现象衬出宇宙间动和静的关联，整个宇宙正是在这两种阴阳相反而互动的力量中运转。这种对平常背后的不平常的发现是诗人超凡的悟性的艺术表现，是今天希望写日常琐事的诗人们应当潜心学习的。当你在诗中写入一些日常琐事或自然界的一般现象时，应当自问它们意味着什么，它们能向读者揭示些什么人间或宇宙的秘密。只有当琐事意味着大意义时才有入诗的理由，它们的自然的外表更突出了它们内涵的奥义，这就是诗歌使人顿悟的艺术。诗人不同于常人的境界和洞察力也正在于此。写小见大的艺术在汉语古典诗词中得到高度的发展。当前很多诗人由于对概念化的大主题反感，转而喜欢写日常生活琐事和个人的一些特殊的小感受，但因为对小中有大、平凡中有超越这种诗学要求掌握不好，或根本没有意识到它的意义，使得作品丧失了诗的价值，追其根由也还是不能摆脱两元对抗的思维在诗学上的反映。

3. 古典诗词在用事、用典和套用传统中前诗人的名句是常见的事。其利弊已经久有讨论。我认为主要要看诗人在使用这种诗学技巧时目的是什么。一是可能炫耀自己的博学，二是可能因为缺乏诗才用以藏拙，二者都是出于非诗的目的，因此不足取。但用事、用典和套用名句却又有它独特的诗学功能，用当代的诗学用语就是在当前的文本中引进另一些诗作或历史中已存在的一些场景和情感，使它们的踪迹和光影游动于自己诗作的文本中，起到丰富自己的诗作、扩大读者的感受和联想的时空的作用，这就是所谓的"互文"效应。我们的古代诗人并没有这个诗学名词，但很多名诗人都在诗歌写作中大量实践这种诗学艺求，而诗歌评注家也不厌其烦地对用典、用事和套句进行详注。当读者在读诗时细读这些注解后，立刻会对该诗的内涵、韵味、画面、色彩增加了许多新的感受，因为这些引入的诗句与历史踪迹如同光影闪烁在字里行间，大大地丰富了读者的审美感受。有趣的是这些套用名句的做法，是一种自觉的艺术手法，并不给人以剽窃的感觉，因为它不但无意隐瞒名句的原作者，而且正希望读者知道该句的来源。而引导读者在这方面的审美经验正是注疏者的责任。新诗在用典、用事方面极少实践，更没有套用名句一说（除了一些政治名言之外），因此也没有注疏这门学问，在一定程度上是对加深新诗的深度和扩大其联想时空及增加其历史内涵的一种损失，并且也是对历史悠久的诗歌注疏这门学术的荒废，不利于发展新诗的美学。

4. 当今新诗最困难的问题是它的音乐性应当如何体现。而这方面也是新诗最难向古典诗词学习的，难中之难又是音律问题。古典汉诗进入唐宋诗词后在四声平仄的排列组合方面，五言、七言律诗都有详细的规定，并且包括各种变化的模式也都成体系。这些搭配使得诗歌的抑扬顿挫得到充分的展示，突现了汉语的特殊音乐性。但是对这些声律的模式，正如古典诗歌权威老专家启功先生所说，我们只知其然，而不知其所以然，因此当我们告别古典文学语言，改用日常口语写诗时，很难找到建立符合口语的平仄模式的美学原则。由于缺少这方面的美学理论，今天的新诗很难在音调的平仄搭配、错落有致方面与古典诗歌媲美。但在诗行的顿挫缓促方面还是可以借鉴古典诗词的诗行音节的安排。古诗以双音节字组为基本单位，再穿插以单个字。古诗多为二、二组成的四言，五言律诗为二、／一、二，或二、／二、一，七言律诗为二、二、／二、一，或二、二、／一、二。诗行最后的三个字称为"三字脚"，一定要独立于诗行的头两个字或四个字，自成一组，拉开与前者的时间距离，形成前者的一种拖延的节奏感，如"床前——明月光"或"锦瑟——无端——五十弦"，这种节奏的缓促是吟诵古典诗的基本格调。新诗打破了二三或二二三的节奏结构，提出以不同长短的字群所形成的"顿"数作为诗行的节奏规律，如：

> 只当是／一个梦，／一个／幻想；
>
> 只当是／前天／我们见的／残红

以上两行诗选自徐志摩的《翡冷翠的一夜》，都是以不规则的字群组成四顿。在当代美国诗歌也有所谓"可变的音步"，是威廉·卡洛斯·威廉斯所提倡的，用以打破英诗传统的抑扬格双音节为一音步的格律，此外又有查尔斯·奥森所主张的以呼吸为单位的节奏和金丝伯格等以摇滚乐的节奏为模式的诗行。

总之，这些都是我们在寻找当代汉诗的节奏时可以参考的中外古今的诗歌音乐传统。总的说来，以口语为基础的当代汉诗只能在不规则的字群中寻找某些自然存在的规则，具有很大的弹性的"顿"就是其中的一种。以"一、二、三、四"4个数量的字混合组成的字群为顿的基础似乎更接近古典诗词的传统，可以多进行一些排列组合的试验。由于20世纪30年代的诗人多有古典诗的文化背景，在他们的新诗中可以明显地找到古典诗的节奏的痕迹；20世纪80年代后中国新诗的复苏正逢西方新诗进入后现代阶段，常以可变的字群组成的摇滚乐似的节奏为诗歌的节奏结构，这误使一些青年诗人以为诗歌语言不再要求节奏结构，因此出现诗歌语言的完全非音乐化，并认为是一种创新，实则纯属误会。有些当代英美诗的诗行看似很不规则，但一旦朗诵时该诗的音乐节奏就鲜明地突现出来，因为它的节拍是由音节数量不等的字群组成的。而我们的"顿"也正是由字数不等的字群组成的。总之，节奏结构对于诗犹如栋梁之对于建筑，是绝不可或缺的。

5. 中国古典诗词与西方诗最大的一个不同点，就是汉诗中所反映的精神境界成为衡量这首诗的深度与高度的一项重要标准。诗人往往通过所写的诗表述他追求的经过升华后的精神境界。但是这种境界本身并不是抽象的概念，也不是一种轮廓鲜明、久已定型的思想，而是一种瞬间诞生的"悟"。它必须在诗的进行中突然呈现在读者的心目中，带来一种恍然彻悟，如同展开中的一幅画卷，猛然使人认识到画中深意。譬如，在陶渊明的《饮酒之五》中，从"采菊东篱下"诗渐入一个更高的境界，写到"飞鸟相与还"时已经暗示人与自然的神交，而这种神交却是无法以语言来表达的，因此"此中有深意，欲辨已忘言"。从欲辨到忘言是从正常的理性状态进入遗忘世间一切、超然无我的最高境界，在其中人已经和神秘的自然合一，还有什么语言能表达这种瞬间神奇的心灵经验呢？无以名之，只能名之曰"悟"。这种在诗人与自然神交的刹那心灵的一动，在王维的诗中也是常见的。王维似乎常常悄然走进自然的深处，窥视秘密，因此写出"人闲桂花落，夜静春山空。月出惊山鸟，时鸣春涧中"的境界，在古典诗中常常是人和自然的神交，刹那间的心灵的顿悟，如一扇启开的窗扉，朝向宇宙的浩渺。在英美的诗歌中不乏写自然和宗教的作品，但却没有这种人和神秘的宇宙相会时心灵的顿悟，自汉唐以来中国哲学进入儒道释三流交融汇流，正如海德格尔所说诗歌和哲学是近邻，所以古典诗歌中的境界与儒家养浩然之气、老庄对"无"的强调、佛家的禅学有着精神上的传承，成了古典诗歌中宝贵的汉语文化积淀。中国新诗应当将这种宝贵的诗学遗产带入新诗的建设内，延续汉语文化这一天人合一的可贵的自然观，在自然界遭受极大的破坏和凌辱的今天，世界正在重新寻找自然深处的智慧，恢复人与自然间的和谐共存，用这种精神境界提高人的素质，是完全必要的。

总之，抛弃传统是愚昧，死守传统是僵化。传统是一个民族心灵和智慧的外化，传统的新生就是创新。自从人类历史进入文明阶段后，就不会有一张白纸等待我们去画。传统是一种不断生长的秩序，爱护传统就是爱护一个民族心灵的创造，只有让这种创造不断地在时空中自我调整和延续才能不使先人几千年的创造毁于我们之手。特别突出的应当是对境界的重视。今天很多以先锋为目标的某些诗人往往只考虑如何以"新"惊人，将创新及个人化与传统绝对对立，早已以时潮代替境界，美其名曰靠近今天的风尚和生活方式。失去了境界后的诗很难谈什么高度和深度。再者，就是诗人的历史感也使一首诗拥有更大的时空和更丰富的内涵，也就更能打动人们的心扉，因为它涉入了更多的读者的生活历程。诗人必须有超常的透视力，从貌似无序的多元的宇宙和现实生活现象中，找到秩序的多元与多元的秩序，而将其转换成艺术的多元，而这多元又必须是在各自的发展中不断地发展变化。

2002年7月19日

语言观念必须革新
—— 重新认识汉语的审美功能与诗意价值

20世纪世界人文科学的一次最大的革新就是语言科学的突破：语言不再是单纯的载体；反之，语言是意识、思维、心灵、情感、人格的形成者。语言并非人的驯服工具，语言是人类认知世界与自己的框架，语言包括逻辑，而不受逻辑的局限。语言之根在于无意识之中，语言在形成"可见的语言"之前，是运动于无意识中的无数无形的踪迹（一种能）。语言并不听从于某个人的意志，语言是一个种族自诞生起自然的积累，其中有无数种族文化历史的踪迹（trace），它是这个种族的历史的地质层。只要语言不死，其记载的、沉淀的种族文化也不会死亡。

和上述的语言观念对照，我们今天普遍的语言观念是在怎样的一种层面上呢？基本上我们的语言观仍停留在语言是工具，语言是逻辑的结构，语言是可以驯服于人的指示的。总之，人是主人，语言是仆人。语言是外在的，为了表达主人的意旨而存在的身外工具。这些是属于早已被抛弃了的语言工具论，它愚蠢地阻拦我们开拓文学、历史的阐释和创作、解读的广阔的天地；并且进一步扭曲我们对客观世界的认识，也错误地掩盖了语言文字的多层次，语言的潜文本，语言的既呈现又掩盖的实质；阻拦人们从认识上心服地承认百家、百花是无可动摇的多元认识论的现实，从而避免围绕着哪一家的解释真正掌握绝对真理，哪一朵花是花中之王的无谓的、进行了几千年的喋喋不休的争论。语言是不透明的，文本是多层的，世界是最大最多元的文本，宇宙是在不断地生成变化中，绝对真理是一个永无法定格的人们的逻辑概念；凡此种种当代的认识，都与语言观的革新有关。我们今天应当不失时机地反思自己上述各问题的立场，只有了解了自己在这些问题的看法，才能在未来的世纪与世界真正进行平等的对话和交流。

一、语言文字是文化的地质层

世界上各民族的语言都是其本民族的文化地质层，在无声地记载着这个民族的物质与精神的历史，因此，爱自己的民族就必须爱自己的母语。异族的入侵和征服，往往在军事占领之外，第一个要做的事就是摧毁被征服者的母语，代之以征服者的语言。《最后一课》①的痛苦，与九一八事变后东北人民必须学日语，都说明母语与民族存亡的息息相关。中华五千多年的文化史所以至今仍依稀可识，其关键在于《说文》的作者能将未完全被秦始皇焚尽的、藏在壁中的古书与公元100年的古汉语相衔接，否则我们今天的文化史只能说有1900多年的文字记载。《说文》这中华民族第一部词典对于保存我们民族文化史的功绩真是难以估计的。改变了语言工具论的陈旧观念后，我们的汉语教育从小学到研究院的教学内容都会有一次惊人的变革，在中小学的语言教育中就会有浓厚的活的民族文化感情，激励学生热爱自己民族的过去及其睿智在语言中的积淀。在大学与研究生的语言教育中就可以带动深入中华文化肌理的科研。今天的大学、研究院的汉语教学由于受语言工具论的阻碍，经常将文学与语言文字割裂开对待，文学专业者以为一旦掌握了汉语的读写技巧就可以忘了语言，直达文学的内容；研究古汉语者又只将语言作为一种工具来学习研究，与其所表达

---

① 《最后一课》是法国作家都德（A. Daudet，1840—1897）所作。他在故事中描述普法战争中普鲁士兵进入法国城市时一个小学校的最后一堂法语课。

的文史哲内容不发生多少内在的联系，外语系甚至认为语言属于理科，与人文学科无关。这种语言观特别阻碍对于中华及世界民族文化的深刻认知和感受。这种割裂语言与文化的教育倾向与当今世界的语言教育的趋向背道而驰，深深地影响了对本民族人文学科的深入探讨，也影响对于西方人文学科著作及文献的理解。在语言观的变革中人类经受了一次思维方式的大转变，正是中外这种思维方式的矛盾造成今天我们与西方世界文化交流与对话的阻障。

二、汉语的文化涵蕴

汉语是象形表意的文字，其特性与西方拼音文字迥然有别。在记载民族文化上，汉文字能直接传达文化的感性与知性内容。在记载与传达事物方面两种文字可对比如下：

汉文字（视觉）：形＋状态＋智→感性印象→对象
拼音文字（听觉）：字母符号→抽象概念→对象

拼音文字的组成部分是全抽象的符号字母。它们只能唤起接受者对于对象的抽象概念的记忆，而后联想到该事物的感性质地，所以，通过拼音文字并不能直接达到对该物体的感性认识，而汉字的象形（形）、指事（状态）和会意（智）无须通过抽象概念可直接传达对象的感性和智性质地。显然，拼音文字在传达与接受知识方面不如汉文字。限于篇幅，下面只举几例说明：

男→田＋力→在田里干力气活的（感性）→男人

man →男人的概念（抽象）→男人

仁→两个人相亲（感性）→仁爱

kind →仁爱的概念（抽象）→相亲爱、慈爱、仁爱

有→手＋月→以手取月（感性）→占有

to have →占有的概念（抽象）→占有、拥有

从上面的例子看出汉字不是抽象的符号，而是一幅抽象画，它比现实简单，经过提炼，但仍保持现实对象的感性质地，与其所处的境况，及它与他物的关系。因此当汉字传递知识信息时，它所传达的并非一个抽象概念，如拼音文字那样，它所传达的是关于认知对象的感性、智性的全面信息。其优越性可想而知。

近代西方语言学家、哲学家对汉语的卓越性有深刻的认识的至少有三人。他们是索绪尔（F. Saussure）、范尼洛萨

（E. Fenollosa）及德里达（J. Derrida）。索绪尔意识到他的语音学结构主义无法用于汉语这一表意文字。德里达指责索绪尔的结构主义语言学是以语音为中心，因为他无法摆脱西方形而上学的逻格斯中心主义，也即相信神的声音、神的话是一切中心的这一自柏拉图以来的西方哲学体系。德里达这样指出索绪尔语音中心结构主义的局限，并同时这样赞扬汉语的优越性：

> 它们（汉语、日语）在结构上主要是图像的，或代数的。因此我们可视为证明，说明有一种很有力的文化运动发展在逻格斯中心体系外。它们的书写并不曾减弱语音使之化为自己，而是将它吸收在一个系统之中。①

早于德里达写《书写学》一作半个多世纪，美国语言学家范尼洛萨在1908年就撰文《汉字作为诗歌的媒体》②专门进行汉语与拼音文字的比较，并且热情赞扬汉字的各种超过拼音文字的优点。他概括汉字的优点如下：（1）汉字充满动感，不像西

① J. 德里达：《书写学》，9页，巴尔的摩，约翰斯·霍普金斯大学出版社，1976。

② E. 范尼洛萨所撰《汉字作为诗歌的媒体》，见唐纳·艾伦（Donald Allen）与华伦·托曼（Warren Tallman）编：《美国新诗学》（*Poetics of the New American Poetry*），13～15页，纽约，丛林出版社，1979。

方文字被语法、词类规则框死；（2）汉字的结构保持其与生活真实间的暗喻关系；（3）汉字排除拼音文字的枯燥的无生命的逻辑性，而是充满感性的信息，接近生活，接近自然。范氏的论点是纲领性的对汉字特性的分析，值得我们给以补充和发挥。安子介先生在他的非常富有创造性的《劈文切字集》中就从汉字的结构中描绘出"一幅初民生涯图"，充分地说明了汉字是中华文化的地质层。

三、汉语的动感

汉语没有时态的规定，动词、名词常兼用，因此，更符合事物的自然状态，因为时间在自然状态是川流不息的。过去、现在、未来无非是人为的分割。至于"物"在自然中本也是不断发展变化的，因此，物并非脱离运动的。名词中本就有运动，而动词不可能脱离运动之物而动，因此，西方拼音语言严格区分动词与名词是违反自然状态的。范尼洛萨说：

> 东西实在是行动的终点，或相交点，是穿过多种行动的十字交界区，是快速摄影。在自然界不可能有纯动词、抽象的运动。眼睛看名词与动词是一体：物在运动中，运

动在物中，因此汉语概念倾向于表达这种情况。[①]

抹去人为的时态分割，在物的静中见动，动的行为中见到静的物，这种透视的哲学视角使得范尼洛萨在汉语里触到潜在的东方哲学，走出西方以逻格斯的永恒存在驱动万物的形而上学。汉语字词充满动感，对于范尼洛萨来讲还含有更深层的哲学，这就是它不仅表达了可见的行动，还进而传达那冥冥天地之间不可见的运动。他说：

> 至此我们已展示了汉字及句子主要是大自然中行动和程序的活跃的速写。它们蕴藉着真正的诗。这些行动是可见的。但汉语如仅仅表达了可见的行动，它不过是狭窄的艺术和贫乏的语言。实则汉语还表达了那不可见的运动。最好的诗不但表现了自然的形象，并且还渗透出崇高的思想，精神的暗涵和隐的多种关系。大多数的自然真理都是暗藏在视觉不可见的微观程序中……

---

① E. 范尼洛萨所撰《汉字作为诗歌的媒体》，见唐纳·艾伦（Donald Allen）与华伦·托曼（Warren Tallman）编：《美国新诗学》（*Poetics of the New American Poetry*），17页，纽约，丛林出版社，1979。

汉文以力度和美涵盖了这一切。^①

这里范氏进一步揭示隐存于汉文字的可见的动态之内的汉文化的哲学，形象中潜存的不可见而崇高的思想。以"有"字为例，"有"在古象形会意阶段是手＋月，即"𠂇"。《说文》注道："不宜有也。"为什么"不宜有"呢？范氏解释"有"是伸手探月。笔者认为这自然说明占有的行动之艰难、强烈，同时也带有否定"强取"之意。与英语的"有"to have相比，汉字"有"显然带有中国哲学的道德伦理观，从反对贪婪的观点否定占有欲，因此不宜有。所以，汉字的结构不但表现了有形的动作，还通过有形的动作揭示不可见的精神哲思、文化。范氏指出自然真理往往不在表面，而暗含在不可见的微观程序中，或者浩瀚的宇宙宏观中，因此汉字充分地呈现了语言中文化的积累，哲思的潜存。表意的象形文字在这种积淀文化的能力上超过了拼音文字。

<hr />

① E. 范尼洛萨所撰《汉字作为诗歌的媒体》，见唐纳·艾伦（Donald Allen）与华伦·托曼（Warren Tallman）编：《美国新诗学》（*Poetics of the New American Poetry*），25、26页，纽约，丛林出版社，1979。

四、汉语的富感性魅力

前面我们说过西方拼音文字在传递信息方面是通过抽象的符号达到抽象的概念，再用这抽象的概念唤醒人对所指的事物的感性记忆。可以说拼音文字本身是远离自然与真实的生活，它是不及物的抽象字符。汉字则不然，它不是抽象的字符，反之其本身就直接记载了"所指"的感性质地，及这个所指的事物的处境，更甚而至于它与他物的复杂关系，这样依次构成汉字中象形、指事、会意三大类的字的结构。虽然纯象形的汉字不多，但指事与会意类字也都必包含象形的部分。范尼洛萨是这样评论汉字的感性素质的：

> 诗在其辞藻的色彩上不同于散文。它不能仅只给哲学提供意义。它必须以直接的印象的魅力向感情申诉，这种魅力如电闪穿过智性只能搜索到的领域。诗歌不能只传达意思，而必须呈现所涉及之物。抽象意义没有多少鲜活性，而幻想的丰满可提供一切。中国诗要求我们放弃我们狭窄的语法范畴，而用一堆丰富的具体的动词研读那创造性的

文本。①（着重点为笔者所加）

由此可见范尼洛萨为什么认可汉语是诗歌的媒体，这正是因为汉文字的丰富感性素质比拼音文字与语法的抽象素质、逻辑性更有利于对读者产生感性、感情的审美激荡。汉字的象形性拥有视觉艺术的造型美，直接诉诸读者的感官，而抽象的拼音符号却只能通过概念间接唤醒读者对生活经验的记忆，其直接冲击力要弱得多。汉文字实则是文字与视觉艺术的混合体，而艺术的威力主要是直接震动感官，汉字的这种结合文字与艺术的特点在书法中得到充分的体现。

让我们回忆一下打开一本拼音文字的文学书和一本汉语的文学书时的不同感受。在完全没有进入内容的阅读前，两本书给你的感觉是多么的不同。拼音符号写成的一页像一片冷漠没有表情机械化的抽象符号码成的一扇墙，没有传达给你任何感性刺激，而用汉字写成的一页却像一个画廊，在你对内容无所知的情况下，每一个汉字就像画廊壁上的一幅幅画，争先恐后地向你的感官申诉它的喜怒哀乐、美丑、幽默、宁静……各种

---

① E. 范尼洛萨所撰《汉字作为诗歌的媒体》，见唐纳·艾伦（Donald Allen）与华伦·托曼（Warren Tallman）编：《美国新诗学》（*Poetics of the New American Poetry*），25、26页，纽约，丛林出版社，1979。

感情。在你的思维开动它的逻辑运作之前，你的感官、想象就早已进入状态。以诗歌来论，更是如此，因为诗歌的辞藻更富感性魅力。以辛弃疾的《水龙吟》为例，在你读脚注和旨意之前，很可能你就会被某些词句紧紧地吸引住，譬如说像：

倚天万里须长剑；

……

潭空水冷，月明星淡；

……

峡束苍江对起，过危楼，欲飞还敛。

它们的艺术魅力在理性的分析解释之前就已经投射给读者。它们各自成一种完整的境界，代表一种精神力量，而每句中的字词又如同一个交响曲中的一个乐器，或一个群舞中的一个舞蹈者，各自展现着自己的个性美和力，融在整个的审美设计中；在书法家的笔下，每一个又都能成为极富表情，有个性的独奏或独舞者。所以读一篇中国的古典诗词，一个真正的欣赏家，我认为不必急于先了解这首诗词的宗旨，不妨如信步步入一个画廊中，流连于画幅之间，反复吟诵那些突然捕捉住你的词句，欣赏它们的形体、神态、意境，倾听它们各自的诉说。汉语的诗词由于其字的表意象形，在欣赏上比西方拼音文字所写的诗词要多一个感性的品味的层次，多一层与整体中字群的个别交谈。莎士比亚是伟大的诗人，但当读他的一首十四行诗时，读者会一口气读下去，而不会在途中停下来为某个字群的独立的魅力，或某个字所吸引；但在读中国古典诗词时，这种突然被某句、某词群的暗含所止步，反复吟哦思索，甚至暂时遗忘那首诗的宗旨是常会发生的。譬如，遇到"江晚正愁予，山深闻鹧鸪"（辛弃疾《菩萨蛮》），又如"水随天去秋无际""落日楼头，断鸿声里，江南游子。把吴钩看了，栏干拍遍，无人会，登临意"（辛弃疾《水龙吟》），这种抑郁中的超越，并非低调的悲愁又非空洞的雄心大志，在情与景中混融着东方意境所特有的含蓄，读者遇到这类词句，会"悠然心会，妙处难与君说"（张孝祥《念奴娇》）。在这些词群前止步，反复吟诵，是读中国古典诗词自然的审美行为。只是匆匆而过按图索骥地去落实诗中的旨意的理性逻辑，就是一种粗糙的、偏见在先、抽象观念领路的非艺术的阅读，久而久之，读者就丧失了对古典诗词的意境的审美敏感。而中国古典诗词意境的含蓄深远是世界诗艺少有的尖端。无论是"悠然见南山"，还是"雨急云飞"，是"淋漓醉墨"，还是"杨柳岸晓风残月"，都是具体中的超越与超越了的具体。它的值得回味、吟哦，正是因为它像范尼洛萨所说，是从可见之物达不可见之境。在匆忙的追求实利的工业化与后工业化的社会是很难保持这种精神追求与素养的。然而，正是这种精神境界使得一切物质生产、财富追逐、人事纠纷得到正确的动力和些许超越庸俗的精神。正因为如此，范尼洛萨在1908年，德里达在20世纪的下半叶，才不约而同地在中国的汉文字中找到他们在西方的以思辨逻辑物质结构为中心的语言与文化中所欠缺的精神境界。当我们不断从西方语言（特别是语法逻辑）与物质文明中寻找自己所缺少的可见的技能时，应如何发展培养中华汉语文化中所原有的这种为西方文化所羡慕的精神实质，可能是21世纪我们文化建设的一个重要的课题。

五、汉语与诗

诗的特点：一是没有统一确定的解释；二是极富暗喻；三是拥有凝结感性具象与悟性的内涵意象。这三者构成古今中外诗的特性，即朦胧使得诗有言之不尽、以逻辑推理无法穷竭的内蕴。暗喻使诗能打破时间的阻隔、空间的形状，使一切个体与自然的宏大相通。天地万物无论巨细都形成信息网络的一端，这就是天地境界在诗中的体现，暗喻的功能因此不可少。

意象则是诗的流动中的凝聚，它是一首诗的重要支点，典型的例子是李商隐的《悼亡》诗中的"锦瑟""珠""玉"。它们远非比喻，因为它们不是"像"某物某情，而就是某物某情的化身。它们又不是固定的象征符号，如玫瑰象征爱情之类，它们是诗人投射以情感与悟性后的某物，因此，既有该物的具体特征又有诗人特别赋予的深意。这个意象因此成为一个独立的艺术构建部分，有它特殊的功能，它是诗的核心之一，是走进诗的一个关键。这种意象是诗歌走出描述文体的直言倾诉后的一种特殊的艺术构造。更有意思的是它大量出现在汉语古典诗词中，后被庞德介绍到西方现代主义诗中，形成所谓意象主义，其定义就是：意象是感性与智性在瞬间的突然结合。庞德这种诗论的灵感实则是来自范尼洛萨对汉语的阐释和极富深意的发挥。

诗无达诂就是现代所谓的朦胧。古典汉语的文章诗歌因没有标点符号，更使得它们拥有云彩与自然界山、水、雾、怪石所具有的艺术的不定性。笔者这种说法自然也是朦胧的，既有其真实性又不能执着地推而广之。现代对文本的阐释看法无论是结构主义的罗兰·巴特（Roland Barthes）还是解构主义的德里达都认为是多元的。古典汉语的无标点更具体地使文章诗词的解读成为无定解的。以下面两例来说，两种不同断句与标点的差异不应被认为存在正确错误的问题：

> 且夫天者气邪？体也？

或：

> 且夫天者气邪？体也。

> 是故治世之音，安以乐其政和，乱世之音，怨以怒其政乖，亡国之音，哀以思其民困。

或：

> 是故治世之音安，以乐其政和，乱世之音怨，以怒其政乖，亡国之音哀，以思其民困。

当然，如何看待上述标点符号的差异所反映的问题，不仅是对某些句子的解释，更重要的是对语言的本质的认识有传统的与当代的语言观之分别。传统认为语言的解释只能有一种，因为它是人的表达工具，所以传统将语言看成透明的，其本身没有独立性的，因此上述两例必有正误之分。而当代的语言观则强调语言的半透明（海德格尔的半露半掩论）和其本身带有历史踪迹的独立性（德里达的踪迹论）。因此，上述两例不必究其正误，可并存。西方文化传统强调逻辑思维，落实到语言上就是语法结构、词类与句法、标点的明确规定。假设语言是一颗多截面的钻石，语法的规则是想将其固定，镶嵌在一个角度上，使它失去意图之外的形态。这种对语言的嵌制实则只是人们的主观意志。当今天人们的语言观进入阐释的多层多元时代，读者对文本的掩盖部分及游离于其上的历史踪迹恢复了敏感，就不再追求阐释的权威性。中华汉语文化的哲学，无论老庄儒道都有对模糊真理的包容倾向，虽程度不等，但多少超越狭隘逻辑思维的束缚，因此不追求严格语法，使汉语简约而富弹性，有更开放的解读空间，信息量丰富多元；在文学作品里这种解构视角更显出优越性。因此作为一个诗人，在创作过程中，并不受逻辑思维的约束，感情的跳跃带来思路的跳跃，或反之；加上思绪的网状辐射的联想，自然形成文本的不透明、踪迹的飘浮游离。今天的读者更喜欢一颗能旋转的钻石在不同的角度和光线、不同的时空中发出不同的异彩，那种嵌死了的题解只能扼杀诗歌的灵魂。然而在告别语言工具论之前，我们的文学评论及教学中仍然流行着从主题、立意等方面建立对文本的权威阐释，或者争当真正理解作家原意的评论家。其实一个真正的诗人从来不会在创作中将自己的创作旅程像计算机程序那样输入自己的心灵，创作虽有一个起始的冲动，但却没有一个必须遵守的合同。作家的悟性不断闪现给他一些令他自己

　　　　　　　　　　　　　　　　新诗与传统

也吃惊并难以拒绝的风景。一个大师的高明之处在于他既陶醉于灵感的启迪却又不全然乐而忘返。在他的初始冲动中总是孕育着必须长大的种子，那里他会再找到自己的最终追求。如果一篇诗歌成了断线的风筝，失落于茫茫之中，那总是不成功的。这也就是在文学的创作与解读中动与静，无限与有限，具体与超越，初始与归宿的艺术平衡，大师们总让你感到他的语言文字的"完整"与"无限"的同时存在，完而不了，不了而非无边无涯。任何好的作品都有这样的共性，汉语由于汉文字的特殊形象结构和非语法性更有利于这种艺术的多与一的谐和。

范尼洛萨由于自己母语的非形象性与强语法性，及其所代表的理性道德中心的宇宙观和逻格斯神言中心的艺术观、哲学观，对汉语的模糊性所包容的时空之辽阔邈远，赞叹不已。他说：

> 你或会问道汉文如何能以绘画的书写建立起这样庞大的智性结构？对于一般西方头脑，这种功业似不可能，因为他们认为思想是与逻辑范畴有关，而逻辑是蔑视直接想象的功能的。但是汉语以它的特殊材料穿透了可见，而达

不可见的境地。①

范尼洛萨认为这种从可见到不可见是"暗喻"的功能。而"暗喻，这大自然的显现者是诗歌的本质"②。因此，汉语的浓厚的暗喻色彩使得汉语本身就富于诗的本质。这也是汉语这充满人类直接想象、感性视觉美及思维组织能力的文字较拼音文字的冷漠无感性视觉美更优越的原因。设想一个人从没有生长在汉语文化中，不知道"慈爱"这个词和"杀死"这个词的两种截然不同的感性视觉效果，而只知道kind（慈爱）与kill（杀死）之间只是两个字母符号之异，这种纯概念的知识较之前者所能给予人们的丰富感性认识要差得多么多！汉字每个字都像一张充满感情向人们诉说着生活的脸，使你不得不止步听它倾诉，而拼音字则只是一张漠然无表情的机器人的脸，你必须去解码它发出的声音，才能得到概念性的知识。

暗喻，范尼洛萨认为，是"以物质的物象暗示非物质的

---

① E. 范尼洛萨所撰《汉字作为诗歌的媒体》，见唐纳·艾伦（Donald Allen）与华伦·托曼（Warren Tallman）编：《美国新诗学》（*Poetics of the New American Poetry*），25、26页，纽约，丛林出版社，1979。

② 同上书，27页。

新诗与传统

复杂关系"①，"语言的全部细微的实质都建立在暗喻的潜层中"②。甚至抽象的词在字源学家的努力之下也显示出它们古老的根仍然埋在直接的行动中。可见字与生活、自然间的根深蒂固的生成关系，而汉字中这种关系始终得到保存。汉字揭示了大自然中物的状态，物与物之间的关系，民族的生存生活状态。凡此种种，人与自然、人与人间的复杂关系在我们的汉字结构内都成为经过抽象的具体画，每个汉字都是一篇文、一首诗、一幅画。这说明为什么拼音文化没有书法艺术，唯独汉语能有至今为世界所热爱的书法艺术。一个字也能成一幅书法，几个字、几句诗都能写了挂在室内，因为汉字本身就是诗、书、画三者结合的时间—空间双重的艺术。范尼洛萨认为汉字之能暗示自然中诸多复杂关系远比表达一种真实的事物更重要。汉字的暗喻能力使它如"一粒橡树的果实，其中潜存着一棵橡树枝丫如何伸展的力量"③。暗喻使得人们的思想能不断地从大自然中吸取与自己同源、同情、相等的力量来充实自己，否则，我们的思想就会饿死，语言就会枯竭，"就不可能

① E.范尼洛萨所撰《汉字作为诗歌的媒体》，见唐纳·艾伦（Donald Allen）与华伦·托曼（Warren Tallman）编：《美国新诗学》（*Poetics of the New American Poetry*），25、26页，纽约，丛林出版社，1979。

② 同上。

③ 同上。

有桥梁使我们能跨渡可见的世界的小真理达到不可见的大真理"①。范尼洛萨看到诗歌和语言相通的本质是通过暗喻使人们能恍悟具象世界背后的真理。诗歌与语言都不是以纯概念、纯抽象的认知为对象，它们必须保持丰满的感性，暗喻如同一种背景光源，给语言和诗歌以色彩和活力，促使它们更接近大自然，并且从具象的形体中透出象外之意、弦外之音。他认为莎士比亚的诗歌中充满这类例证。笔者可以有信心地说我们的不朽的古典诗词中也不乏这种例证。正是这种诗歌与语言的暗喻性，使得诗歌最早出现在语言中，诗歌成为最早的世界的语言艺术。"诗歌、语言及对神话的喜爱是同时成长的"②，在这种认识的前提下范尼洛萨为我们留下下面几段精彩的对于汉文字的赞美。汉语在显示它的字在形成时的胚胎发育过程时，比拼音文字要有优势。

　　它的字源总是可见的。它保留着创造时的冲动和过程。
　　这种过程冲动仍然可见，而且在进行中。在几千年之后的

---

　　① E. 范尼洛萨所撰《汉字作为诗歌的媒体》，见唐纳·艾伦（Donald Allen）与华伦·托曼（Warren Tallman）编：《美国新诗学》（*Poetics of the New American Poetry*），25、26页，纽约，丛林出版社，1979。

　　② 同上书，27页。

今天汉字的暗喻进展的痕迹仍在呈现，而且在很多情况下保留在字意中。因此一个字不像我们的拼音字那样愈用愈贫乏，反而愈久愈丰富，成为有意识的、有启发作用的字。它在民族的哲学、历史、传记、诗歌中的使用使得它获得一整个用意义组成的光环；这些意义的核心就是那个字符。记忆将这些意义凝聚起来并加以运用。中国生活的土壤似乎就是这些字、语言之盘根错节的地方。①

诗歌的语言总是波动着，一层又一层弦外之音，和与大自然的亲和。在汉语中这种暗喻的可见性使得这种诗语的质地提高到最强烈的程度。②

诗的思维通过暗示来工作，将最大量的意义压进一个句子，使它孕育，充电，自内发光。在汉语里，每个字都聚存着这种能量在其体内。③

---

① E. 范尼洛萨所撰《汉字作为诗歌的媒体》，见唐纳·艾伦（Donald Allen）与华伦·托曼（Warren Tallman）编：《美国新诗学》（*Poetics of the New American Poetry*），28页，纽约，丛林出版社，1979。

② 同上书，29页。

③ 同上书，31页。

恕我连引三段范尼洛萨的原话。对于一位西方语言学家能在20世纪初就以如此先进的语言学阐释汉语作为语言文字的这些优点，实感钦佩。反复思考他的这些观点能使我们茅塞顿开，意识到自身长时期为语言工具论所障目塞听，对于自己母语的优越性，它的诗的本质，它的暗喻功能，视觉的造型美，它所暗含的中华民族的智慧、哲学、创造才华都熟视无睹，陷入一种审美麻木、心灵粗糙的无文化状态，致使这安子介先生所说的中华民族第五奇迹的民族瑰宝几乎被遗忘淹没在我们这个世纪。想到这里，作为一个知识分子深感惶憾痛苦。

21世纪中华文化必须经过一次遗产的再认识，重新评价，使它的精华能以现代的光辉再现在世界文化之廊中，在舍弃尘埃的同时，珠玉必须拾回。一个民族文化的灵魂就是语言，它并非没有感觉的工具，它需要我们以最大的审美敏感来爱护它。

1996年3月16日

*本文首次发表于《文学评论》，1996（4），

收入本书时有删节。

全球化时代的诗人

诗人是最敏感的，对于历史的变迁他（她）像树木对四季的转移一样敏感。21世纪突现了全球化的各种特点，对于知识分子，自小学生至老教师、老专家，最明显的冲击来自那无处不在的所谓"全球化的文明"。它猛烈地改变着我们的精神环境和生活模式，尤其是儿童、青少年和刚刚开始自己的事业和生涯的年轻人，他们常常在不知不觉中被纳入所谓"现代化的全球化文明"的生活方式。直截了当地说，所谓"全球化文明"也就是那企图在全球普及自己的价值观和生活方式，以打开在全球的市场的美国生活方式。这种美式生活方式在今天的中国城市的青年中已成为他们所追求的现代化、全球化生活的模式，它们可以总结为这样一个公式：

小学生时代：麦当劳文化

中学生时代：电子游戏、网上谈情聊天的网络文化

大学毕业后：酒吧文化、汽车文化、富豪文化

这样的文化转型对于我们在20世纪曾两次遭受重大创伤的中华传统文化是怎样的一种冲击呢？到了21世纪下半叶，当今天的青少年已成为中国人民的精英主体时，中国文化将如何保持她所特有的、不同于西方的自己的特色呢？这些都是今天演变中的历史对我们敏感的诗人提出的重要问题。诚然，诗人并非理论家，但他们却能比理论家更能捕捉到这些历史变革在人们心灵中所引起的鲜活的情感和思想的波动，并且将它转化成诗的艺术。我想21世纪全球化的历史大转折点已经迫使我们中国新诗走出它20世纪90年代的单一的主题，即诗歌的极度个人化。虽然我们确实有过一段以意识形态代替诗歌的血肉，以致引起其后的绝对反"崇高"和"个人化"的无限放大，但是作为一个诗人，无论他（她）能写出多么有艺术价值的个人抒情的诗，也不能不关心人类命运所遇到的历史和自然的挑战。在今天的世界，人类的生存正面临复杂的危机。由于西方在工业革命后对自然采取无情的剥削和榨取以满足人类的物欲，现在已造成威胁人类自身生存的环境污染和自然秩序的破坏，国际社会的大国单边主义和经济垄断，以及对弱势未开发国家的石油

资源的染指企图，都增进了国际形势的紧张。过去几个月世界恐怖主义的此起彼伏，对人类不同种族、不同宗教、不同文化的和平共处的努力提出了极大的挑战。当人类共同生存的命运受到如此严重的威胁的今天，我们中国诗人是如何感受的呢？我们应当如何以自己先人的智慧、东方特有的精神境界和古朴的价值观及道德伦理来定位自己，以立足于这充满危机的世界呢？对于一个胸中有人类的未来的中国诗人，在这全球化已成事实的今天，我们不可能只看到它所带来的机会，也不可回避地深思我们自己这古老的文明的生存状况。今天它是世界四大古老文明中唯一尚存者，但因它在过去一个世纪已经两度深受重创，在今天多数人们心目中已经失去威信，在我们的国民教育中并没有一个贯穿古今的中华文化的教育课程，足以使我们未来的主人翁们走出盘踞我们心灵已久的西方文化中心论的阴影，什么"汉字不灭，中国必亡""中国没有科学"之类的20世纪初的极"左"言论至今仍深留在我们的集体潜意识中。殊不知今天西方前沿的物理学家和人文学者，却正在总结西方文化在宇宙观和人与自然关系上的一些错误观念，并发现中国传统的儒道释文化在宇宙观与天人合一观念上更符合原子时代的宇宙观和人与自然共存亡的当前环保意识。作为被雪莱称为预言家的诗人，生活在全球化的今天的中国，不是更负有重新以现代意识解读被遗忘的古老的中华文化传统智慧的责任吗？为什么我们不能除了写自我之外，更多关注全球的走向和自己民族文化的继承和发展，乃至全人类所遇到的生存挑战？

诗歌是一个民族文化的塔尖。它不应当被用作任何实用目的工具。在美国大学的一些著名诗人的朗诵会上，我看见很多老人和中青年听众以近似宗教的虔诚静听台上的朗诵。在很多著名的大学都有名诗人主持面向社会诗人们的诗歌习作班。反顾今天我们的大学院墙内又有多少人向社会上的众多青年诗歌创作者伸出援助之手呢？他们之中一定会有将来的重要诗人，但是他们失去了成长中所必需的专业培养和充实，使得不少潜在的诗人在燃烧尽青春时期对诗歌本能的喜爱后就告别诗歌，奔向生活中更有物质收获的活动，或是更时尚的娱乐。

但是今天中国也还是诗歌大国，民间诗刊方兴未艾，比起小说和戏剧，诗坛更是多事之秋，虽然在文学刊物中它所分的耕地几乎够不上一个贫农。当我翻开一本权威的文学刊物，只在刊物的最后才找到六七页的新诗。我确实感到中国新诗处境的屈辱，但当我翻阅一些诗歌刊物时，又能理解诗歌无可讳言已经失去了读者。最大的原因是诗人们不再关心人们所感到的时代的焦虑、期待、深思和发现。他们一心一意地挖掘那并无多少深厚内涵的自我，在风格上则是大同小异，虽然自20世纪

80年代后诗坛是最喧嚣的一块园地，最少包容和缺乏艺术多元意识的领域。回忆美国当代新诗在20世纪70年代，经过第二次世界大战后的新诗创新运动，一夜间涌现了六七个主要流派，却并无任何相互拼杀的现象，更没什么五年一换代式的庸俗达尔文文化进化论。一元独霸、二元对抗的思维在我们年轻人的头脑里如此顽固，令人惋惜，而诗歌又何其脆弱，自从所谓pass北岛后又不知pass了多少明日黄花。据电视报道，最新的女内衣是"丁字裤"，不禁令我联想诗歌界的最新款式，感到极大的反感。诗歌文化究竟在怎样陶冶人们的性情？我们又有多少时间和精力放在认真探讨中国新诗的艺术和传统、汉语的音乐性？我们什么时候能摆脱西方中心主义的文化心态，能找回"此中有深意，欲辨已忘言"的东方悟性与境界，或者在物质欲望成了整个生命价值景观时看到精神"荒原"的那种穿透性的观察力？

新诗至今也还未满一个世纪，自然不能要求它达到唐宋诗词的高峰。但它大有发展的空间。在语言的音乐性方面它拥有几千年古典诗词留下的丰富的语言结构、节奏和音调的遗产，在意境方面它有古典哲学留下的诗化了的境界，在艺术手法上它有久被西方意象派所广为借用的暗喻艺术，以及现代主义喜用的跳跃、联想等手法，特别值得一提的是至今尚未被很好开发的"对仗"艺术所包含的惊人的时空感和用典所起的十分现代化的互文作用。其中有些都已成为西方当代诗学艺术的重要组成部分，而在它们的出生地却受到近一个世纪的冷遇。而今天的有些诗人却只顾等待西方诗歌给他们最新潮的艺术和主题，真令人有捧着金饭碗要饭的感觉。当然遗产要经过现代的解读。西方的诗歌传统也有它的辉煌和今天的创新，在我们新诗起步时代曾给我们不少启发，但由于语言和文化的不同，拼音语系的音乐性是无法解决以四声为主的汉语诗歌的音乐性的。在行列的结构形式上新诗容易参照西方诗体。其中很成功的应算冯至先生的《十四行集》。总之，中国新诗要发展到与古典诗词的高峰媲美，道路还很长。让我们早些上路吧。

2002年11月18日

*本文首次发表于《诗潮》，2003（1—2）。

国家新闻出版广电总局
首届向全国推荐中华优秀传统文化普及图书
‖ 大家小书书目

出版说明

  "大家小书"多是一代大家的经典著作，在还属于手抄的著述年代里，每个字都是经过作者精琢细磨之后所拣选的。为尊重作者写作习惯和遣词风格、尊重语言文字自身发展流变的规律，为读者提供一个可靠的版本，"大家小书"对于已经经典化的作品不进行现代汉语的规范化处理。

  提请读者特别注意。

文津出版社